# 《사조영웅전》시대 연표

아리마
익리

합밀력

서요

토번

라사

필파성

천축

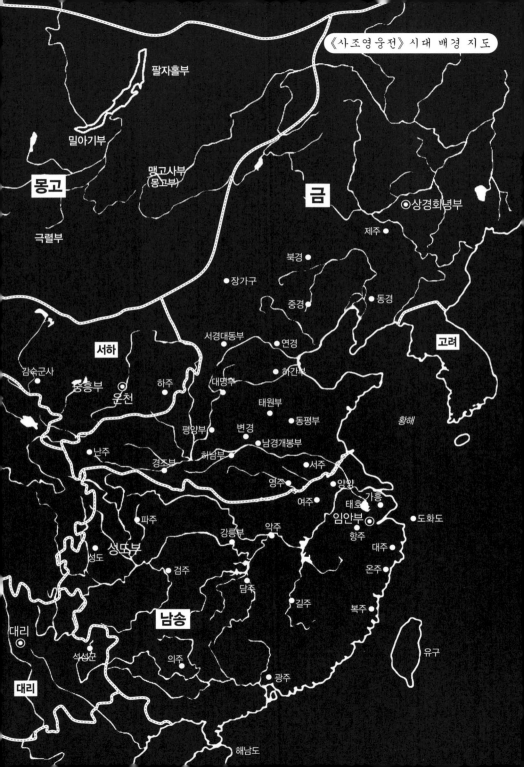

《사조영웅전》시대 배경 지도

사
조
영
웅
전

2

# 사조영웅전 2 – 비무초친

1판 1쇄 발행 2003. 12. 24.
1판 25쇄 발행 2020. 1. 28.
2판 1쇄 발행 2020. 7. 8.
2판 5쇄 발행 2024. 5. 10.

지은이 김용
옮긴이 김용소설번역연구회
발행인 박강휘
편집 이한경 디자인 조명이 마케팅 김용환 홍보 반재서
발행처 김영사
등록 1979년 5월 17일(제406-2003-036호)
주소 경기도 파주시 문발로 197(문발동) 우편번호 10881
전화 마케팅부 031)955-3100, 편집부 031)955-3200 | 팩스 031)955-3111

값은 뒤표지에 있습니다.
ISBN 978-89-349-9170-0 04820
        978-89-349-9168-7 (세트)

홈페이지 www.gimmyoung.com          블로그 blog.naver.com/gybook
인스타그램 instagram.com/gimmyoung    이메일 bestbook@gimmyoung.com

좋은 독자가 좋은 책을 만듭니다.
김영사는 독자 여러분의 의견에 항상 귀 기울이고 있습니다.

이 도서의 국립중앙도서관 출판예정도서목록(CIP)은 서지정보유통지원시스템 홈페이지
(http://seoji.nl.go.kr)와 국가자료종합목록 구축시스템(http://kolis-net.nl.go.kr)에서
이용하실 수 있습니다.(CIP제어번호 : CIP2020022952)

김용소설번역연구회 옮김

김용 대하역사무협

# 사조영웅전

射鵰英雄傳

## 비무초친

# 2

## 양철심 楊鐵心

악비 휘하의 명장 양재흥의 후손으로 금에 북방이 함락당하자 곽소천과 함께 강남의 우가촌으로 옮겨왔다. 양가창법의 계승자이자 양강의 아버지.

## 포석약 包惜弱

양철심의 아내. 완안홍열의 목숨을 구해주고, 후에 금의 왕비가 된다.

## 마옥 馬鈺

도호는 단양자丹陽子로 전진칠자의 한 사람이다. 왕중양의 법통을 이어받아 자비로운 본성을 지니고 있다. 몽고에서 곽정에게 내공의 비결을 전수해주었다.

## 구처기 邱處機

전진칠자의 한 사람으로 도호는 장춘자長春子이다. 우가촌에서 곽소천과 양철심을 만나 곽정과 양강의 이름을 지어주었다. 한때 양강의 스승이었다.

## 왕처일 王處一

전진칠자 중 한 명. 도호는 옥양자玉陽子이지만, 사람들은 흔히 철각선鐵脚仙이라 부른다. 금의 조왕부에서 곤경에 처한 곽정을 돕다 심한 독상을 당한다.

## 강남칠괴 江南七怪

곽정의 사부. 모두 고향이 강남 가흥이고 제각기 무공이 독특할 뿐 아니라 용모와 차림새가 유별나서 붙은 이름이다. 칠괴의 맏이인 가진악은 항상 표정이 얼음장처럼 차가운 맹인인데 쇠로 된 육중한 지팡이를 무기로 삼는다. 둘째 주총은 지저분한 옷을 입은 선비로서 낡은 쥘부채를 무기로 사용한다. 한보구는 우스꽝스럽게 생긴 땅딸보이지만 말을 귀신처럼 잘 다룬다. 넷째 남희인은 원래 나무꾼이고, 다섯째 장아생은 백정이 생업이다. 여섯째 전금발은 저잣거리의 장돌뱅이인데 쇠저울을 무기로 쓴다. 월녀검법을 전수받은 일곱째 한소영은 아리따운 어촌 아가씨이다.

## 곽정 郭靖

곽소천의 아들로 몽고에서 태어났다. 그곳에서 테무친과 깊은 관계를 맺고 그의 딸 화쟁과 혼약한다. 어릴 때 신전수 철별에게 활을 배웠고 강남칠괴에게 무공을 배웠다. 평생의 반려자 황용과 함께 천하를 유랑하며 강호의 영웅호걸들을 만난다. 타고난 두뇌와 자질은 별로지만 천성이 순박하고 정직해 모든 것을 꾸준히 연마한다.

## 황용 黃蓉

도화도의 주인 동사 황약사의 딸. 아버지와 싸우고 가출했다가 우연히 곽정을 만나 사랑에 빠진다. 타고난 성품이 활발하고 두뇌가 총명해 당대에 그녀의 재치를 당할 자가 없다. 뛰어난 지모를 갖췄을 뿐만 아니라 아버지 황약사와 홍칠공에게 배운 무공도 훌륭해 영웅호걸로 부를 만하다.

## 테무친 鐵木眞

몽고 부락의 수령으로 훗날 몽고를 통일해 칭기즈칸으로 불린다. 그 뒤 금과 서역 정벌에 이어 남송 정벌을 시작해 곽정과 갈등을 겪게 된다.

## 타뢰 拖雷

테무친의 넷째 아들. 곽정과 함께 어린 시절을 몽고에서 보내며 의형제를 맺었다.

## 상곤 桑昆

테무친의 의형으로 왕한의 아들이다. 성격이 오만방자해 테무친과 잦은 갈등을 겪는다. 금과 결탁해 테무친을 살해하려고 한다.

## 철별 哲別

몽고어로 철별은 '신궁神弓'이란 뜻이다. 테무친 군사에 쫓기다 곽정의 도움으로 목숨을 구한 뒤 그에게 궁술을 가르쳐준다.

## 완안홍열 完顔洪烈

금나라의 여섯 번째 왕자로 조왕에 봉해졌다. 포석약에게 첫눈에 반해 남편 양철심과 그의 친구 곽소천을 살해하려 한다. 결국 포석약을 아내로 맞이해 왕비로 삼는다. 양강의 양아버지. 악비 장군의 〈무목유서〉를 훔치기 위해 구양극, 영지상인, 후통해 등 강호의 고수들을 끌어들인다.

## 매초풍 梅超風

본명은 매약화梅若華이고 철시鐵屍라고도 부른다. 황약사의 제자이자 동시 진현풍의 아내이며 양강의 사부이다. 남편과 함께 도화도에서 〈구음진경〉을 훔쳐 달아났다가 황약사의 분노를 산다. 구음백골조란 무공으로 악명을 떨친다.

## 양강 楊康

완안홍열의 아들로 성장하지만, 훗날 양철심의 아들로 밝혀진다. 그러나 부귀영화를 탐내 친아버지보다도 원수인 완안홍열의 아들이기를 원한다. 총명함을 타고났지만 황용보다 못하고, 무공은 곽정을 이기지 못한다.

## 목염자 穆念慈

양철심의 양딸. 비무초친比武招親을 하다 양강을 만난다. 그 뒤로 양강을 뒤쫓으며 일편단심 그를 사랑하게 된다.

## 황하사귀 黃河四鬼

심청강沈青剛, 오청열吳青烈, 마청웅馬青雄, 전청건錢青健을 일컫는다. 완안홍열의 사주를 받아 테무친을 살해하려고 한다.

## 단천덕 段天德

송 왕조의 군관. 완안홍열의 사주를 받고 곽소천을 죽인다.

**사통천** 沙通天 **후통해** 侯通海 **양자옹** 梁子翁 **팽련호** 彭連虎
**영지상인** 靈智上人

완안홍열이 〈무목유서〉를 찾기 위해 고용한 인물들. 그러나 매번 곽정과 황용에게 저지당한다. 모두 머리가 아둔해 줄곧 골탕만 먹는다.


**구양극** 歐陽極

서역 곤륜 백타산의 작은 주인. 여색을 밝히는 인물로 특히 황용을 흠모한다.

## ▲ 오작인의 〈낙타〉

오작인吳作人은 현대 중국의 화가로 이 그림은 그의 명작 중 하나이다. 평론가들은 그의 그림을 "한 획으로 100리를 투시한다"고 평한다. 구양극 일행이 서역에서 그림과 같은 낙타를 타고 중원으로 들어왔을 것이다.

## ▶ 〈적을 무찌르고 있는 칭기즈칸〉

페르시아 화가의 작품으로 현재 이란의 황궁도서관에 소장되어 있다. 그림 가운데 오른편의 긴 창을 들고 있는 사람이 칭기즈칸이고, 그 앞에서 몽둥이를 휘두르고 있는 사람이 바로 신전수 철별이다.

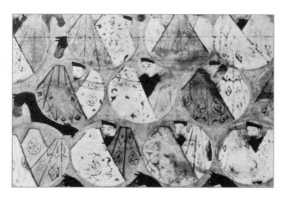

◀ 〈행진하는 몽고인〉

페르시아 화가의 작품. 몽고인의 질서
정연한 행진을 묘사했다. 말에 모두 입
마개가 씌워져 있는 것이 눈에 띈다.

▼ 〈물을 마시는 칭기즈칸〉

페르시아 화가의 그림으로 현재 이란
황궁도서관에 소장되어 있다. 전투 중에
물이 떨어지자 부하가 흙탕물을 보자기
로 걸러 물을 만들어 바치고 있다.

▲⟨몽고 귀족 수렵도⟩
터키 화가의 작품으로 현재 터키 이스탄불 박물관에서 보관하고 있다. 사냥매와 사냥개가 보이고 아래쪽에 표범이 그려져 있다. 두 명의 몽고인이 표범 가죽으로 만든 모자를 쓰고 있다.

◀ 랑세영의 ⟨설점조雪點鵰⟩
⟨십준도十駿圖⟩ 중 하나. 한보구의 황마가 이와 흡사하다.

**◀ 송나라 〈흠종상〉**

흠종은 휘종의 아들이다. 정강년에 휘종과 함께 금의 포로가 된다.

**▼ 《논어집해》**

원나라 때 새로 발간한 송나라 판 《논어집해》 중 첫 장. 원나라 사람이 송나라 때 발간한 《논어》를 다시 출간한 책이다. 황용이 곽정에게 여러 글을 가르쳤는데, 어쩌면 이와 유사한 책으로 공부했을지 모른다.

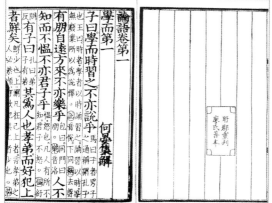

▶ 일러두기

1. 이 책은 김용의 2쇄 판본(1976년 출간)을 원 텍스트로 번역했으며 3쇄 (2003년 출간) 판본을 수정 반영한 것이다. 2002년부터 시작한 2쇄본의 번역이 끝나갈 무렵인 2003년 말, 새롭게 출간된 3쇄본을 홍콩 명하출판유한공사로부터 제공받아 핵심 수정 사항인 여문환呂文煥이 양양襄陽을 지키는 부분을 이전李全 부부가 청주靑州를 지키는 부분으로 수정 반영했다.
2. 원문에 충실하게 번역하되, 불필요한 상투어들은 오늘의 독자들에게 맞게 최대한 현대화해 다시 가다듬었다.
3. 본 책의 장 구분은 원서를 참조해 국내 편집 체제에 맞게 다시 나누었다.
4. 본문의 삽화는 홍콩의 이지청李志淸 화백이 그린 삽화를 저작권 계약해 사용했다.

비
무
초
친

기러기 겨울 하늘을 나는구나.
달을 싸안은 구름 빛 가볍고,
물 위는 설핏 살얼음 끼었네.
계곡물을 경대 삼아 얼굴을 비추는구나.
곱게 단장하려 하나,
쉬운 일은 아닐세.
옥 같은 모습 연약하기만 하니,
겹겹이 속옷을 받쳐 입어야지.
동풍에 기대어 살포시 웃는 모습에
세상 꽃들이 부끄러워 고개 숙인다.

雁霜寒透莫 正護月雲輕
嫩氷猶薄 溪奩照梳掠
想含香弄粉 靚妝難學
玉肌瘦弱 更重重龍綃襯著
倚東風 一笑嫣然 轉盼萬花羞落

신기질의 〈서학선瑞鶴仙〉

# 전진교 교주 마옥과 철시 매초풍

장막 안에서 나직한 소리로 뭔가를 의논하던 강남육괴는 의견이 분분했다. 한소영이 먼저 운을 뗐다.

"정이에게 상승 내공을 전수해준 걸 보면 악의는 없는 것 같아요."

한소영의 말에 전금발이 나섰다.

"왜 우리에게 알리지 말라고 했을까? 게다가 정이는 그게 내공인지도 모르잖아."

주총이 입을 열었다.

"우리가 아는 사람일 거야."

한소영이 말했다.

"아는 사람요? 그렇다면 친구거나 적, 둘 중 하나겠군요."

전금발이 깊은 생각에 잠긴 듯 고개를 저으며 천천히 말했다.

"우리가 아는 친구 중엔 저렇게 실력이 대단한 사람은 없어."

한소영의 말에 가진악이 냉랭히 대꾸했다.

"적이라면 왜 정이한테 내공을 가르치겠어요?"

"무슨 음모를 꾸미고 있는지도 모르지."

모두 그 말을 듣자 두려운 생각이 들었다.

"오늘 밤에 내가 여섯째 사제와 정이의 뒤를 밟아보겠어요. 대체 어떤 작자인지 살펴보고 오겠습니다."

주총이 말하자 다섯 사람이 모두 고개를 끄덕여 찬성했다. 날이 저물자 주총과 전금발은 곽정 모자의 몽고포 주변에 숨어들었다. 반 시진이 지나자 드디어 곽정의 목소리가 들렸다.

"어머니, 가볼게요."

잠시 후 그가 모습을 드러냈다. 두 사람은 몰래 뒤를 밟았다. 곽정은 나는 듯한 걸음으로 순식간에 저만치 앞서갔지만, 다행히 초원에는 장애물이 없어 거리가 멀어도 잘 볼 수 있었다. 두 사람은 걸음을 재촉해 뒤따랐지만 곽정은 절벽에 당도하고도 발걸음을 늦추지 않고 단숨에 기어오르기 시작했다. 이때 곽정의 경신술輕身術은 놀랄 만큼 발전해 간신히 기어오르던 절벽을 도인의 도움 없이 쉽게 올라갈 수 있었던 것이다.

주총과 전금발은 또 한 번 놀라 한동안 말도 나오지 않았다. 그리고 잠시 후 가진악 등 네 사람도 그곳에 당도했다. 그들은 강적을 만날까 봐 모두 병기와 암기를 지니고 왔다.

곽정이 벌써 절벽 위로 올라가자 한소영은 저 멀리 위쪽을 올려다보았다. 그러나 아득히 높은 절벽 꼭대기는 구름에 가려 보이지도 않았다.

한소영은 자기도 모르게 오싹해졌다.

"우린 못 올라가겠어요."

전진교 교주 마옥과 철시 매초풍

"모두 숲속에 매복해 있다 그들이 내려오길 기다리자."

가진악이 말하자 모두 찬성했다. 한소영은 10여 년 전 어느 날 밤, 흑풍쌍살과 겨룬 일이 생각났다. 일곱 형제가 매복해 적을 기다렸는데 바람은 살을 에듯 차가웠고, 황사가 날리는 적막한 산 위엔 고요한 달 빛만 부서져 내렸다. 그 적막을 뚫고 가끔씩 멀리 전해오던 말 울음소리…… 그때의 분위기와 기분이 오늘 밤과 너무나 똑같았다. 딱 하나 다른 게 있다면 그날 밤 이후 장아생의 바보 같은 얼굴을 더 이상 볼 수 없다는 것이었다. 그녀는 갑자기 가슴이 저려왔다.

시간이 흐르고 또 흘렀지만 절벽 위에서는 아무런 움직임이 없었다. 구름 속으로 해가 솟아오르고 날이 밝았는데도 곽정과 내공을 전수해준 기인은 내려오지 않았다. 또 한 시진이 흘렀지만 여전히 그들의 그림자는 보이지 않았다. 절벽 위를 아무리 올려다보아도 사람이 있는 것 같지 않았다. 주총이 입을 열었다.

"여섯째 사제, 우리가 올라가보자."

"올라갈 수 있겠어요?"

전금발의 물음에 주총이 이를 악물고 대답했다.

"모르지만 한번 해봐야지."

그는 황급히 장막으로 되돌아가 긴 밧줄 두 개와 도끼 두 자루, 수십 개의 대못을 준비해서 왔다. 구멍을 뚫고 못을 박아 전금발과 서로 끌며 오르니 온몸은 땀투성이가 됐다. 그래도 기본 내공을 기반으로 마침내 정상까지 오를 수 있었다. 그러나 정상에 발을 디딘 그들은 너무 놀라 얼굴이 하얗게 질렸다.

거대한 바위 옆에 아홉 개의 해골이 얌전히 놓여 있는데 맨 아래는 다섯 개, 가운데는 세 개, 맨 위는 한 개가 쌓여 있었다. 그것은 흑풍쌍 살이 야산에 쌓아놓은 것과 똑같은 모습이었다.

그 해골들을 자세히 살펴보니 모두 이마 위에 구멍이 다섯 개 뚫려 있었다. 그러나 구멍은 칼로 도려낸 듯 깨끗했고 주변엔 조금도 갈라 진 틈이 없는 것으로 보아 그의 손가락 힘은 당시보다 크게 진전된 것 이 틀림없었다. 두 사람은 놀란 가슴을 진정시키며 조심스럽게 주위를 돌아봤지만 아무런 낌새도 발견하지 못해 황급히 아래로 내려왔다. 한 보구 등이 두 사람의 얼굴색이 이상해진 것을 보고 다급히 이유를 묻 자 주총이 대답했다.

"매초풍이야!"

주총의 말에 모두 아연실색했다. 한소영이 다그쳐 물었다.

"정이는요?"

"다른 길로 내려갔나 봐."

전금발이 대답하며 정상에서 본 것을 말해주었다.

가진악이 탄식하듯 말했다.

"12년간 고생해서 키웠는데…… 알고 보니 호랑이 새끼였군."

한소영이 말했다.

"정이는 충직하고 의리가 있어요. 절대로 배신할 애가 아니에요."

"충직하고 의리가 있어? 그런 놈이 그 요부한테 2년 동안이나 무공 을 배우면서도 우리에게 한마디를 안 해?"

가진악이 비웃자 한소영은 갑자기 머릿속이 복잡해져 얼른 말을 잇 지 못했다.

이때 한보구가 물었다.

"눈이 멀게 됐으니까 정이를 이용해 복수하려는 게 아닐까요?"

주총이 고개를 끄덕이며 대답했다.

"분명히 그럴 거야."

한소영이 믿지 못하겠다는 듯 말했다.

"정이가 나쁜 마음을 먹었다 해도 그렇게까지 완벽하게 속일 순 없어요."

한소영의 말에 전금발이 나섰다.

"아직 시기가 안 됐단 생각에 그 요부가 일부러 말을 안 한 것일 수도 있지."

한보구가 의아한 듯 물었다.

"정이의 경공술이 아무리 뛰어나고 내공도 기초를 갖췄다고 하지만 무예로 따지자면 우리에겐 아직 멀었는데, 그 요부가 왜 무공은 안 가르쳤을까요?"

가진악이 말했다.

"그 요부야 정이 손을 빌려 우릴 죽일 욕심뿐이지, 그 아이에 대해 좋은 마음을 품을 리 있겠어? 어쨌든 남편이 정이 손에 죽었는데……."

"맞아요, 맞아! 우리가 차례차례 정이 손에 죽고 그다음엔 정이를 죽이는 게 그 요부가 바라는 진정한 복수일 거예요."

가진악의 말에 주총이 맞장구를 치자 다섯 사람은 모두 일리가 있다고 생각하며 전율에 휩싸였다. 이윽고 가진악이 뭔가 결심한 듯 쇠지팡이로 땅을 두드리더니 비장하게 말했다.

"일단 돌아가서 아무것도 모르는 척하다가 정이가 돌아오면 없애버리자. 그럼 그 요부가 찾아올 테지만 아무리 무공이 세졌다 해도 앞을 못 보는데 설마 우리 여섯 명이 못 당하겠어?"

한소영이 놀라 물었다.

"없애버리자고요? 그럼 무공을 겨루기로 한 약속은요?"

"우리 목숨이 중요하지 그깟 약속이 대수야?"

가진악이 냉랭하게 대답하자 다들 뭐라 입을 열지 못했다.

남희인이 갑자기 소리쳤다.

"안 돼요!"

한보구가 물었다.

"뭐가 안 된다는 거야?"

"없애는 거요."

"정이를 없애서는 안 된다고?"

한보구가 재차 묻자, 남희인이 고개를 끄덕였다.

한소영이 말했다.

"나도 넷째 사형과 생각이 같아요. 일단 자세한 내막을 알아보고 나서 결정하기로 해요."

전금발이 답답하다는 듯 말했다.

"이건 보통 일이 아냐. 동정심 때문에 주저하다가 기밀이 누설되기라도 하면 어쩔 거야?"

전금발의 말에 주총도 동의했다.

"우물쭈물하다가 크게 당할 수 있어. 우리가 상대해야 할 적은 다른 사람이 아니라 매초풍이라고!"

가진악이 물었다.

"셋째 사제, 어떡하면 좋겠나?"

한보구도 결정을 못 내리다 눈물이 그렁그렁한 한소영의 모습을 보자 불쌍한 생각이 들었다.

"저도 넷째 사제 편이에요. 그래도 그렇지, 어떻게 정이를 죽이겠어요?"

여섯 사람 중 세 사람은 곽정을 죽이자는 쪽이었고, 나머지 셋은 신중을 기하자는 쪽이었다.

주총이 한숨지으며 말했다.

"이럴 때 다섯째 사제가 있었다면 금방 결론이 났을 텐데……."

한소영은 그 말을 듣자 장아생이 생각나 눈물이 왈칵 쏟아졌다.

그녀는 결심한 듯 입을 열었다.

"다섯째 사형의 원수는 반드시 갚아야 해요. 우리, 대형 말대로 해요!"

가진악이 앞장서며 말했다.

"좋아, 돌아가자."

장막에 돌아온 여섯 사람은 저마다 어두운 표정으로 깊은 생각에 잠겨 있었다.

마침내 가진악이 침묵을 깼다.

"정이가 돌아오면 둘째 사제와 여섯째 사제는 퇴로를 막게. 내가 처리할 테니……."

그날 밤 곽정이 절벽 위에 올라가자 그를 기다리고 있던 도인은 바위 옆을 가리키며 목소리를 낮췄다.

"이걸 봐라."

곽정이 가까이 다가가보니 달빛 아래 아홉 개의 해골이 쌓여 있었다.

"흑풍쌍살이…… 또 왔군요……."

놀란 그의 목소리가 떨리고 있었다.

도인이 의아한 듯 물었다.

"너도 흑풍쌍살을 아느냐?"

그러자 곽정은 당시 야산에서 벌어진 싸움부터 다섯 사부가 목숨을 잃을 뻔한 일, 그리고 자신이 진현풍을 찔러 죽인 이야기까지 자초지종을 들려주었다. 그런 과거지사를 이야기하자 곽정은 지난날 야산에서 쌍시雙屍와 겨루던 때가 생각나 온몸에 소름이 돋고 목소리마저 벌벌 떨렸다. 진현풍을 찔러 죽일 때 그는 비록 어렸으나 그날의 상황이 너무 무서웠던지라 아직도 뇌리에 깊숙이 뿌리박혀 있었던 것이다.

도인이 한숨을 내쉬며 말했다.

"그렇게 나쁜 짓을 많이 하더니…… 동시가 결국 네 손에 죽은 거로구나."

곽정은 자신도 모르게 몸서리를 치며 말했다.

"여섯 사부께선 늘 흑풍쌍살 이야기를 하셨어요. 셋째 사부와 일곱째 사부는 철시가 이미 죽었을 거라고 했지만, 대사부님께선 그때마다 알 수 없는 일이라고 하셨지요. 아홉 개의 해골이 이렇게 놓여 있는 걸 보니 과연 철시는…… 죽지 않았나 봐요. 도인께서도 그녀를 보셨나요?"

"나도 여기 온 지 얼마 안 됐는데 이게 놓여 있더구나. 그렇다면 철시는 네 여섯 사부를 노리고 온 게 분명하다."

"대사부가 그녀의 눈을 멀게 했어요. 우린 무섭지 않아요."

곽정은 자신 있게 말했지만, 해골을 들어 자세히 만져보던 도인은 고개를 저으며 심각하게 말했다.

"이자의 무공은 정말 대단하다. 네 여섯 사부는 적수가 못 될뿐더러 내가 합세한다 해도 승산이 없을 것 같구나."

곽정은 도인의 말을 듣자 덜컥 무서운 생각이 들어 애써 자위하며 말했다.

"10년 전 그녀가 눈이 멀쩡할 때도 우리 일곱 사부님을 이기지 못했어요. 그런데 이젠 여덟 명이나 있잖아요. 도인께서도…… 도와주실 거죠? 그렇죠?"

도인은 잠시 생각에 잠겼다가 입을 열었다.

"아무리 생각해봐도 그녀의 손가락이 어떤 위력을 지녔는지 비결을 간파하지 못하겠구나. 복수를 하러 왔다면 분명 그만한 자신이 있을 거다."

"한데 해골을 왜 이렇게 쌓아놨을까요? 우리더러 대비하라고 일부러 그런 건 아닐 테고……."

"구음백골조를 연마할 때의 규칙인 듯싶다. 워낙 높은 절벽이라 아무도 못 올라올 거라고 생각했겠지. 결국 우리에게 들키고 말았지만……."

그러자 곽정은 매초풍이 이미 사부님들을 찾아갔을까 봐 겁이 나기 시작했다.

"전 얼른 가서 사부님들께 알려드려야겠어요."

"그래, 대책이 설 때까지는 그와 맞서지 말고 피해 있으라고 전해드려라. 친구가 그러더라고……."

곽정이 고개를 끄덕여 대답하고 아래로 내려가려던 순간이었다. 도인이 갑자기 그의 허리를 끌어안으며 몸을 날려 커다란 바위 뒤로 숨었다. 놀란 곽정이 이유를 물으려 했지만 도인이 황급히 그의 입을 틀어막자 어쩔 수 없이 땅바닥에 엎드려 상황을 주시할 수밖에 없었다. 도인은 숨소리조차 내지 않았다.

얼마 지나지 않아 과연 절벽 뒤에서 시커먼 그림자가 나타났다. 달빛 아래 장발을 휘날리는 그림자는 다름 아닌 철시 매초풍이었다. 그 절벽의 뒤는 앞쪽보다 훨씬 가파른데, 눈이 멀어 그 차이를 구별하지 못한 모양이었다. 그게 큰 다행이었다. 만약 앞쪽으로 올라오다 매복해 있던 육괴와 마주쳤다면 육괴는 틀림없이 그녀의 독수를 피할 수 없었을 것이다.

매초풍이 갑자기 뒤를 돌아보자 곽정은 너무 놀라 황급히 고개를 숙였다. 그러나 얼마 후 그녀가 장님이란 생각이 떠오르자 조심스럽게 고개를 내밀었다. 그녀는 자신이 평소 내공을 연마하는 바위 위에 책상다리를 하고 앉아 심호흡을 하기 시작했다. 그제야 곽정은 그런 호흡법이 내공을 연마하는 방법이란 것을 깨닫고 도인에게 마음속 깊이 감사를 드렸다.

얼마 후, 매초풍의 전신에서 우드득거리는 소리가 들렸다. 처음엔 서서히 시작되더니 소리가 점점 빨라지면서 마침내 큰 솥에 콩을 볶는 듯 요란한 소리가 울려 퍼졌다. 분명 관절에서 나는 소리였는데 매초풍은 미동도 하지 않았다. 인간의 관절이 제멋대로 소리를 내다니! 어느 기문내공奇門內功인지는 모르겠지만 그녀의 내공이 얼마나 대단한지 지레짐작이 갔다.

한참 동안 지속된 소리가 줄어들다 이윽고 뚝 멈추자 그녀가 천천히 일어나 허리춤에서 은백색의 기다란 뱀을 꺼내 들었다. 곽정이 놀라 살펴보니 그것은 길고 부드러운 은색 채찍이었다. 셋째 사부인 한보구의 금룡편도 6척에 불과한데 매초풍의 채찍은 일고여덟 배나 긴 4장丈 정도나 되어 보였다.

매초풍이 천천히 몸을 돌리자 달빛이 그녀의 얼굴을 비추었다. 여전히 수려한 외모지만 꼭 감긴 두 눈에 어깨까지 흘러내린 장발이 어딘가 음산하고도 괴이한 분위기를 자아냈다. 주위에는 적막이 흐르는데 그녀가 한숨을 내쉬며 중얼거렸다.

"무정한 사람…… 당신도 저승에서 날 그리워하고 있나요?"

그녀는 그렇게 말하며 양손으로 채찍 중간을 잡고 춤을 추기 시작했다. 그녀가 채찍을 쓰는 법은 괴상하기 이를 데 없었다. 결코 빠르지도 않고 파공음도 없이 동쪽은 말리고 서쪽은 뒤집히며 초식 하나하나가 모두 의표를 찔렀다. 그러다 갑자기 채찍 끝을 잡고 휘두르니 4장 길이의 채찍이 손을 쓰는 것처럼 정확하게 바위를 휘감았다.

놀란 곽정이 두 눈을 동그랗게 뜨는데, 채찍 끝이 휘말리는가 싶더니 갑자기 곽정의 머리 위로 다시 날아왔다. 달빛 아래 비친 모습은 분명 예리한 10여 개의 갈고리 같았다. 곽정은 단도를 움켜쥐고 있던 터라 채찍이 날아오자 즉시 채찍 끝을 쳐내려고 했다. 그런데 갑자기 어깨가 마비되더니 등 뒤의 손이 그를 땅바닥에 넘어뜨렸다. 눈앞이 아찔해진 찰나에 채찍은 그의 머리를 가볍게 스쳐갔다. 곽정은 온몸에 식은땀을 흘리며 생각했다.

'도인이 구해주지 않았다면 난 이미 머리가 깨져 죽었을 것이다.'

그러나 도인의 움직임은 너무나 민첩해 아무 소리도 내지 않았기 때문에 매초풍 역시 눈치채지 못했다. 그녀는 한동안 무공을 연마하더니 채찍을 허리춤에 집어넣고 품속에서 무엇인가를 꺼내 땅바닥에 펼쳐 놓았다. 그것을 만지작거리며 생각에 잠기더니 일어나 몇 가지 자세를 취하고는 또다시 그것을 만지며 생각에 잠겼다. 그런 행동을 여러 번 반복하고서야 헝겊도, 가죽도 아닌 그 물건을 품속에 집어넣고 절벽 뒤로 내려갔다. 곽정이 긴 한숨을 쉬며 일어나자 도인이 속삭였다.

"우리, 뒤를 밟아보도록 하자. 무슨 꿍꿍이속인지……."

그는 곽정의 허리를 감싸 안더니 절벽 아래로 가볍게 미끄러져 내려갔다. 두 사람이 절벽에서 내려오니 매초풍은 이미 북쪽으로 멀리 가고 있었다. 도인이 왼손으로 곽정의 겨드랑이 밑을 받쳐주자 곽정의 걸음걸이는 한결 가벼워졌다. 두 사람이 나는 듯한 걸음걸이로 쫓아가는데, 먼동이 터오며 사막 위에 수십 개의 장막이 세워진 광경이 어슴푸레 보였다. 그 순간 매초풍이 장막 가운데로 숨어들었다.

순찰병을 피해 발걸음을 재촉한 두 사람은 중간에 있는 황색의 큰 장막 앞에 다다랐다. 땅에 엎드려 천막 끝을 살짝 들어 올리자 한 사람이 허리춤의 단도를 뽑아 거구의 사내를 내리치는 모습이 보였다. 그 사내는 마침 곽정과 도인의 눈앞에 쓰러졌는데, 곽정은 그가 테무친의 친위병인 것을 알아보고는 무척 놀랐다. 그는 이상한 생각이 들었다.

'왜 이런 데서 죽임을 당하는 거지?'

곽정이 그들의 눈에 띄지 않게 조심하며 천막을 좀 더 들추는 순간, 칼을 휘두른 자가 뒤돌아섰다. 그는 놀랍게도 왕한의 아들 상곤이었다. 상곤이 피 묻은 칼을 신발 바닥에 쓱쓱 닦으며 말했다.

"이젠 더 이상 의심 않겠죠?"

"테무친 의형은 지와 용을 겸비했는데, 이 일이 성공할 수 있을까?"

그렇게 대답하는 자는 테무친의 의제 찰목합이었다.

상곤이 냉소를 지으며 말했다.

"의형이 그렇게 좋으면 가서 일러주구려."

그 말에 찰목합이 대꾸했다.

"자네 역시 내 의제고 부친이 잘 대해주시는데 내 어찌 배반할 수 있겠나? 게다가 테무친이 호시탐탐 우리 부락을 넘본다는 것도 잘 알고 있네. 다만 의형제이니 조금 망설여질 뿐이지."

'테무친 대칸을 해치려는 음모를 꾸미고 있나 보군. 어떻게 이럴 수가……'

엄청난 음모를 알게 된 곽정이 놀란 가슴을 진정시키고 있는데, 또 한 사람의 목소리가 들렸다.

"먼저 치는 것이 상책이오. 그가 눈치라도 채게 되면 낭패란 말이오. 이 일만 성공하면 테무친의 가축, 부녀자들, 재산은 모두 상곤에게 돌아가고 그의 병사들은 모두 찰목합의 부하가 될 것이오. 그럼 우리 대금국은 찰목합을 진북초토사鎭北招討使로 책봉하겠소."

곽정은 그 사람의 뒷모습밖에 보이지 않자 몰래 수 척을 기어가 그의 옆모습을 살펴봤다. 매우 낯익은 자였다. 담비가 수놓인 황색 금포에 화려하고 기품 있는 옷차림, 귀에 익은 말투……. 곰곰이 생각해보니 그는 바로 금국의 여섯째 태자 완안홍열이었다.

찰목합은 그 말을 듣고 마음이 흔들리는 것 같았다.

"의부께서 명령만 내리신다면 당연히 따라야죠."

상곤이 희희낙락하며 말했다.

"이렇게까지 됐는데 아버지께서 명을 내리지 않는다면 대금국을 무시하는 처사지요. 내 당장 돌아가 명을 청하겠소. 분명 여섯째 태자의 체면을 살려주실 거요."

완안홍열이 말했다.

"우리 대금국이 곧 남하해 송을 칠 테니 두 분은 2만의 병사를 이끌고 협력하시오. 일이 성공하면 다시 상을 내리겠소."

"송나라는 별천지라 온 천지에 황금이 가득하고, 여인들도 꽃처럼 아름답다고 하니 우리 형제에게 구경시켜주신다면 그보다 더 좋은 일이 어디 있겠습니까."

상곤이 그렇게 말하며 헤헤거렸다.

완안홍열이 미소 띤 얼굴로 말했다.

"그야 문제없소. 한데 미녀가 너무 많아 혼자 상대하긴 벅찰 텐데……."

완안홍열의 말에 두 사람도 껄껄거리기 시작했다.

완안홍열이 웃음기 가신 얼굴로 운을 뗐다.

"일단 테무친을 어떻게 처리할 것인지 그것부터 얘기해봅시다."

"내가 테무친과 상의해봤는데 송을 치는 일에 협력해달랬더니 끝까지 거절을 했소. 워낙 약은 놈이라 내가 함정에 빠뜨릴 줄 알고 방비하는 모양이니 좀 더 신중을 기해야 할 거요."

이때 도인이 곽정의 옷깃을 잡아당겼다. 곽정이 뒤돌아보니 매초풍이 멀리서 한 사람을 잡고 뭔가를 물어보는 눈치였다.

'매초풍이 여기서 무슨 짓을 하든 일단 사부님들은 안전하니 먼저 저들이 어떤 음모를 꾸미는지 들어봐야겠어.'

곽정은 그렇게 생각하며 다시 땅바닥에 엎드렸다. 상곤의 목소리가 들렸다. 상곤이 자기가 죽인 사내를 가리키며 말했다.

"그가 자기 딸을 내 아들에게 주기로 했는데, 혼인 날짜를 상의하려고 이곳에 사람을 보낸 겁니다. 지금 즉시 사람을 보내 내일 아버님과 직접 상의하라고 하면 그는 틀림없이 올 겁니다. 부하도 많이 데려올 리가 없으니 그때 매복했다 공격하면 제아무리 날고 기어도 내 손아귀에서 벗어날 순 없을 겁니다."

찰목합이 말했다.

"좋아, 테무친을 없앤 후에 우리 둘이 합세해 그의 군영을 치기로 하지!"

곽정은 다급한 마음이 드는 동시에 화가 치밀었다.

'결의형제까지도 죽일 수 있다니……. 사람 마음이란 정말로 간사하고도 잔인하군.'

곽정이 더 들어보려고 하는데 도인이 허리를 끌어안았다. 고개를 돌려보니 매초풍이 바람을 휘날리며 그들의 곁을 지나갔다. 발걸음이 너무 빨라 순식간에 멀리 사라지는 그녀의 모습을 보니 혼자가 아니라 누군가를 끌고 가는 것 같았다. 도인이 곽정의 손을 잡고 수십 보를 나아갔다. 장막에서 멀어지자 소리를 낮춰 말했다.

"사부님들의 거처를 수소문하는 모양이다. 빨리 가지 않으면 큰일 나겠어."

두 사람이 경공술을 전개해 육괴의 몽고포에 당도했을 때는 이미 오시午時가 가까웠다.

도인이 말했다.

"내 본래는 신분을 밝히고 싶지 않아 사부들께도 비밀을 지키라고 당부한 것인데 일이 매우 다급하니 그런 건 따질 때가 아닌 것 같구나. 어서 들어가 전하거라. 전진교의 마옥馬鈺이 뵙기를 청한다고!"

곽정은 그와 2년 동안이나 만났지만 그제야 이름을 알게 되었다. 그러나 전진교의 마옥이 얼마나 대단한 인물인지 몰랐기 때문에 아무 생각 없이 고개를 끄덕였다.

"그러죠. 대사부님!"

그가 천막을 열고 뛰어 들어가는 순간이었다. 갑자기 양쪽 손목이 뒤로 꺾이면서 무릎에 극렬한 통증이 느껴졌다. 누군가 그를 발로 차는 바람에 땅바닥에 그대로 엎어졌는데 휙, 하는 소리와 함께 머리 위로 쇠지팡이가 날아왔다. 곽정이 몸을 돌려보니 쇠지팡이를 내리치려는 사람은 다름 아닌 대사부 가진악이었다. 그는 너무 놀란 나머지 반항할 생각도 못 하고 조용히 죽음을 기다렸다. 그런데 갑자기 땅, 하며 병기 맞부딪치는 소리가 들리더니 누군가가 자신의 몸을 감쌌다. 한소영이 곽정을 보호하며 소리쳤다.

"대형, 잠깐만요!"

한소영이 자신의 장검으로 가진악의 지팡이를 쳐낸 것이다. 가진악이 지팡이로 땅바닥을 치며 한숨을 내쉬었다.

"일곱째 사매는 마음이 너무 약해서 탈이야."

곽정은 그제야 자신의 손목을 잡은 사람이 주총과 전금발이란 사실을 알았다. 도대체 어떻게 된 영문인지 알 수가 없었다.

가진악이 언성을 높여 물었다.

"너에게 내공을 전수한 자는 어디 있느냐?"

곽정이 더듬거리며 대답했다.

"저…… 저…… 밖에 계세요. 사부님들께 뵙기를 청한대요."

육괴는 매초풍이 제 스스로 적을 찾아왔다는 소리에 모두 의아한 표정을 지었다. 그들은 저마다 무기를 움켜쥐고 천막 밖으로 나왔지만 흰 수염이 창창한 노인이 두 손을 맞잡고 서 있을 뿐 매초풍은 그림자도 보이지 않았다. 여전히 곽정의 오른쪽 팔목을 꺾고 있는 주총이 소리쳤다.

"매초풍 그 요부는?"

육괴는 의심의 눈초리로 마옥을 자세히 살펴보았다. 마옥이 입을 열었다.

"어젯밤에 보았는데 여기까지 찾아왔을까 걱정이 돼서……. 강남육협의 명성은 익히 들었는데 오늘에서야 뵙게 되었군요. 영광입니다."

주총이 여전히 곽정의 팔목을 잡은 채로 고개를 약간 숙여 예를 표하며 물었다.

"죄송하지만, 도장의 법호는……."

곽정은 자신이 아직 도인의 이름을 전하지 않았다는 게 생각나 황급히 말했다.

"저분은 전진교의 마옥 도인이에요."

육괴는 놀라지 않을 수 없었다. 마옥의 법호는 단양자丹陽子로 왕중양王重陽이 세상을 떠난 후 전진교의 교주가 되었으며, 장춘자 구처기역시 그의 사제師弟였다. 다만 그는 폐관 수련에만 정진할 뿐 강호에는 나타나지 않았다. 그래서인지 명성은 구처기를 능가했지만 진정한 무공 실력은 아무도 알지 못했다.

가진악이 말했다.

"전진교 교주님을 몰라뵙고 실례가 많았습니다. 한데 어쩐 일로 여기까지 왕림하셨는지요? 혹시 가흥에서 한 약속과 관련한 일입니까?"

마옥이 온화한 미소를 지으며 대답했다.

"빈도의 사제는 수도를 하는 몸인데도 내기를 좋아하니, 이는 도에 어긋난 일이지요. 빈도가 몇 차례 충고를 했지만 소용이 없었습니다. 물론 여러분이 사제와 내기를 한 것도 빈도와는 전혀 상관없는 일입니다. 다만 2년 전에 우연히 저 아이를 만났는데, 천성이 워낙 착한지라 빈도 마음대로 자신을 지킬 수 있는 내공을 가르쳤을 뿐입니다. 사전에 육협의 허락을 받지 않은 점은 용서하십시오. 하지만 무공은 전혀 가르친 바가 없을뿐더러 사도師徒의 연을 맺은 게 아니라 친구를 사귄 것에 불과하니, 무림의 규칙에 크게 어긋나진 않을 겁니다."

육협은 의아한 생각이 들면서도 믿지 않을 수 없었다. 주총과 전금발은 그제야 곽정의 팔목을 놓아주었다.

한소영이 웃으며 곽정의 어깨를 다독거리더니 다정한 목소리로 물었다.

"정이야, 저분께 내공을 배운 거니? 그럼 진작 얘기하지. 우린 너만 오해했단다."

"저분이…… 말하지 말라고 했어요."

곽정이 그렇게 말하고는 머리를 긁적였다.

마옥이 또 한 번 예를 갖춰 말했다.

"빈도가 워낙 정처 없이 떠도는 몸이라 신분을 밝히길 꺼려 했습니다. 지척에 두고서도 인사드리지 못한 점 양해해주십시오."

사실 마옥은 강남육괴의 명성을 듣고 호감을 가져왔고, 윤지평을 통해 곽정의 내공 기초가 전혀 없음을 확인한 터였다. 그는 전진교의 교주로 수양을 가장 우선시했으며, 사제인 구처기가 내기를 핑계 삼아 강남육괴를 괴롭히는 것을 원치 않았다. 그래서 구처기를 수차례 설득했지만, 그가 고집을 꺾지 않자 일부러 이곳까지 찾아와 몰래 곽정을 도운 것이다.

사실 그런 우연이 어디 있겠는가. 사막의 넓디넓은 초원을 지나다 우연히 곽정을 만났다는 것도 그렇지만 아무 이유 없이 그에게 2년이란 시간을 들인 것은 말이 되지 않았다. 만약 매초풍이 나타나지 않았다면 그는 곽정이 내공을 다 연마하자마자 유유히 사라졌을 테니 강남육괴는 물론 구처기까지도 내막을 알지 못했을 것이다.

육괴는 그의 겸손한 말투와 도사다운 풍모에 존경심이 우러났다. 불손하고 거만한 구처기와는 너무도 달랐던 것이다. 그래서 정중히 예를 갖추고 매초풍에 관한 일을 물으려는데 갑자기 멀리서 말발굽 소리가 들려왔다. 번개처럼 달리는 수 필의 말은 테무친의 장막으로 가고 있었다. 곽정은 그들이 테무친을 유인하기 위해 보내는 상곤의 사자임을 알고 마음이 다급해졌다.

"대사부님, 잠깐 다녀오겠습니다."

하마터면 그의 목숨을 앗아갈 뻔한 가진악은 미안한 마음이 들기도 하고, 매초풍의 공격을 받을지도 몰라 곽정의 외출을 극구 만류했다.

"안 돼! 우리 곁을 한 발짝도 떠나지 말거라."

곽정이 이유를 설명하려는데 가진악은 이미 마옥과 당시 야산에서 흑풍쌍살과 겨룰 때의 상황을 이야기하고 있었다. 곽정은 애가 타 죽을 지경이었다. 대사부는 성격이 엄할 뿐 아니라 걸핏하면 화를 내 대화 중에 감히 끼어들 수가 없었다. 둘의 대화가 끝나길 기다리는데 갑자기 한 필의 말이 질주해왔다. 말에 탄 사람은 여우 가죽옷을 입은 화쟁이었다.

수십 보쯤 떨어진 곳에서 곽정에게 끊임없이 손짓을 하는데, 곽정은 대사부에게 혼이 날까 봐 감히 가지 못하고 그녀에게 오라는 눈짓을 했다. 화쟁은 한참 동안이나 울었는지 두 눈이 퉁퉁 부어 있었다. 그녀가 다가와 훌쩍거리며 말했다.

"아버지가 날…… 도사에게 시집보내겠대…….."

그녀는 그렇게 말하며 끊임없이 눈물을 흘렸다.

"어서 대칸에게 전해. 상곤과 찰목합이 음모를 꾸며 대칸을 죽이려 한다고!"

곽정의 말을 들은 화쟁은 너무 놀라 눈물이 쏙 들어갔다.

"정말이야?"

"그렇다니까. 내가 어젯밤에 이 두 귀로 똑똑히 들었어. 어서 아버지께 말씀드려."

"알았어!"

화쟁은 갑자기 희색이 만면해 말을 타고 쏜살같이 달려갔다.

'자기 아버지를 죽이려 한다는데 뭐가 저리 신나는 거지?'

곽정은 의아했지만 곧 이유를 알 것 같았다. 그렇게 되면 화쟁은 도사에게 시집을 가지 않아도 되기 때문이다. 그는 화쟁과 친남매 같은 정을 느끼고 있었다. 그녀가 액운에서 벗어난다니 자기도 신바람이 났다. 만면에 미소를 머금고 돌아서는데, 마옥의 목소리가 들렸다.

"그녀를 두려워하거나 여러분을 무시해서가 아니라 매초풍은 이미 동해 도화도 도주 황약사의 〈구음진경〉을 갖고 있는 게 분명합니다. 매초풍의 구음백골조는 최상의 경지에 도달했으며, 그녀가 쓰는 은 채찍의 초식도 오묘하기 짝이 없습니다. 물론 우리 여덟이 힘을 합치면 이길 수도 있겠지만, 그녀를 없애려면 우리 쪽도 손상을 각오해야 할 겁니다."

"그 요부의 무공이 대단한 건 알지만, 우리 강남칠괴는 반드시 원수를 갚아야 해요."

마옥이 다시 말을 이었다.

"장 대협과 비천신룡 가 대협도 동시 진현풍 손에 당했다고 들었습니다만, 여러분은 이미 진현풍을 죽였으니 원수는 갚은 것이나 다름없을 겁니다. 또한 매초풍도 여자 혼자의 몸으로 불구까지 되었으니, 따지고 보면 불쌍하지 않습니까?"

그의 얘기에 육괴는 한동안 말을 잃었다. 한보구가 침묵을 깨며 말했다.

"그 요부가 익힌 악랄한 무공으로 무고한 사람들이 희생되고 있습니다. 도장께서도 의협심이 있다면 제멋대로 날뛰도록 놔둘 수는 없는 일 아닙니까?"

"게다가 그 요부가 먼저 찾아온 거지, 우리가 건드린 게 아닙니다."

주총이 맞장구를 치자 전금발도 나섰다.

"이번엔 피할 수 있다 쳐도, 그녀가 복수의 칼을 갈고 있는 한 우린 결코 안전하지 못할 겁니다."

마옥이 의미심장한 표정으로 말했다.

"그래서 빈도가 한 가지 방법을 생각해냈습니다. 그러니 여러분도 자비로운 마음으로 그녀에게 새 길을 찾을 기회를 주셔야 할 겁니다."

그러자 주총 등은 잠자코 가진악의 결단을 기다렸다. 이윽고 가진악이 입을 열었다.

"저희 강남칠괴는 성격이 괴팍해 그저 싸울 줄밖에 모릅니다. 도장께서 방법을 제시해주신다면 영광으로 알고 따르겠습니다."

가진악은 마옥의 말투에서 매초풍의 무공이 크게 진전했음을 알 수 있었다. 마옥은 그녀의 목숨을 살려주자고 했지만 사실 그것은 육괴의 체면을 고려해 그녀의 독수毒手를 피할 방법을 알려주려는 것이었다. 이런 사정을 모르는 한보구 등은 갑자기 관대해진 대형을 의아하게 생각했다.

마옥이 말했다.

"가 대협은 어질고 선량하니 필히 하늘의 보우를 받을 겁니다. 그리고 또 하나, 여러분이 아셔야 할 게 있습니다. 빈도의 생각으로는 지난 10년 동안 매초풍은 황약사에게 무공을 전수받은 것이 틀림없습니다."

주총이 놀라 물었다.

"흑풍쌍살은 도화도의 반도叛徒라고 들었는데, 황약사가 뭐 하러 무공을 전수해주었을까요?"

마옥이 대답했다.

"빈도도 그렇게 생각했으나 가 대협에게 당시 야산에서 겨룬 상황을 들어보니 지금과는 현격한 차이가 있더군요. 누군가가 지도해주지 않았다면 혼자 힘으로는 도저히 그런 경지에 이를 수 없습니다. 만약 철시를 죽여 황약사의 눈 밖에 난다면 그건······.”

가진악과 주총도 황약사의 신출귀몰한 무공에 대해 들은 바가 있으나 너무나 과장된 것 같아 믿지 않았다. 그러나 무술의 정종正宗 전진교의 교주까지도 그를 두려워한다면 보통 실력이 아닐 것이다.

주총이 말했다.

“도장의 주도면밀함에 자연 고개가 숙여집니다. 어서 묘책을 일러 주십시오.”

“한데 이 방법이 조금 오만해 보이는지라 혹시 흉보시진 않을는지······.”

“무슨 그런 겸손의 말씀을! 중양重陽 문하 전진칠자의 명성은 천하가 다 아는 바 아닙니까?”

주총의 그 말은 인사치레가 아니라 진심에서 우러난 존경심의 발로였다. 구처기 역시도 전진칠자 가운데 하나였지만, 그의 입에서는 죽어도 이런 말이 나오지 않았을 것이다.

“선사先師께서 베푼 덕행 덕으로 빈도의 일곱 사형제師兄弟가 무림에서 보잘것없는 명성을 얻긴 했죠. 그래서 이런 계책을 세웠는데······. 매초풍도 전진칠자를 한꺼번에 상대할 수는 없을 것이니, 저희의 허명虛名을 이용해 그녀를 놀라 달아나게 할까 합니다. 물론 이 방법은 정당하지 못하나 선의의 거짓말에 불과한 것이니 육협의 명성에도 누가 되진 않을 겁니다.”

그렇게 말하며 마옥이 자신의 계획을 설명해나갔다. 사실 육괴는 마옥의 방법이 화끈한 자신들의 성격과 어울리지 않는 것 같아 쉽게 찬성할 수가 없었다. 매초풍의 무공이 크게 증진되고 황약사가 친히 찾아온다 해도 기껏해야 장아생처럼 야산에서 생을 마감하면 그만이었다. 그러나 재삼 간청하는 마옥의 체면과 곽정을 도와준 성의를 고려해 결국 승낙하기로 결정했다.

해가 지자 그들은 각자 저녁을 든든히 먹고 절벽으로 향했다. 마옥은 곽정 뒤에서 천천히 절벽을 기어오르는데, 신묘한 경공술을 쓰지 않으면서도 힘든 기색은 눈곱만큼도 찾아볼 수 없었다. 역시 그는 심후한 공력의 소유자였다. 주총 등은 새삼 경탄해 마지않았다.

'그의 무공은 결코 구처기에 뒤지지 않는다. 구처기는 명성을 크게 떨쳤고, 그는 그렇지 않다는 차이뿐이다. 이는 두 사람의 성격이 반대이기 때문이리라.'

마옥은 곽정과 정상에 오른 후 긴 밧줄을 내려 육괴를 끌어 올렸다. 육괴는 바위 위에 새겨진 매초풍의 채찍 자국을 보고 모골이 송연해졌다. 그제야 마옥의 말이 과장이 아님을 실감한 것이다.

여덟 사람은 모두 정좌했다. 사방은 칠흑 같은 어둠 속에 휩싸이는데, 아무리 기다려도 별다른 기척이 느껴지지 않았다.

한보구가 조급해했다.

"왜 이렇게 안 오는 거지?"

가진악이 속삭였다.

"쉬! 지금 온다."

모두들 오싹해하며 귀를 기울였지만 아무 소리도 들리지 않았다. 이때 매초풍은 수 리 밖에 와 있었는데, 청각이 예민한 가진악만이 들을 수 있었던 것이다.

매초풍의 몸놀림은 어찌나 빠른지 마치 검은 연기가 굴러오는가 싶더니 순식간에 벼랑 아래 다다라 놀라운 속도로 절벽을 기어올랐다. 주총이 전금발과 한소영을 바라보니 두 사람은 긴장한 표정으로 얼굴색마저 하얗게 질려 있었다. 물론 자신의 얼굴도 그럴 것이다.

잠시 후, 정상에 오른 매초풍은 한 사람을 업고 있었는데 사지를 늘어뜨린 채 미동도 않는 것이 살았는지 죽었는지 알 수가 없었다. 곽정은 업힌 사람의 여우 가죽옷이 화쟁의 것과 비슷하다고 여기며 자세히 살펴봤더니 과연 화쟁이었다. 까무러치게 놀라 자기도 모르게 비명을 지르려는 찰나 묘수서생 주총이 재빨리 손을 뻗어 그의 입을 틀어막고 소리쳤다.

"매초풍, 이 못된 요부! 이 구처기 손에만 들어오면 요절을 내고 말 테다!"

매초풍은 절벽 위에 사람이 있다는 것만으로도 놀라 입이 벌어졌는데, 구처기라는 자가 자신의 이름까지 언급하자 기절초풍할 지경이었다. 그녀는 재빨리 바위 뒤에 몸을 숨기고 귀를 기울였다. 마옥과 강남육괴는 그 모습을 보자 여전히 긴장하면서도 웃음이 터져 나올 것 같았다. 그러나 곽정은 화쟁의 안위가 걱정되어 초조하기 그지없었다.

한보구가 말했다.

"매초풍이 해골을 쌓아둔 걸 보면 반드시 올 겁니다. 여기서 조금만 기다려봅시다."

매초풍은 대체 얼마나 많은 고수가 모여 있나 싶어 몸을 웅크린 채 미동도 하지 못했다.

한소영이 말했다.

"그녀가 극악무도하긴 하지만 전진교는 늘 자비를 베풀었으니 목숨만은 살려주기로 해요."

주총이 웃으며 말을 받았다.

"청정산인清淨散人은 마음이 약해서 탈이야. 그래서 사부님이 득도하기 쉬울 거라고 하셨지만……."

전진교의 창시자 왕중양 문하의 전진칠자는 무림에서 그 명성을 모르는 자가 없을 정도였다. 첫째가 단양자 마옥, 둘째가 장진자長眞子 담처단譚處端, 그 아래가 장생자長生子 유처현劉處玄, 장춘자 구처기, 옥양자玉陽子 왕처일王處一, 광녕자廣寧子 학대통郝大通, 마지막이 청정산인 손불이孫不二로 그녀는 마옥이 출가하기 전 얻은 아내였다.

한소영이 물었다.

"담 사형은 어떤 생각이신데요?"

남희인이 대답했다.

"도저히 용서할 수 없어!"

"담 사형, 사형의 지필공指筆功이 근래 크게 증진했다던데 이따 그 요부가 오면 솜씨나 한번 보여주세요."

주총의 말에 남희인이 대답했다.

"왕 사제가 철각공鐵脚功을 펼치는 게 낫지. 발로 차서 절벽 아래로 떨어뜨리면 간단하잖아."

전진칠자 중 구처기의 명성이 가장 높고 그다음이 옥양자 왕처일이었다. 그는 언젠가 승부를 겨루며 만 장 높이의 벼랑 끝에 한 발로 서서 강풍이 부는 가운데서도 꼼짝하지 않는 묘기를 선보여 산동 하북의 수십 영웅의 혀를 내두르게 한 적이 있었다. 그 이후로 그는 '철각선鐵脚仙'이란 별호를 얻게 되었다.

왕처일은 9년간 동굴 속에서 각고의 수련을 했으며 구처기도 그의 무공에 탄복해 시를 지어준 적이 있었다. 사실 마옥과 주총 등이 주고받는 말은 이미 짜여진 대화였다. 그러나 가진악은 흑풍쌍살과 몇 마디 말을 나눈 적이 있어 목소리를 알아차릴까 봐 입을 열지 않았다.

매초풍은 들으면 들을수록 기가 막힐 뿐이었다.

'이제 보니 전진칠자가 다 모여 있었군. 한 놈도 상대가 될까 말까 한데 일곱이 한꺼번에 공격한다면…… 조용히 숨어 있지 않는다면 분명 뼈도 못 추릴 것이다.'

이때 달이 중천에 떠 사방을 밝게 비췄다.

"오늘 밤은 먹구름 때문에 손을 펴도 손가락이 안 보일 지경이니 모두 조심하세요. 요부가 달아나도 모르겠어요."

주총이 능청을 떨자 아무것도 모르는 매초풍은 몰래 쾌재를 불렀다.

'다행히 달이 안 떴나 보군. 그렇지 않으면 눈빛이 대단한 저놈들이 날 못 봤을 리 없다. 하늘이여, 감사합니다. 계속 달이 뜨지 않게 해주소서.'

한편 곽정은 화쟁만을 주시하고 있는데 그녀가 서서히 눈을 뜨기 시작했다. 살아 있다는 것을 확인한 기쁨도 잠시, 아무 소리도 내지 말라고 두 손을 젓는데 곽정을 본 화쟁은 소리치기 시작했다.

"나 좀 살려줘! 빨리!"

곽정 역시 놀라 소리쳤다.

"아무 말도 하지 마!"

매초풍도 기겁을 하면서 황급히 화쟁의 아혈啞穴을 찍어 눌렀다. 그와 동시에 무언가 의심이 생기기 시작했다.

전금발이 물었다.

"지평아, 방금 네가 말을 했느냐?"

곽정이 맡은 역할은 소도사 윤지평이었던 것이다.

곽정이 얼버무렸다.

"제자는…… 제자는……."

"방금 여자의 목소리를 들은 것 같은데……."

주총의 말에 곽정이 황급히 대답했다.

"네, 맞아요."

매초풍의 의심은 더욱 짙어졌다.

'전진칠자가 느닷없이 사막에 나타나 이름 모를 벼랑 꼭대기에 모였다는 것은 뭔가 석연치 않다. 혹시 내가 눈이 먼 것을 알고 장난을 치는 게 아닐까?'

마옥은 그녀가 바위 뒤에서 천천히 고개를 드는 것을 보고 속임수가 들통났을지도 모른다고 생각했다. 만약 그녀가 눈치를 챘다면 재빨리 공격을 해야만 했다. 자신은 상관없지만 화쟁이 위험했고, 육괴 역시도 부상을 입을 가능성이 컸다. 그러나 예상치 못한 일이라 금방 묘책이 떠오르지 않았다. 주총은 매초풍이 은색 찬란한 채찍을 잡은 손을 서서히 드는 것을 보고 위험을 직감하며 기지를 발휘해 한마디 했다.

"대사형, 대사형은 지난 몇 년간 사부님께서 전수해주신 '금관옥쇄 이십사결金關玉鎖二十四訣'을 연마한 것으로 아는데, 우리에게 한 수 보여주심이 어떨는지요?"

마옥은 주총이 매초풍을 겁주려는 의도임을 간파하고 즉시 대답했다.

"내 비록 너희들의 맏형이나 자질이 부족하니 어찌 너희들을 따르겠느냐? 창피한 말이지만, 사부님이 전수해주신 심법도 아직 다 깨우치지 못했느니라."

그가 한마디 한마디에 힘을 실어 말하니 그 목소리가 멀리까지 울려 퍼졌다. 그의 말은 겸손하기 이를 데 없었지만 목소리는 온 산을 진동시켰고, 마지막 말이 떨어지기도 전에 첫마디가 이미 메아리쳐왔다. 그것은 바람 소리와 어우러져 마치 용과 호랑이가 포효하는 듯했다.

매초풍이 들어보니 보통 심후한 내공이 아닌지라 감히 공격할 생각을 못하고 다시 바위 뒤로 몸을 움츠렸다.

마옥이 말을 이었다.

"듣자니 매초풍은 두 눈이 멀었다던데, 알고 보면 불쌍한 신세 아니냐? 그녀가 개과천선해 더 이상 무고한 생명을 죽이지 않고, 강남육괴도 괴롭히지 않는다면 목숨만은 살려주기로 하자. 게다가 선사께서도 지난날 도화도의 도주와 서로 존경하며 지내지 않았느냐? 구 사제, 자네가 강남육괴와 친분이 있다니…… 가서 전하게. 매초풍에게 복수할 생각이면 그만두라고. 둘 다 과거지사로 묻어버리면 좋잖나?"

나머지 사람들의 공력이 너무 차이가 날까 봐 이번에는 내공을 쓰지 않았다. 주총이 말을 받았다.

"그야 어려울 게 없지만, 매초풍이 과거를 뉘우치느냐가 문제죠."

이때 갑자기 바위 뒤에서 냉랭한 음성이 울려 퍼졌다.

"전진칠자의 호의에 감사드립니다. 매초풍이 바로 여기 있습니다."

그렇게 말하며 그녀가 모습을 드러냈다. 마옥은 그녀에게 겁을 줘 쫓아 보낸 후 과거를 뉘우치고 새사람이 되게 하려는 생각이었는데,

오히려 먼저 신분을 밝히고 나서자 당황스러웠다. 매초풍이 말을 이었다.

"전 여자이니 여러 도장님과 감히 겨룰 수 없고, 오래전부터 청정산인의 무예를 흠모했으니 한 수 가르쳐주십시오."

그녀는 채찍을 움켜잡고 한소영의 대답을 기다렸다. 이때 곽정은 죽은 듯이 땅바닥에 엎드린 화쟁을 애타게 지켜보고 있었다. 그는 어려서부터 화쟁, 타뢰와 친남매처럼 지내온 터라 매초풍의 무서움 따위는 신경 쓸 경황이 없었다. 더 이상 참지 못한 곽정이 화쟁을 일으키려는 순간, 매초풍의 왼손이 갈고리처럼 곽정의 왼쪽 팔목을 낚아챘다. 그러나 곽정은 2년 동안 마옥에게 내공을 배운 터라 전신의 관절을 자유자재로 움직일 수 있었다. 그는 오른손을 이용해 재빨리 화쟁을 한소영에게 던졌고, 왼손도 교묘하게 돌려 매초풍의 손아귀에서 벗어났다.

한편 매초풍도 그의 손목이 빠져나가는 것을 느끼고 다시 한번 낚아채 꼼짝도 못하도록 맥문을 누른 후 소리쳤다.

"누구냐?"

그와 동시에 주총이 소리쳤다.

"지평아, 조심해!"

곽정은 느닷없는 공격에 허둥지둥하며 하마터면 곽정이라고 말할 뻔했지만, 둘째 사부의 고함 소리를 듣자 그제야 정신을 차렸다.

"제자는 장춘…… 장춘 진인 문하의 윤…… 윤지평입니다."

몇십 번을 외운 말이었지만 너무 놀란 나머지 결국엔 이렇게 말을 더듬었다. 매초풍은 속으로 생각했다.

'저렇게 어린 제자까지도 내공이 대단하구나. 내 면전에서 사람을 구해간 것이나 첫 번째 공격을 피한 걸 보면 여간내기가 아니다. 아무래도 피하는 게 상책이겠다.'

그녀는 흥, 하며 콧방귀를 뀌고는 손가락을 풀었다. 곽정이 재빨리 자리를 피해 손목을 보니 손가락 자국이 살 속 깊이 박혀 있었다. 그나마 꺼리는 게 있어 힘을 주지 않았기에 망정이지, 하마터면 팔목이 부러질 뻔했다. 그런 생각이 들자 갑자기 식은땀이 났다. 사실 매초풍도 더 이상 손불이로 가장한 한소영과 싸울 용기가 없었다. 그녀는 갑자기 안색을 바꾸더니 낭랑한 음성으로 물었다.

"마옥 도장, 납과 수은(도가에서 납과 수은을 제련해 불로장생의 약을 만듦)을 수장收藏하라는 게 무슨 뜻입니까?"

마옥이 아무 생각 없이 대답했다.

"납은 무거워 가라앉고 수은은 가벼워 뜨는데, 심화心火는 납처럼 가라앉히고 진기眞氣는 수은처럼 유동시켜 내공심법을 연마해야만 성취할 수 있다는 뜻이오."

"그럼 차녀영아妊女嬰兒는 무슨 뜻이죠?"

마옥은 그제야 그녀가 내공심법의 비결을 묻고 있음을 알아차리고 일갈을 토했다.

"이 사악한 요부 같으니, 그런다고 내가 가르쳐줄 것 같으냐! 썩 꺼지거라!"

"도장의 가르침에 감사드립니다."

매초풍이 "하하" 웃더니 은 채찍으로 바위를 말아 절벽 아래로 몸을 날렸다. 모두들 그렇게 빠른 몸놀림은 처음 보는지라 어안이 벙벙할 따름이었다. 매초풍이 절벽 아래로 미끄러져 내려가자 모두들 한시름 놓으며 밑을 내려다보니 그녀는 또다시 검은 연기가 굴러가듯 쏜살같이 앞으로 나아갔다. 비록 거리는 멀어졌으나 음산하고도 괴이한 움직임을 보니 아직도 소름이 돋았다. 마옥은 화쟁의 혈도를 풀어준 뒤 바위 위에 눕혀 쉬게 했다.

"10년 동안 철시의 무공이 저렇게 높아졌으리라곤 꿈에도 생각지 못했습니다. 도장께서 도와주지 않으셨다면 우리 일곱 사람은 떼죽음을 당했을지도 모릅니다."

주총이 감사의 인사를 하자 마옥은 몇 마디 겸손의 말을 한 뒤 걱정이 있는 듯 눈살을 찌푸렸다. 주총이 물었다.

"무슨 걱정이라도 있으십니까? 저희들, 힘이 비록 미약하지만 분부만 내리시면 무슨 일이든지 도와드리겠습니다."

마옥이 긴 한숨을 몰아쉬며 말했다.

"빈도의 불찰로 그 요부에게 속아 넘어갔습니다."

모두들 깜짝 놀라 물었다.

"도장께 암기를 썼습니까?"

"그런 게 아니라 방금 그 요부의 질문에 아무 생각 없이 대답을 해줬는데, 그게 장차 화근이 될 것 같습니다."

마옥의 말에 모두들 어리둥절했다. 그가 말을 이었다.

"철시의 외문外門 무공은 이미 빈도나 여러분의 몇 수 위이며 구 사제나 왕 사제가 정말 이곳에 있었더라도 승리를 장담할 수 없었을 겁니다. 다만 아직까지는 내공이 부족한 게 문제인데, 어디서 도가의 내공 비급을 훔쳐온 모양이더군요. 그러나 가르쳐주는 사람이 없어 내게 풀지 못한 구절들을 물어본 것 같은데, 다행히 두 번째 질문은 대답해주지 않았으나 첫 번째 해답만으로도 내공 증진에 큰 도움이 될 겁니다."

한소영이 말했다.

"과거를 뉘우치고 다시는 나쁜 짓을 안 하길 바라야죠."

마옥이 된 신음을 내뱉은 후 말을 받았다.

"그래야죠. 만약 내공이 증강되어 또다시 행패를 부린다면 그땐 건잡을 수 없을 겁니다. 빈도가 어리석어 미처 방비하지 못한 게 원망스럽습니다. 도화도의 무공과 우리 도가의 무예는 전혀 다른데, 매초풍의 두 가지 질문은 모두 도가 내공에 관한 것이었습니다. 대체 어떻게 된 건지……."

그때 화쟁이 신음 소리를 내며 몸을 일으키더니 소리쳤다.

"곽정 오빠, 아버지가 내 말을 안 믿고 왕한의 거처로 가버리셨어."

곽정이 놀라 물었다.

"왜 안 믿으셨지?"

"상곤과 찰목합 아저씨가 아버지를 죽일 음모를 꾸미고 있다니까, 껄껄 웃으면서 괜히 도사에게 시집가기 싫으니까 거짓말을 한다는 거야. 오빠가 직접 들은 얘기라고 해도 안 믿으시고는 오히려 오빠를 벌하시겠대. 아버지가 세 오빠와 친위병만 데리고 가시는 것을 보고 급히 오빠를 찾아왔는데, 도중에 그 장님 노파에게 잡힌 거야. 그 노파가 날 오빠한테 데려다준 거야?"

그 말을 듣고 모두 가슴이 철렁했다.

'우리가 여기에 있지 않았다면 화쟁의 머리엔 이미 다섯 개의 구멍

이 뚫렸겠군.'

곽정이 황급히 물었다.

"대칸이 가신 지 얼마나 됐지?"

화쟁이 울먹이는 소리로 대답했다.

"반나절도 넘었어. 빨리 가야 한다며 내일까지 기다릴 새가 없대. 아주 빠른 말을 몰고 갔으니까 벌써 멀리까지 가셨을 거야. 상곤 아저씨가 정말 아버지를 죽이려고 했어? 그럼 이를 어쩌지?"

화쟁은 결국 울음을 터뜨렸다. 곽정은 생전 처음으로 이런 심각한 사태에 처한지라 당황해 어쩔 줄을 몰랐다.

주총이 말했다.

"정이야, 어서 적토마를 타고 대칸을 쫓아가보거라. 네 말은 못 믿는다 해도 선발대를 보내게 하면 진상을 알게 아니냐? 화쟁, 너도 어서 가서 타뢰에게 병사를 모아 아버지를 구하러 가라고 해라."

곽정은 연달아 고개를 끄덕이며 절벽 아래로 내려갔다. 이어서 마옥이 긴 밧줄로 화쟁을 묶어 내려주었다. 곽정은 황급히 모자가 사는 몽고포로 돌아와 적토마를 타고 쏜살같이 달려 나갔다.

# 테무친을 구하라

때는 새벽녘, 희미한 달이 새벽 하늘에 걸려 있었다. 곽정은 초조해 견딜 수가 없었다.

'대칸께서 상곤이 매복한 곳에 접어든다면 쫓아가도 소용이 없을 텐데……'

곽정이 타고 있는 어린 적토마는 명마일 뿐 아니라 천성적으로 달리기를 좋아해 빨리 달릴수록 신바람이 나서 그 속도가 어찌나 빠른지 다리가 보이지 않을 정도였다.

곽정은 적토마가 지칠까 봐 가끔씩 고삐를 늦춰 쉬게 했지만, 녀석은 오히려 빨리 달리자며 울음소리와 함께 앞으로 돌진해나가곤 했다. 또한 아무리 달려도 호흡이 거칠어지지 않았고 힘든 기색도 전혀 찾아볼 수 없었다.

이렇게 두 시진을 달려서야 곽정은 고삐를 놓고 말에서 내려 휴식을 취했다. 그리고 다시 말에 올라 한 시진쯤 달리니 멀리 초원 위에 세 부대의 기마병이 빽빽이 서 있는 모습이 보였다. 어림잡아 세 개의 천인대는 되어 보였다. 어린 적토마는 순식간에 대오 근처로 다가갔다. 곽정이 깃발을 보니 그들은 왕한의 부하였는데, 저마다 활과 칼을 뽑아 들었고 경비 또한 삼엄했다.

'퇴로가 차단된 걸 보니 대칸께서 이미 지나가신 모양이다.'

곽정은 더욱 애간장을 태우며 적토마에 박차를 가했다. 어린 적토마는 활시위를 떠난 화살처럼 휙, 하는 소리와 함께 바람을 가르며 대오의 옆을 지나갔다. 통솔하는 장군이 큰 소리로 저지했지만 말은 저만치 사라진 뒤였다.

연달아 세 무리의 복병을 지나 다시 진영 하나를 뚫고 나서야 높게 걸린 테무친의 흰 깃털과 일렬로 늘어선 수백 필의 말이 북쪽을 향해 가는 모습이 보였다. 곽정은 죽을힘을 다해 테무친의 말을 따라잡으며 소리쳤다.

"대칸! 돌아가십시오. 앞으로 가시면 안 됩니다!"

"왜 그러느냐?"

놀란 테무친이 말을 세우며 묻자, 곽정은 간밤에 상곤의 막사 밖에서 들은 이야기와 퇴로가 차단된 사실을 말해주었다. 테무친은 반신반의하며 곽정의 표정을 살피다 속으로 생각했다.

'상곤 그놈은 늘 나를 마땅치 않게 생각했지만, 왕한 의부께서는 내 힘을 필요로 하시고 찰목합 의제 또한 생사고락을 같이하기로 결의했는데, 왜 날 음해하려 할까? 정말 금국의 여섯째 태자가 꼬드긴 것일까?'

곽정은 테무친의 석연치 않은 표정을 보며 재빨리 말했다.

"정 못 믿겠다면 오던 길로 사람을 보내보십시오."

테무친은 백전노장으로 어려서부터 음모와 계략에 맞서 싸워왔다. 왕한과 찰목합이 연합해 자신을 모해할 리는 없었지만, 돌다리도 두드려보고 건너자는 생각에 차남 찰합태와 대장 적노온을 불렀다.

"오던 길로 되돌아가 상황을 살펴봐라!"

테무친의 명에 두 사람은 황급히 말을 몰았다.

테무친은 사방의 지형을 살핀 후 명을 내렸다.

"산 위로 올라가 경계하라!"

그의 친위병은 수백 명에 불과했지만 모두 맹장이요, 용사들이라 대칸이 별도의 지시를 내리기 전에 이미 산 위에 돌을 쌓고 구덩이를 파 엄폐물을 만들었다. 잠시 후, 남쪽에서 흙먼지를 일으키며 수천 필의 말이 달려왔는데 상황을 살피러 간 찰합태와 적노온을 추격하고 있었다.

눈이 밝은 철별이 추격하는 적병의 깃발을 보자마자 소리쳤다.

"왕한의 병사가 맞습니다!"

이때 추격병은 여러 개의 백인대로 나뉘어 있었는데, 사방으로 흩어지는 것이 찰합태와 적노온을 포위할 기색이었다. 두 사람은 안장에 바짝 엎드려 미친 듯이 채찍을 휘둘렀다. 이때 철별이 말했다.

"곽정, 우리가 도우러 가자."

철별의 말에 두 사람은 산을 내려왔고, 곽정의 적토마는 말 무리를 향해 질주하더니 순식간에 찰합태의 면전에 다다랐다. 곽정이 세 개의 화살을 날리자 최전선에 있던 추격병 세 명이 쓰러졌고, 두 사람과 추격병 사이를 가로막고 또 한 발의 화살을 날리니 적병 하나가 땅 위로 나뒹굴었다. 이때 철별도 당도했는데 그 역시 귀신 같은 활 솜씨로 적병을 차례차례 쓰러뜨렸다. 그러나 적병이 무서운 기세로 밀물처럼 밀려오는 통에 더 이상은 막아낼 수가 없었다.

찰합태와 적노온도 몸을 돌려 몇 발을 날리고는 철별, 곽정과 함께 산 위로 후퇴했다. 테무친과 박이출, 출적 등도 저마다 백발백중의 활솜씨를 자랑하는지라 적병은 한동안 추격해오지 못했다.

테무친이 산 위에 서서 상황을 살피고 있는데, 얼마 후 동서남북 사방에서 왕한의 기병대가 벌 떼처럼 몰려왔다. 황색 깃발 아래 말에 우뚝 올라앉은 것은 바로 왕한의 아들 상곤이었다. 테무친은 포위망을 뚫기 어렵다는 것을 직감하고 시간을 벌기 위해 지연책을 썼다.

"상곤 아우, 이리 와서 얘기 좀 하세."

그러자 상곤은 친위병의 엄호를 받으며 산 밑으로 달려왔다. 화살이 날아올 것을 대비해 십수 명의 군사가 철 방패를 들고 그의 주위를 에워쌌다. 상곤이 소리쳤다.

"테무친, 어서 투항해라!"

"내가 왕한 의부에게 무슨 잘못을 저질렀다고 공격하는 것인가?"

"몽고인은 자손 대대로 부족을 나누어 그 일족이 가축을 공유하는데, 무엇 때문에 조상의 유법遺法을 어기고 부족을 합치려 하느냐? 아버지는 그게 잘못된 것이라고 했다."

"몽고인은 금국의 억압을 받고 있네. 금국은 우리에게 매년 수만 마리의 가축을 바치라고 하는데, 왜 꼭 그래야 하나? 우린 금국의 핍박으로 굶어 죽을 지경이고, 몽고인끼리 서로 싸우거나 죽이지 않는다면 금국을 두려워할 이유가 없네. 나와 왕한 의부는 화목하게 지내왔고 어떠한 원한도 없네. 다만 금국이 가운데서 이간질을 하고 있을 뿐이네."

테무친의 말에 상곤의 부하들도 내심 수긍하는 눈치였다. 테무친이 말을 이었다.

"몽고인은 저마다 재능이 있고 용감한 전사들인데, 왜 금국의 금은 보화를 뺏기는커녕 매년 가축을 희생해 그들에게 모피를 바쳐야 하는가? 몽고인 가운데는 근면하게 가축을 기르는 자들도 있고, 게으르게 밥만 축내는 자들도 있네. 그런데 어째서 근면한 사람들이 게으른 사람들 때문에 희생을 당해야 하나? 부지런한 사람들은 가축이 많아져야 하고, 게으른 사람들은 굶어 죽어야 하는 것이 진리일세."

당시 몽고는 씨족사회로 한 부족끼리 가축을 공유했는데, 근년에는 가축과 재물이 점차 늘고 중원의 한인에게 철제 기계 사용법을 배워 다수의 유목민이 사유재산을 희망하고 있었다. 또한 병사들은 전장에서 목숨을 걸고 획득한 포로와 재물을 싸움도 안 하는 노약자와 공유하길 원치 않았다. 그래서 모든 병사는 테무친의 말에 자기도 모르게 고개를 끄덕였다.

상곤은 테무친이 부하들 마음에 동요를 일으키자 다급히 소리쳤다.

"어서 무기를 버리고 투항해라. 그러지 않으면 네놈의 명줄을 끊어놓을 테다!"

이때 곽정은 형세의 다급함을 보면서 어쩔 줄 몰라 당황하고 있었다. 그런 와중에 갑자기 산 아래에서 철갑 위에 은회색 가죽 조끼를 입은 한 소년 장군이 큰 칼을 들고 위풍당당하게 질주해오는 모습이 보였다. 자세히 살펴보니 그는 바로 상곤의 아들 도사였다. 어린 시절 곽정과 타뢰를 괴롭히고 표범을 풀어 타뢰를 잡아먹게 하려던 악랄한 놈이었다.

곽정은 왕한, 상곤, 찰목합이 무엇 때문에 테무친을 모해하려는지 이해할 수가 없었다. 왕한과 테무친은 친부자처럼 지내온 사이니 필시 그 나쁜 도사 놈이 금국 여섯째 태자의 말만 믿고 중간에서 거짓말을 한 게 분명했다. 도사를 잡아 거짓말한 것을 자백하게 한다면 왕한과 상곤 등도 진상을 알게 되어 테무친 대칸과 화해할지도 모를 일이었다. 그런 생각에 곽정은 적토마를 탄 두 다리에 힘을 주어 산 아래로 질주해 내려가기 시작했다. 병사들이 어리둥절해하는 사이, 적토마는 쏜살같이 달려 이미 도사의 곁에 당도했다.

도사는 재빨리 큰 칼을 휘둘렀지만 곽정의 작은 몸이 말안장에 바짝 엎드린 터라 곽정의 정수리를 스쳐 지나갔고, 곽정은 순간 오른손을 뻗어 도사의 왼쪽 팔목의 맥문을 잡았다. 이 공격은 주총에게 전수받은 분근착골수니 도사가 대항할 수 없는 것은 당연했다.

도사가 꼼짝달싹도 못 하고 곽정이 낚아채는 대로 말 위에 끌려 올라가는데 갑자기 곽정의 등 뒤에서 바람 소리가 일었다. 그것은 두 자루의 긴 창이었는데, 곽정이 왼손으로 내리치니 공중에서 쩍 부러지고 말았다.

곽정이 오른쪽 무릎으로 적토마의 목을 가볍게 치자 어린 말은 주인의 뜻을 알아차렸다는 듯 몸을 돌려 산 위로 달렸다. 올라갈 때의 속도 역시 산을 내려올 때의 질풍 같은 속도와 같았다.

산 아래 장수들이 일제히 소리쳤다.

"활을 쏴라!"

곽정은 그 소리에 아랑곳없이 도사를 일으켜 방패막이로 삼았다.

이렇게 되자 상곤의 부하들은 더 이상 활을 쏠 수도 없었다. 산 위에 오른 곽정은 도사를 땅바닥에 내동댕이치며 소리쳤다.

"대칸, 분명 이놈이 중간에서 장난질을 친 겁니다. 어서 자백을 받아 내십시오."

테무친은 크게 기뻐하며 철창 끝을 도사의 가슴에 겨눈 뒤 상곤에게 소리쳤다.

"부하들을 100장 밖으로 물러나게 해라!"

상곤은 눈 깜짝할 사이에 사랑하는 아들을 적군에게 빼앗기자 애가 타고 화도 났지만, 테무친의 말대로 후퇴할 수밖에 없었다. 그러나 상곤은 부하들에게 명을 내려 산 밑 사방을 일고여덟 겹으로 에워싸게 했다. 이렇게 하면 제아무리 빠른 테무친이라도 포위망을 뚫을 수는 없을 것이라 생각했다.

한편 산 위의 테무친은 끊임없이 곽정을 칭찬하며 허리띠로 도사를 결박하라고 명했다. 상곤은 연달아 세 명의 사자를 보내 도사를 풀어 주고 투항하면 목숨만은 살려주겠다고 했지만, 테무친은 매번 사자의 두 귀를 잘라 내려 보냈다.

그렇게 한참이 지나자 서서히 해가 지기 시작했다. 테무친은 상곤이 어둠을 틈타 공격할까 봐 경계를 강화하라는 명을 내렸다. 한밤중이 되자 갑자기 백의를 입은 한 사람이 산기슭으로 걸어와 소리쳤다.

"나는 찰목합이오. 테무친 의형에게 드릴 말이 있어 왔소."

테무친이 직접 대답했다.

"올라오게."

천천히 산 위로 오르던 찰목합은 늠름하게 서 있는 테무친을 보자 갑자기 발걸음을 재촉해 그를 껴안으려 했다. 테무친이 쉭, 하는 소리와 함께 패도佩刀를 뽑으며 소리쳤다.

"네가 정말 날 의형이라고 생각하느냐?"

찰목합이 한숨을 내쉬며 땅바닥에 꿇어앉았다.

"의형, 의형은 이미 한 부족의 우두머리 아닙니까? 그런데 왜 모든 몽고 부족을 통일하려는 야망을 버리지 못합니까?"

테무친이 물었다.

"통일하는 게 왜 나쁜지?"

"부족 족장들이 한결같이 말하더군요. 조상 대대로 이렇게 수백 년을 살았는데 의형은 무엇 때문에 그걸 바꾸려고 안달인지……. 하늘도 용서치 않을 거라고요."

"우리 선조인 아란활아 부인의 이야기를 기억하나? 그의 다섯 아들이 하도 다투어서 어느 날 화살 하나씩을 주어 부러뜨려보라고 했더니 아주 쉽게 부러뜨렸네. 이번엔 다섯 개의 화살을 한꺼번에 부러뜨리라고 했더니 다섯 명이 아무리 용을 써도 부러뜨리지 못했네. 그녀가 아들에게 무슨 교훈을 주려고 했는지 알고 있나?"

"한 사람 한 사람이 흩어지면 하나의 화살처럼 쉽게 꺾이지만, 다섯 명이 힘을 합치면 다섯 개의 화살처럼 단단해져 그 누구도 부러뜨릴 수 없다는 것이죠."

찰목합의 목소리가 작아졌다.

"그래, 잘 기억하는군. 그래서 어떻게 됐지?"

"후에 다섯 아들은 협동 단결해 기반을 다지고 몽고족의 시조가 되었죠."

"그래! 그런데 왜 우리 몽고인 같은 영웅호걸들이 협동 단결해 금국을 치지 못하고 죽자 사자 부족들끼리만 싸우는 거지?"

"아니, 수많은 병사에 재물과 양식이 산처럼 쌓인 대금국을 어떻게 건드린단 말입니까?"

"뭐라고! 그럼 자네는 차라리 금국의 억압을 받으며 살겠단 말인가?"

"대금국은 우릴 억압하지 않았습니다. 의형을 초토사에 봉하지 않았습니까?"

테무친은 매우 노여운 목소리로 말했다.

"나도 처음에는 호의로 받아들였지만 그들의 욕심은 끝이 없네. 모피를 내놔라, 가축을 내놔라 성화를 부리더니 이젠 자기네들 전투에까지 나서라고 하질 않나. 송나라는 우리와 멀리 있고 설사 송을 멸한다 해도 그 토지는 결국 금국의 소유가 될 거네. 한데 왜 우리 병사들이 희생되어야 하는가? 소와 양이 가까이 있는 풀을 뜯지 않고 산 넘고 물 건너의 풀을 먹는다는 게 얼마나 어리석은 일인가. 우리가 싸울 상대는 송이 아니라 바로 금국일세."

"왕한과 상곤은 대금국을 배반하고 싶어 하지 않습니다."

"배반? 흥! 배반이라고? 그래, 자네 생각을 어떤가?"

"제가 상곤에게 노여워하지 말라고 당부했습니다. 장담하지만 도사만 풀어주면 형님을 무사히 보내드릴 겁니다."

"난 상곤을 믿지 않네. 자네도 마찬가지고!"

"아들은 다시 낳으면 그만이니 계속 고집을 부린다면 오늘 당장 형님을 죽여버릴 거라고 했습니다."

테무친은 상곤과 찰목합의 사람됨을 잘 알고 있었다. 그들 손에 붙

들리면 목숨을 건지기란 불가능하지만, 왕한이 직접 군사를 이끌고 나서면 투항한 다음에도 연명할 희망이 있었다. 그는 칼을 휘두르며 단호하게 소리쳤다.

"죽을지언정 투항은 하지 않겠네. 전사한 테무친은 있어도 적에게 항복하는 테무친은 없어!"

이 말에 찰목합이 자리에서 일어나며 말했다.

"형님은 전투에서 뺏은 가축과 포로를 병사에게 나눠주며 부족의 공유물이 아닌 그들의 사유재산이라고 했습니다. 부족의 족장들은 그것이 조상의 규율을 어기는 잘못된 방법이라고 했어요."

테무친이 소리치듯 말했다.

"하지만 젊은 전사들은 모두 기뻐했네! 족장들은 그들이 쟁취한 진귀한 재물을 모든 사람에게 공평하게 나눠줄 방법이 없다는 이유로 혼자서 독차지했고, 목숨 걸고 싸운 병사들은 그것을 가장 큰 불만으로 여겼네. 우리가 믿고 의지하는 게 욕심 많고 멍청한 족장들인가, 아니면 용감하게 싸우는 병사들인가?"

"테무친 의형, 그렇게 족장들의 말을 무시하고 고집을 피우겠다면 나한테도 의리를 바라지 마세요. 요즘 들어 의형에게 투항만 하면 전투에서 뺏은 재물들을 사유재산으로 나눠주겠다고 내 부하들을 유혹한 걸 모를 줄 압니까?"

테무친은 속으로 생각했다.

'그걸 알았다면 예전처럼 지낼 방법은 더더욱 없겠군.'

그러더니 비장한 결심을 한 듯 품속에서 작은 꾸러미 하나를 꺼내 찰목합에게 던졌다.

"이건 우리가 세 번째 결의를 맺을 때 자네가 준 선물이네. 그걸 먼저 가져간 다음 여기를 베게."

그러곤 손으로 자기 목을 베는 시늉을 했다. 눈가가 젖은 테무친이 긴 한숨을 쉬며 다시 말했다.

"그렇게 되면 죽이는 건 단지 적일 뿐, 적어도 의형제는 아니잖나? 나도 영웅이고 자네도 영웅인데, 이 넓은 몽고 초원은 두 명의 영웅을 품지 못하나 보군."

그의 말에 찰목합 역시 품고 있던 작은 가죽 주머니를 꺼내 테무친의 발밑에 내려놓은 뒤 조용히 산을 내려갔다. 한동안 묵묵히 그의 뒷모습을 바라보던 테무친이 주머니를 열어 어릴 때 갖고 놀던 차돌을 꺼내 들었다. 꽁꽁 언 알난하 위에서 그것을 던지고 놀던 어린 시절의 추억들이 주마등처럼 뇌리를 스쳐 지나갔다. 테무친은 한숨을 내쉬며 칼로 땅바닥에 구멍을 파 결의할 때 받은 선물들을 묻었다.

그 모습을 지켜보는 곽정도 마음이 무거웠다. 테무친이 땅에 묻은 건 선물이 아니라 소중히 지켜온 우정이라는 것을 알기 때문이었다. 테무친이 몸을 일으켜 산 아래를 바라보았다. 상곤과 찰목합의 부하들이 지핀 불이 마치 밤하늘을 뒤덮은 무수한 별처럼 드넓은 초원을 비추고 있었다.

한동안 넋을 잃고 있던 테무친이 곽정의 곁으로 다가와 물었다.

"겁나느냐?"

"어머니를 생각하고 있었어요."

"그래, 넌 용사다. 아주 훌륭한 용사야."

그는 훨훨 타오르는 불길을 가리키며 말했다.

"저들도 용사란다. 우리 몽고인은 모두가 훌륭한 용사인데 단결하지 못하고 매일 싸우기만 하는구나."

그리고 멀리 하늘을 올려다보았다.

"우린 저 푸른 하늘이 덮고 있는 곳은 어디라도…… 우리 몽고인의 목장으로 만들 수 있단다."

테무친의 목소리에 힘이 실려 있었다. 곽정은 사기를 드높이고 가슴을 열어주는 테무친의 자신만만함에 새삼스레 존경심이 우러났다.

곽정이 가슴을 쫙 펴며 말했다.

"대칸, 우린 이길 수 있어요. 절대로 비열한 상곤에게는 지지 않을 겁니다."

"그래, 우리 오늘 밤 나눈 이야기를 잊지 말자. 이번 싸움에서 살아 돌아가기만 한다면 내 너를 친아들처럼 대하리라."

테무친은 다짐하듯 말하며 곽정을 꼭 껴안았다. 그러는 사이 날은 서서히 밝아왔고, 상곤과 찰목합의 대오에서는 호각 소리가 울리기 시작했다.

"구원병이 오지 않는구나. 아무래도 이 산 위에서 용감하게 최후를 맞이해야 할 것 같다."

그와 동시에 적진에서 병기가 부딪치며 말이 투레질하는 소리가 들려왔다. 곧 총공격을 감행할 눈치였다. 곽정이 갑자기 말했다.

"대칸, 제 적토마는 아주 빨리 달릴 수 있어요. 그걸 타고 돌아가서 병사들을 이끌고 오세요. 전 여기서 적들을 막고 있겠어요."

테무친은 미소를 짓더니 그의 머리를 쓰다듬으며 말했다.

"죽음이 두려워 친구를 버리고 달아난다면 너희들의 대칸이 아니지."

"그렇군요, 제 생각이 짧았어요."

이에 테무친은 세 아들과 장군들, 그리고 친위병과 함께 흙더미 뒤에 엎드려 산 위로 오르는 모든 길목을 향해 활을 겨눴다. 잠시 후 상곤의 대오에서 세 사람이 산 밑으로 달려오는데 왼쪽은 상곤, 오른쪽은 찰목합, 그리고 가운데는 놀랍게도 금국의 여섯째 태자 완안홍열이었다. 철갑을 입고 왼손에 금 방패를 든 그가 소리쳤다.

"테무친, 감히 우리 대금국을 배반하려 드느냐!"

이때 테무친의 장자 출적이 그를 향해 화살을 날렸으나 완안홍열 곁에서 한 사람이 달려 나와 전광석화같이 손으로 화살을 낚아챘다.

"테무친을 잡아와라!"

완안홍열이 명을 내리자 네 사람이 산 위로 달려 올라왔다.

곽정이 놀라 바라보니 그 네 사람은 모두 뛰어난 경공술을 지닌 고수로 보통의 병사들과는 달랐다. 그들이 산 중턱에 다다르자 철별과 박이출 등이 비 오듯 화살을 퍼부었지만 모두 털가죽 방패에 속수무책으로 막히고 말았다. 곽정은 조바심이 났다.

'여기도 용감한 장수가 많지만 무림의 고수들한테는 상대가 못 된다. 이를 어쩌면 좋지……'

그중 흑의의 중년 남자가 산 위로 질주해오자 와활태가 칼을 들어 가로막았다. 그가 손을 휘둘러 소매 끝으로 와활태의 목덜미를 치는 동시에 단도로 정수리를 내리찍으려는 순간이었다. 갑자기 흰 검광이 번뜩이며 검 하나가 흑의인의 팔목을 공격하는데, 잔인하면서도 정확하기 이를 데 없었다. 깜짝 놀란 그가 다급히 뒤로 물러나며 살펴보니, 짙은 눈썹에 눈이 큰 소년 하나가 검을 들고 와활태의 앞을 가로막고

서 있었다. 그는 테무친의 부하 중 이토록 검술에 능한 자가 있다는 사실에 놀라는 표정이었다.

그가 소리 높여 물었다.

"너는 누구냐? 이름을 대라!"

그는 뜻밖에도 중원의 한어漢語를 쓰고 있었다.

"나는 곽정이오."

"들어본 적이 없다! 어서 투항해라."

곽정이 그의 말에 아랑곳하지 않고 사방을 둘러보니 나머지 세 사람도 모두 산 위에 올라와 있었다. 곽정은 곧 적노온, 박이홀 등과 함께 악전고투를 벌였는데 흑의인의 단도는 여전히 위력이 대단했다. 상곤의 부하들도 돌격 태세를 갖추자 목화려가 갑자기 도사의 목에 칼을 대고 소리쳤다.

"누구든 올라오기만 하면 단칼에 베어버리겠다!"

그러자 상곤이 발을 동동 구르며 완안홍열에게 말했다.

"여섯째 왕야, 내려오라고 하세요. 다른 방법을 생각해봅시다. 저러다 우리 아들이 다치겠어요."

"걱정 마시오! 아무 일 없을 거요."

완안홍열이 미소를 지으며 대답했지만 사실 그는 테무친이 도사를 죽여 두 부족의 원한이 더욱 깊어지길 바랐다. 상곤의 부하들은 감히 산 위로 올라가지 못하고 완안홍열의 수하 네 명만이 맹렬하게 싸우고 있었다.

곽정은 한소영에게 전수받은 월녀검법을 전개해 단도를 사용하는 흑의인과 교전을 벌였는데, 수초 만에 열세에 몰리고 말았다. 흑의인은 내공이 뛰어날뿐더러 초식 또한 변화무쌍했다.

복잡한 무공의 소유자인 강남육괴는 견문이 넓어 무림 각 문파가 지닌 무공의 주요 초식을 모두 곽정에게 일러준 바 있는데, 이자의 도법은 매우 특이해서 그 어디에도 속하지 않는 듯했다. 오른쪽으로 공격하는가 싶으면 어느새 방향을 바꿔 칼날이 왼쪽에 가 있었다. 곽정이 끊임없이 뒤로 밀리며 몇 초식을 겨우 받아내는데 불현듯 머리를 스치는 생각이 있었다.

'대사부께서는 상대방을 이기려면 먼저 제압해야지 제압을 당하면 백전백패라고 말씀하셨다. 지금 난 방어만 하고 있으니 제압을 당하는 쪽 아닌가?'

그는 상대방이 단도를 날리는데도 피하지 않고 오른쪽 다리를 살짝 구부려 왼손의 중지와 검지로 기를 모은 뒤 일당백의 기세로 검을 내질렀다. 흑의인은 곽정이 다급한 나머지 양패구상의 검법을 시전하는 줄 알고 흠칫 놀라 단도를 거둬들였다. 그러나 선수를 빼앗아 기세가 등등해진 곽정은 공격을 늦추지 않고 검광을 번뜩여 상대의 급소를 차례차례 공격해나갔다. 그러자 오히려 흑의인이 수세에 몰리며 어쩔 줄 몰라 당황했다.

이때 그의 동료 세 사람은 이미 테무친의 수하를 네댓 명이나 제압했는데, 수세에 몰린 흑의인이 고전을 면치 못하자 그중 하나가 창을 들고 달려오며 소리쳤다.

"대사형, 제가 도와드릴게요!"

흑의인은 악전고투 중에도 큰소리쳤다.

"필요 없다. 이 대사형의 솜씨나 구경해라!"

그는 자칭 무림 고수요, 완안홍열의 특별 초빙으로 오늘 첫선을 보이는 것이었다. 그런데 많은 사람이 지켜보는 가운데 어린아이 하나를 상대하지 못해 도움을 받는다면 체면에 큰 손상을 입을 게 뻔했다.

곽정은 그가 한눈을 파는 사이 왼쪽 무릎을 꿇고 팔꿈치를 굽혀 아래서 위로 공격하는 기봉등교起鳳騰蛟 초식을 전개했다. 흑의인은 쉬이익, 하는 소리와 함께 검 끝이 치솟아 오자 황급히 뒷걸음질을 쳤지만 왼쪽 소매가 이미 곽정의 검에 찢기고 말았다.

그의 동료 중 창을 쓰는 자가 고소하다는 듯 헤헤거리며 말했다.

"얘들아, 와서 대사형 솜씨 좀 구경해봐라!"

잘난 체하던 대사형이 망신당하는 꼴을 보여주고 싶은 모양이었다. 이때 철별 등은 테무친의 주위를 엄호하고 있었다. 고수 네 명 중 나머지 두 명은 각각 철 채찍과 한 쌍의 도끼를 사용했는데, 몽고 장군들이 긴 창을 움켜잡고 의연하게 윗사람을 지키는 모습을 보자 위압감을 느끼는지 함부로 공격하지 못했다.

둘째 사형이 부르는 소리에 나머지 둘은 유혹을 이기지 못하고 돌아서며 생각했다.

'어차피 저들도 도망은 못 갈 테니 우선 재미있는 구경이나 실컷 해볼까?'

이제 세 사람이 나란히 팔짱을 끼고 서서 대사형과 곽정의 싸움을 구경하기 시작했다. 단도를 쓰는 흑의인이 곽정과 대치하며 물었다.

"너는 누구의 문하냐? 왜 여기서 죽으려고 하지?"

곽정이 평소 사부들에게 배운 강호의 말투를 써가며 대답했다.

"제자는 강남칠협의 문하입니다. 네 분의 대성존명을 가르쳐주십시오.”

그동안 혼자서는 많이 연습해봤지만 상대방에게 써먹은 것은 처음이라 '존성대명尊姓大名'을 대성존명이라고 거꾸로 말해버리고 말았다. 단도를 쓰는 자는 세 명의 사제에게 눈짓을 하더니 고개를 휙 돌려 소리쳤다.

“우리 이름을 말해봤자 너 같은 애송이는 알지도 못한다. 칼이나 받아라!”

그렇게 말하며 그는 단도를 내리쳤다.

곽정의 공력은 그에 미치지 못했지만, 한소영이 전수해준 월녀검법은 매우 정묘하고 신비해서 상대방도 그 빠른 공격력을 두려워하는 눈치였다. 이번에는 곽정이 탐해참교探海斬蛟 초식을 전개해 적의 하체를 공격했다. 그러나 상대방의 기세도 만만치 않아 눈 깜짝할 사이 30여 초식을 맞붙었다.

산 아래의 수만 병사와 산 위의 테무친, 또 흑의인의 세 사제까지 그곳에 있는 모든 사람이 곽정과 흑의인의 싸움을 한순간도 놓치지 않고 관전했다. 흑의인은 관중에게 자신의 실력을 과시하는 한편, 대금국 여섯째 태자에게 호감을 사기 위해 정신을 집중하고 맹공을 퍼부었다. 또 시간을 끌지 않으려는 다급한 마음에 수법은 더욱 악랄해져 칼을 수평으로 해 곽정의 허리를 찍으려고 했다. 이에 곽정이 몸을 돌려 적의 어깨를 노렸다. 흑의인은 곽정이 피하지 않고 오히려 공격해오자 내심 좋아했다.

'네 검이 날 찌르기 전에 내 칼이 너의 허리를 파고들 것이다.'

그는 초식의 변화 없이 그 기세로 곽정의 허리를 맹렬히 공격했다.

그러나 이미 내공의 기반을 익힌 곽정은 하체를 움직이지도 않고 상체를 피하지도 않은 채 허리를 왼쪽으로 살짝 비틀며 상대방의 가슴을 정확하게 찔렀다.

흑의인은 괴성을 지르며 칼을 버리고 손바닥으로 곽정의 장검을 잡아 땅바닥에 떨어뜨렸다. 곽정의 검은 그의 가슴을 반 촌寸밖에 찌르지 못해 목숨이 위태로울 정도는 아니었지만, 칼날에 베인 손바닥에서는 이미 선혈이 낭자하게 흘러내렸다. 흑의인은 체면을 차릴 틈도 없이 놀라 달아나고 말았다.

곽정은 그의 목숨을 노리고 공격했는데 경험 부족으로 목적을 이루지 못하자 매우 애석해했다. 황급히 몸을 숙여 적이 버린 단도를 주우려는데 갑자기 뒤에서 바람 소리가 일었다. 철별이 소리쳤다.

"뒤를 조심해!"

그러나 곽정은 뒤를 돌아보지도 않은 채 뒷발질로 날아드는 창을 차냈다. 이 초식은 남희인이 전수해준 남산도법南山刀法 중 연자입소燕子入巢였는데, 보지 않고 차는 것이라 조금만 빗나가도 적의 창이 등을 관통했을 것이다. 물론 이 초식도 곽정이 수백 번 연마해 자신감을 얻은 것이었다.

창을 쓰던 자가 일갈을 날렸다.

"좋다!"

그는 창끝으로 곽정의 가슴을 노렸다. 곽정은 칼을 떨치며 오른발을 날려 상대방의 팔목을 걷어찼다. 그자는 곽정이 검법에만 정통한 줄 알고 단도를 줍는 순간 재빨리 뒤를 노린 것이다. 그러나 곽정의 무예는 매우 다양해 이미 어떤 무기든 노련하게 사용할 수 있었다. 곽정의 발길질에 상대방은 두 손으로 창을 거둬들였으나 앞서나간 곽정의 단도는 이미 창 막대기를 타고 날아와 그의 가슴을 겨눴다.

그자는 20여 년이나 창을 연마했고 사부 역시 무림에서 명성을 날리는 인물이었다. 일시에 반격을 가하며 수십 차례 창을 휘두르니 둘은 난형난제의 형국으로 접어들었다. 우열을 가리기 힘든 싸움이 계속되고, 적의 창이 자신을 맹공격하며 빠르게 날아오자 곽정은 남산도법을 전개했다.

그러나 상대방의 공격은 더욱 치열해져 곽정의 단도도 형체가 보이지 않을 만큼 빠르게 급소를 노렸다. 본래 단도의 주인인 흑의인도 곽정의 솜씨에 혀를 내두를 지경이었다.

이윽고 그자가 곽정의 심장을 공격하자 곽정은 진보제람進步提藍의 초식을 펴 왼손바닥으로 창을 밀어냈다. 원래 이 초식은 창을 밀어낸 후 한 발짝 앞에 나가 칼을 내질러야 하는 것으로, 곽정은 손바닥에 창이 닿자 곧 창의 위력이 미약하다는 걸 느낄 수 있었다.

곽정은 2년 동안 연마한 내공으로 반응 속도가 매우 빨라져 어떤 때는 자신의 생각을 앞지르기도 했다. 자기도 모르게 왼손으로 분근착골수를 이용해 상대방의 창을 움켜잡았다. 만약 창을 내지른 자가 창을 놓지 않으면 그자의 열 손가락은 그대로 분질러지고 말 것이다. 그자는 어떻게든 창을 움직여보려고 했지만 꼼짝도 하지 않자 지레 겁을 먹고는 창을 놓고 급히 달아나버렸다.

승리를 거둔 곽정은 심기일전해 오른손을 힘 있게 흔들고는 단도를 산 아래로 던져버리고 창을 움켜쥐었다. 이때 네 사람 중 막내가 큰 소리를 내지르며 쌍도끼를 말아 쥔 채 다가왔다.

곽정이 휘두르는 긴 창에 짧디짧은 도끼는 상대가 될 수 없었다. 무학가들도 1촌이 길면 1촌이 강하고, 1분分이 짧으면 1분이 위험하다고 했으며, 짧은 무기를 쓰는 사람은 반드시 적 가까이에서 공격해야 하는 단점이 있다고 했다.

그러나 상대의 공력은 매우 심후해 그에게 치명상을 입히는 것은 생각보다 쉽지 않았다. 적이 날을 번쩍이는 쌍도끼를 휘두르며 호시탐탐 공격해오자 둘은 재차 수 합을 겨뤘는데, 곽정은 갑자기 여섯째 사부 전금발이 전수해준 괴상한 법문이 떠올라 허점을 보이고 말았다.

적은 천재일우의 기회를 틈타 괴성과 함께 쌍도끼를 상하로 휘두르며 덤벼들었다. 곽정이 창을 비스듬히 들어 막았지만 창은 그만 뿌지직, 소리를 내며 세 동강이 나고 말았다. 적이 온몸에 힘을 실어 마지막 일격을 가하려는 순간, 그는 복부에 극심한 통증을 느꼈다. 그러나 아픔을 느낄 새도 없이 곽정의 발길질에 몸이 날아가버리고 자기가 휘두른 도끼에 자기가 얻어맞을 상황이 전개되고 말았다.

이때 흑의인 중 셋째 사형이 급히 나아가 철 채찍으로 그의 도끼를 휘감자 탕, 하는 소리와 함께 불꽃이 일더니 도끼가 땅에 떨어졌다. 어쨌든 막내는 목숨은 건졌지만 너무 놀란 나머지 얼굴이 새하얗게 질리고 말았다. 그는 조금 덤벙거리는 성격이었는데, 한참이 지나서야 자신이 진 것을 알고 발을 동동 구르며 씩씩거렸다. 그가 다시 쌍도끼를 움켜쥐고 공격해왔지만 곽정은 무기가 없었다. 맨손으로 적과 맞서고 있는데, 셋째 흑의인이 철 채찍을 휘두르며 협공해오기 시작했다.

이때 갑자기 산 아래 몽고 군사들의 야유와 욕설이 천지를 진동시켰다. 몽고인은 천성이 순수해 영웅호걸을 존중하는데, 네 사람이 차

륜전법車輪戰法을 써서 곽정 한 사람을 공격하는 것도 못마땅한 터에 무기도 없는 사람에게 두 사람이 달려들자 대장부의 행동이 아니라며 그 둘을 저지하기 위해 고함을 지른 것이다. 상곤의 부하들은 곽정이 비록 적이었지만 모두 그의 편을 들고 나섰다. 보다 못한 박이홀과 철별 두 사람이 긴 칼을 높이 들고 싸움에 가담하자, 방관하고 있던 상대측의 두 명도 합세하기 시작했다.

두 몽고 장군은 용맹하기 이를 데 없는 전사였지만 기교를 요하는 무예에는 문외한이었다. 투지와 힘만으로 수십 초를 가까스로 버텨냈지만 결국 적에게 병기를 뺏기고 말았다. 곽정은 박이홀이 위험해지자 단도를 쓰는 흑의인의 등에 장풍을 날렸다. 그는 재빨리 몸을 돌려 곽정의 손목을 공격했지만 곽정은 어깨를 움츠려 팔꿈치로 둘째 놈을 내리치고 철별까지 구해냈다.

이때 네 사람은 똑같은 생각을 했다.

'우리 네 형제가 저놈 손에 당한다면 무슨 낯으로 강호에 나갈 것이며, 어찌 여섯째 태자의 밥을 얻어먹겠는가……'

그들이 우선 곽정을 죽이기로 결심한 듯 그를 에워싼 채 총공격을 감행하자, 산 아래 몽고 병사의 야유와 욕설은 더욱 커지기 시작했다. 무기가 없는 곽정은 네 명의 고수가 한꺼번에 공격해오자 반격할 생각을 못 하고 경공술을 전개해 네 명의 무기를 요리조리 피해 다녔다. 이때 박이홀이 손에 들고 있던 장도를 높이 들고 소리쳤다.

"이 칼을 받아라!"

그는 장도를 곽정에게 던져주었다. 곽정이 몸을 날려 받으려는데 셋째가 휘두른 철 채찍에 그만 장도가 날아가버리고 말았다. 그러자 쌍도끼를 휘두르는 자가 좀 전의 수치를 씻겠다는 듯 앞뒤 잴 것 없이 허겁지겁 공격해왔다. 곽정이 피하려고 몸을 솟구치는 순간 머리 위로 단도가 날아왔다. 몸을 돌려 재빨리 공격을 피한 곽정이 왼쪽 다리로 도끼를 쓰는 막내의 머리통을 날리려는 찰나, 철 채찍에 오른쪽 넓적 다리를 맞고 말았다.

통증이 뼛속 깊이 파고들었다. 다행히 뼈는 부러지지 않았지만 그 자리에 쓰러질 만큼 심하게 비틀거리자 막내가 재빨리 도끼를 버리고 그의 두 다리를 끌어안은 채 놓지 않았다. 이윽고 곽정이 땅바닥에 쓰러지자 눈앞에 흰빛이 번뜩이며 단도와 채찍이 동시에 날아왔다. 이젠 죽었구나 싶어 두 눈을 질끈 감자 갑자기 어머니와 일곱 사부님, 마옥 도장, 의제 타뢰 그리고 화쟁의 그림자가 번개처럼 머릿속을 스쳐 지나갔다.

순간, 기운을 얻은 곽정이 자기도 모르게 도끼를 쓰는 막내의 멱살을 움켜쥔 뒤 있는 힘을 다해 들어 올려 자신의 몸을 막았다. 그러자 나머지 세 명도 흠칫 놀라며 무기를 거둬들였다. 곽정은 적이 꼼짝 못 하도록 왼손으로 맥문을 누르는 동시에 오른손으로 목을 눌러 적의 몸 밑으로 숨어 들어갔다. 세 사람은 살짝 드러난 곽정의 어깨를 힘껏 차보았지만 그는 꿈쩍도 하지 않았다.

'내 어차피 죽을 거라면 적을 한 놈이라도 죽이고 가겠다.'

곽정은 목을 누른 손가락에 더욱 힘을 주었다. 세 사람은 곽정의 끈기와 용감함에 놀라 잠시 당황했다. 철별 등은 곽정이 밑에 깔린 것을 보고 구원의 손길을 보태기 위해 칼을 움켜쥐고 뛰어왔다.

그러자 단도를 쓰는 대사형이 두 사제에게 소리쳤다.

"너희는 저 몽고 놈들을 막아라. 난 이 쥐새끼 같은 놈을 처치하겠다."

그러면서 단도로 곽정의 어깨를 찔렀다. 곽정은 어깨에 극심한 통증을 느끼며 허리와 다리에 힘을 주어 2장 정도를 굴러 달아났다.

그의 두 다리를 부둥켜안고 있던 막내는 이미 숨이 막혀 쓰러진 뒤였다. 곽정이 몸을 일으키니 적이 칼을 쥔 채 다가왔다. 어떻게든 공격을 막으려는데 채찍을 맞은 오른쪽 다리가 쑤셔 또다시 쓰러지고 말았다.

적이 칼을 내리꽂으려는 순간 곽정은 갑자기 무언가가 생각난 듯 허리춤을 만졌다. 하늘을 보고 누운 상태에서 호신용 채찍을 꺼내 곳곳의 급소를 물샐틈없이 막아주는 금룡편법을 전개하기 시작한 것이다.

마왕신 한보구는 땅딸보로 적의 하체를 공격하는 방법을 전문으로 연구했는데, 곽정이 누워서 싸우게 됐으니 이보다 더 적절한 게 없었다. 곽정이 익숙한 솜씨로 다리만을 공격하자 상대방은 비명을 지르며 욕을 해대기 시작했다. 그러나 역시 치명상을 입히긴 어려웠다. 20여 초식을 겨루자 쓰러졌던 막내가 서서히 정신을 차렸고, 다른 두 사람도 몽고 장수들을 제압한 뒤 협공에 가담했다.

곽정이 다시 불리한 형세에 놓였을 때, 갑자기 산 아래 몽고군의 대오가 헝클어지더니 여섯 사람이 여기저기서 산으로 올라오기 시작했다. 상곤과 찰목합의 부하들은 완안홍열이 또 무사를 보내 곽정을 공격하게 하는 줄 알고 저마다 큰 소리로 욕을 해댔다.

산 위에 있던 사람들이 활시위를 당겨 막으려는데 역시 눈 밝은 철별이 곽정의 사부 강남육괴가 온 것을 맨 먼저 알아차리고 소리쳤다.

"정이야! 사부님들이 오셨다!"

곽정은 곧 쓰러질 것처럼 피곤했지만 그 소리를 듣자 갑자기 기운이 솟기 시작했다. 제일 먼저 산 위에 올라온 주총과 전금발은 곽정이 땅바닥에 누운 채로 공격을 당하며 목숨이 경각에 달린 것을 보고 다급해지지 않을 수 없었다. 이에 전금발이 몸을 날려 저울대를 휘두르며 네 사람의 무기를 동시에 후려쳤다.

"이 뻔뻔한 놈들!"

네 사람은 이자의 공력이 소년과는 비교도 안 될 만큼 강력하자 다급히 물러섰다. 주총이 곽정을 일으켜 세우고 있을 때 가진악 등도 이미 당도했다. 전금발이 대갈일성을 날렸다.

"창피한 것도 모르는 파렴치한 것들! 어서 꺼져라!"

단도를 쓰는 자는 다시 공격해봤자 자신들이 열세에 몰릴 것이란 걸 알고 있었지만 산 아래로 달아났다가는 여섯째 태자의 분노한 얼굴과 마주해야 했다.

그가 태도를 바꾸며 정중하게 물었다.

"여섯 분이 바로 강남육괴가 아니신지……."

주총이 헤벌쭉한 표정으로 물었다.

"그렇소. 그대들은 누구시오?"

"우리는 귀문용왕鬼門龍王 문하의 제자입니다."

가진악과 주총 등은 그들이 곽정 하나를 상대하지 못하는 것을 보고 무명소졸인 줄 알았다가 그들의 사부가 명성 높은 귀문용왕 사통천沙通天이란 말을 듣고 놀라지 않을 수 없었다. 가진악이 냉랭하게 쏘아붙였다.

"함부로 사칭하지 마시오. 귀문용왕은 무림에서도 그 명성이 쟁쟁

한 인물인데, 그대들같이 비열한 제자를 거둘 리가 있겠소?"

그러자 쌍도끼를 쓰는 자가 곽정의 손힘에 당해 벌겋게 부어오른 목덜미를 만지며 소리쳤다.

"사칭이라니? 그분은 대사형 단혼도斷魂刀 심청강沈青剛이고, 이분은 둘째 사형 추명창追命槍 오청열吳青烈이고, 저분은 셋째 사형 탈백편奪魄鞭 마청웅馬青雄이고, 나는 상문부喪門斧 전청건錢青健이오."

"들어보니 가짜 같지는 않고…… 그렇다면 그대들이 바로 황하사귀黃河四鬼가 분명한데, 무명소졸도 아니면서 어찌 비겁하게 넷이서 한 사람을 공격한 거요?"

가진악이 묻자 오청열이 억지를 쓰기 시작했다.

"넷이서 한 사람과 싸우다니요? 여기 있는 몽고인이 죄다 그의 편을 들었으니, 우리 넷은 그들 수백 명과 싸운 겁니다."

전청건이 아무것도 모르고 마청웅에게 속삭였다.

"셋째 사형, 저 장님은 대체 누군데 건방지게 말이 많죠?"

그러나 귀 밝은 가진악이 이 말을 놓칠 리 없었다. 그는 대로하며 쇠지팡이를 의지해 전청건 쪽으로 몸을 날리더니 왼손으로 그의 등을 움켜잡고는 산 아래로 가볍게 던져버렸다.

놀란 삼귀가 일시에 반격하려 나서자 가진악이 바람처럼 몸을 날려 세 사람을 차례차례 던져버렸다. 그 몸놀림이 어찌나 빠른지 옆의 사람들은 자세히 보지도 못했는데 세 명은 이미 산 아래에서 나뒹굴고 있었다.

몽고 병사들은 누구랄 것도 없이 일제히 환호성을 질렀고, 흙먼지를 뒤집어쓴 황하사귀는 온몸이 시큰거리는데도 창피함을 무릅쓰고 기어오르느라 발버둥을 쳤다.

바로 그때 멀리서 갑자기 흙먼지를 날리며 수만의 인마가 달려오자 상곤의 대오는 일시에 흐트러졌다. 테무친은 구원병이 온 것을 보고 크게 기뻐하며 용병술에 약한 상곤의 왼쪽을 가리키며 소리쳤다.

"저쪽을 쳐라!"

이에 철별, 박이출, 출적, 찰합태가 선봉에 나섰고 구원병들은 일제히 함성으로 응답했다. 목화려는 도사를 품에 안고 그의 목에 칼을 겨누며 소리쳤다.

"길을 열어라! 어서!"

상곤은 삽시간에 대오가 무너지고 도사가 위협을 당하자 어쩔 줄 몰라 허둥거렸다. 한편 테무친은 눈 깜짝할 사이에 상곤의 면전까지 당도해 있었다. 철별이 상곤의 이마를 겨냥해 화살을 날리자 상곤은 황급히 왼쪽으로 피했으나 화살은 그의 오른쪽 뺨을 명중시켰다. 상곤이 낙마하자 그의 대오는 아수라장이 되고 말았다.

테무친이 앞서 달리자 수천 명이 함성을 지르며 뒤를 따랐고 철별, 박이출, 곽정 등은 연달아 화살을 날렸다. 상곤의 군대가 이리 밀리고 저리 밀리며 벼랑 끝에 몰리는데 뒤에서 갑자기 흙먼지를 일으키며 타뢰의 병사들까지 가세했다.

원래부터 테무친을 두려워하던 왕한과 찰목합의 부하들은 수만의 구원병까지 협공하자 모두 말 머리를 돌려 달아나기 바빴다. 타뢰는 나이가 어릴 뿐만 아니라 테무친의 명령서도 없었기 때문에 족장들이 협조하지 않아 수천의 청년병만 이끌고 달려왔다. 그러나 그는 꾀가 많아 적의 기세가 만만치 않은 것을 보고 정면 공격을 피해 자기편의 수를 가늠할 수 없도록 말꼬리에 나뭇가지를 매달고 먼지바람을 일으키며 연막 전술을 편 것이다.

테무친은 대오를 정비해 군영으로 돌아오다 화쟁이 이끄는 한 무리의 병사를 만났다. 화쟁은 모두 무사한 것을 보고는 크게 기뻐하며 재잘재잘 수다를 떨었다.

그날 밤, 테무친은 군사들을 위해 위로연을 베풀었는데 뜻밖에도 도사를 상석에 앉혔다. 여러 사람은 모두 못마땅한 듯 불평을 했다. 그러나 테무친은 오히려 그에게 석 잔의 술까지 권하며 말했다.

"왕한 의부, 상곤 의형은 모두 나의 은인이다. 나는 그들에게 털끝만큼의 원한도 없으니 돌아가거든 대신 사죄를 드려다오. 곧 의부, 의형에게 귀한 선물을 보낼 테니 이번 일로 마음 상하지 마시라고 전해라. 그리고 돌아가면 우리 딸과의 혼사도 준비하거라. 두 가문과 각 부족이 충분히 먹고 즐길 만큼 성대한 잔치를 치러야지. 넌 내 사위이니 곧 내 아들이다. 이제 두 가문은 한 가족이 될 테니 앞으로는 다른 사람들의 이간질에 동요되지 말거라."

도사는 죽지 않고 살아난 것만도 다행이라 연거푸 고개를 끄덕였다. 그런데 테무친은 말을 할 때마다 가슴을 쓸어내리며 계속 기침을 해댔다. 도사는 고개를 갸우뚱했다.

'혹시 테무친이 부상을 당한 건가?'

테무친이 말을 이었다.

"내 오늘 가슴에 화살을 맞아 3개월은 치료를 해야 나을 것 같구나. 내 직접 너를 데려다줘야 하는데……."

그렇게 말하며 가슴을 어루만지던 손을 펴는데 손바닥이 온통 피투성이였다. 그는 아랑곳하지 않고 계속 말했다.

"내 상처는 상관하지 말고 어서 혼사를 서두르거라. 다 나을 때까지 기다리다간…… 부지하세월일 게야."

그곳에 모인 사람들은 왕한이 두려워 여전히 화쟁을 도사에게 시집 보내려는 대칸이 실망스럽기 그지없었다.

다음 날 아침, 테무친은 황금과 담비 모피, 양 1천 마리, 준마 100필을 준비해 열다섯 명의 군사로 하여금 도사를 호송하게 하고 능력 있는 사자使者를 보내 왕한과 상곤에게 정중하게 사죄할 것을 명했다. 그런데 도사가 떠날 때 테무친은 말에 타지도 못하고 들것에 누워 숨을 헐떡이며 이별의 말을 전했다. 도사가 떠난 지 8일이 되자 테무친은 장수들을 소집했다.

"군사를 집합시켜라. 왕한을 습격하러 갈 것이다!"

테무친의 말에 장수들이 모두 어리둥절하고 있는데, 그가 말을 이었다.

"왕한은 병사의 수가 너무 많아 정면 대결로는 절대 이길 수 없으니 반드시 습격을 감행해야 한다. 도사를 풀어주면서 선물을 보내고 중상을 당한 것처럼 꾸민 것은 그들의 경계를 풀기 위해서였다."

그제야 장수들은 테무친의 계략을 알아차리고 감탄했다. 테무친은 부대를 셋으로 나눠 산골짜기의 좁은 길로만 행군했고, 유목민을 만나면 기밀 누설을 방지하기 위해 행군에 가담시켰다.

한편 왕한과 상곤은 테무친이 복수를 하러 올까 봐 날마다 경계를 강화했다. 그러다 귀한 선물과 함께 도사가 무사히 돌아오고 사자가 정중하게 사죄하는 것은 물론, 테무친이 중상을 입은 것까지 알게 되자 마음을 놓고 완안홍열, 찰목합과 더불어 연일 잔치를 벌이기에 바빴다.

그런데 테무친의 군사가 깊은 밤을 틈타 천지개벽의 형세로 습격해 오니 그 수를 자랑하던 왕한과 찰목합의 연합군도 당황한 나머지 사기를 잃고 일시에 무너지고 말았다.

왕한과 상곤은 서쪽으로 황급히 달아나다가 각각 내만인과 서요인西遼人에게 살해되었고, 도사는 적군의 말발굽에 깔려 죽었다. 그러나 완안홍열은 황하사귀의 호위를 받아 밤새껏 달려 중도中都로 무사히 돌아갔다.

찰목합은 부족을 잃고 다섯 명의 친위병과 함께 당노산唐努山 위로 달아났는데, 그나마 그가 양고기를 먹고 있는 틈을 타 그 친위병들이 생포해 테무친의 막사로 데리고 갔다. 테무친은 대로하며 그들을 나무랐다.

"친위병이 의리 없이 주인을 배반하고도 살기를 바랐느냐!"

그는 명을 내려 찰목합의 면전에서 그들을 참수했다. 그러고는 찰목합에게 물었다.

"우리 다시 친구가 될 수 있겠는가?"

"의형이 날 살려준다 해도 난 목숨을 부지할 면목이 없습니다. 다만 내 영혼이 깨끗이 떠날 수 있도록 피 흘리며 죽지 않게 해주십시오."

찰목합이 말하며 눈물을 흘렸다. 테무친은 한동안 침묵하더니 이윽고 입을 열었다.

"그래, 자네 소원대로 우리가 어릴 적 함께 놀던 알난하에 수장시켜 주겠네."

그러자 찰목합은 무릎을 꿇어 절한 뒤 조용히 막사를 떠났다.

며칠 후, 테무친은 알난하의 초원에 있는 모든 부족을 집합시켰다. 이때 그의 위세는 하늘을 찌를 듯했으며, 몽고의 전사들은 하나같이 그를 숭배해 왕한과 찰목합의 군사도 모두 그에게 귀순했다.

그 자리에서 모든 몽고인은 테무친을 전 몽고의 대칸인 '칭기즈칸'으로 추대했다. 그것은 대해처럼 넓고 강대하다는 뜻이었다.

칭기즈칸은 공이 있는 장수들에게 큰 상을 내렸다. 목화려, 박이출, 박이홀, 적노온 등 사걸과 철별, 자륵미, 속불태 등의 장수를 모두 천무장에 봉했고 혁혁한 공을 세운 곽정 역시 천부장에 임명했다. 18세의 소년에 불과한 그가 내로라하는 공신들과 함께 명장의 반열에 오른 것이다.

축하연에서 장수들이 권한 술로 얼큰하게 취한 테무친이 곽정에게 말했다.

"얘야, 너에게 줄 상이 또 있단다."

곽정이 황급히 무릎을 꿇어 감사를 표하자 그가 말을 이었다.

"화쟁을 너에게 주겠다. 내일부터 넌 나의 금도부마金刀駙馬가 되는 것이다."

장수들은 일제히 환호성을 질렀고, 저마다 곽정에게 축하 인사를 했다. 타뢰 역시 기뻐하며 의형을 껴안고 놓아주지 않았다. 그러나 정작 곽정은 당황한 표정으로 아무 말도 하지 못했다. 그는 화쟁을 친동생으로만 생각했을 뿐 이성으로 느낀 적은 한 번도 없었다. 수년 동안 무공 연마에만 온 정신을 집중하느라 사적인 감정을 키울 여유가 없었던 것이다.

大漠
蒼狼
成吉
思汗

테무친이 몽고의 모든 부족을 통일하자 몽고인들은 그를 칭기즈칸으로 추대했다.

그러니 갑작스러운 칭기즈칸의 말에 곽정이 당황하는 것은 당연했다. 사람들은 그의 멍한 표정을 보자 박장대소했다. 축하연이 끝난 후 곽정은 서둘러 모친에게 그 사실을 알렸다. 이평은 한동안 침묵을 지키다 강남육괴를 모셔 자초지종을 설명했다. 육괴는 자신들의 제자가 칭기즈칸의 총애를 받자 이평에게 축하의 말을 전했다. 하지만 그녀는 갑자기 무릎을 꿇더니 육괴에게 절을 올렸다.

모두들 놀란 가운데 한소영이 나서서 그녀를 일으켰다.

"아주머니, 무슨 일인지 말로 하세요. 갑자기 왜 이러세요?"

그러자 이평이 말했다.

"여섯 사부님의 가르침 덕분으로 정이가 이렇게 훌륭한 성인이 됐으니 제가 분신쇄골한들 어찌 그 큰 은혜를 갚겠습니까. 다만 곤란한 일이 생겼으니 여러 사부님께서 결정을 내려주세요."

그러면서 그녀는 죽은 남편과 의제 양철심이 서로 사돈을 맺기로 한 옛일을 들려주었다.

"대칸께서 정이를 사위로 삼으려는 건 영광스럽기 그지없는 일이지만, 만약 양숙이 유복녀를 남겼다면 약속을 지키지 못할 테니 장차 저승에서 어떻게 양숙과 남편의 얼굴을 보겠습니까?"

이평이 눈물을 흘리자 주총이 미소를 지었다.

"그건 걱정 마세요. 양 형제가 후손을 남긴 건 확실하지만, 딸이 아니라 아들이에요."

이평이 놀라움 반 기쁨 반으로 물었다.

"그걸 어떻게 아시죠?"

주총이 대답했다.

"중원의 한 친구가 편지를 보냈더군요. 정이를 강남에 데려와 양 형의 아들과 인사시킨 후 무공을 겨뤄봤으면 좋겠다고요."

강남육괴는 처음부터 구처기와 내기를 한 사연을 이평과 곽정에게 말하지 않았다. 그래서 곽정이 어린 도사 윤지평에 대해 물었을 때도 대답을 얼버무리고 말았다. 곽정은 천성이 착해 양강과의 인연을 알게 되면 무공을 겨룰 때 필시 사정을 봐줄 게 뻔하기 때문이었다.

이평은 주총의 말을 듣고 크게 기뻐하며 양철심 부부가 살아 있는지, 그 둘의 아이는 인품이 어떤지를 세세하게 물어봤지만 강남육괴로 선 알 길이 없었다. 이윽고 이평은 그 자리에서 강남육괴가 곽정을 데리고 강남으로 가 양철심의 아들을 만난 다음 단천덕을 찾아 복수하고 돌아오면 화쟁과 혼인시키기로 결론을 내렸다.

곽정이 칭기즈칸에게 가 그 일을 알리고 허락을 구하자 테무친이 말했다.

"그래, 가서 강남 구경도 하고 금국의 여섯째 태자 완안홍열의 수급도 갖고 오면 좋겠구나. 의제 찰목합과의 우정이 깨지고 그가 목숨을 잃은 것도 모두 완안홍열 그놈의 이간질 때문이 아니냐! 그래, 그 일을 처리하는 데 몇 명의 용사를 데려가면 되겠느냐?"

몽고 부족을 통일한 테무친에게 남은 적은 이제 금나라뿐이었다. 분명 일전을 치러야 할 테지만 완안홍열은 머리가 비상하고 용병술에 능한 자라 일찍 제거하는 것이 상책이었다. 사실 찰목합이 등을 돌린 진짜 이유는 테무친 자신이 조상 대대로 내려오던 불문율을 바꿔 병사들의 사유재산을 인정하고 찰목합의 부하들을 귀순하도록 꾀어낸 데 있지만, 찰목합과 그의 우정은 세상이 다 아는 터이니 완안홍열에게 그 탓을 돌리기 안성맞춤이었다.

곽정은 어릴 때부터 모친에게 들은 얘기로 평소에도 금나라를 증오했는데, 이번에 또 완안홍열이 데려온 황하사귀에게 목숨을 잃을 뻔하자 그를 죽여 테무친에게 좋은 선물을 하고 싶은 욕심이 생겼다.

'여섯 사부님만 도와준다면 어렵지 않다. 무공을 모르는 병사는 데려가봤자 방해만 될 것이다.'

곽정이 비장한 표정으로 말했다.

"다른 무사는 필요 없습니다. 여섯 사부님만 같이 가주시면 됩니다."

"좋다. 대신 우리 병력은 아직 금나라의 상대가 못 되니 눈치채지 않도록 조심하거라."

테무친의 말에 곽정이 고개를 끄덕였다. 테무친은 그 자리에서 여비로 10근의 황금을 하사하는 동시에 왕한에게서 뺏은 금은보화를 강남육괴에게 나눠주었다. 타뢰, 철별 등도 곽정이 강남에 간다는 소식을 듣고 각각 선물을 준비했다. 타뢰가 당부의 말을 했다.

"의형, 남쪽 사람들은 거짓말을 잘한대. 속지 않도록 항상 조심해."

그의 말에 곽정이 고개를 끄덕였다. 사흘 뒤 아침, 곽정은 여섯 사부와 함께 장아생의 묘를 찾아 절을 올리고 모친과 눈물로 이별한 뒤 남쪽으로 출발했다. 이평은 적토마에 탄 아들의 장성한 뒷모습이 점점 멀어지는 것을 보고 혼란스러운 전장에서 출산하던 당시가 떠올라 기쁨과 서운함이 교차했다.

곽정이 막사촌에서 10여 리 정도 벗어났을 무렵 흰 독수리 두 마리가 공중을 선회하는 모습이 보였다. 타뢰와 화쟁이 나란히 말을 타고 배웅을 나온 것이다. 타뢰는 담비 가죽옷을 선물하며 무사 귀환을 빌었지만, 곽정과 혼인하라는 아버지 말을 들은 화쟁은 아무 말도 못 하고 얼굴만 붉혔다. 타뢰가 화쟁의 등을 밀며 말했다.

"뭐라고 말 좀 해봐. 난 안 들으면 되잖아."

그가 자리를 피해주자 화쟁은 무슨 말을 할까 한참 동안 망설이다가 입을 열었다.

"빨리 돌아와……."

곽정이 고개를 끄덕이고는 물었다.

"다른 말은 할 것 없어?"

화쟁이 고개를 가로 흔들었다. 곽정이 작별 인사를 했다.

"그럼 나, 갈게."

하지만 화쟁은 여전히 고개를 숙인 채 아무 말도 하지 못했다. 곽정은 말에서 내려 그녀를 가볍게 껴안은 뒤 타뢰에게 달려가 부둥켜안았다. 그리고 말에 올라 이미 멀어진 사부들의 뒤를 쫓아갔다.

화쟁은 이별을 앞두고도 평상시와 조금도 다름없는 곽정의 무뚝뚝함에 화가 난 듯 채찍을 후려갈겼다. 애꿎은 청마만 등에 핏자국이 선명했다.

# 낯선 곳에서 황용을 처음 만나다

강남육괴와 곽정은 낮에는 종일 말을 달리고, 밤에는 쉬면서 동남쪽으로 떠난 지 수일이 지나서야 드넓은 사막과 초원을 벗어나 장가구張家口 근방에 당도할 수 있었다.

곽정은 중원이 처음이라 생전 처음 보는 경치에 마음이 상쾌하기 그지없었다. 두 다리로 말을 차서 신나게 달리니 쉭쉭, 바람 소리가 스치고 집이며 나무들이 뒤로 내달렸다.

적토마가 단숨에 흑수강에 도착하자 곽정은 길가 여인숙에서 말을 쉬게 하고 사부들을 기다렸다. 오랫동안 쉬지 않고 달린 적토마의 어깨가 땀으로 흥건해 있었다. 곽정은 측은한 마음에 수건으로 닦아주다가 흠칫 놀라 손을 움츠렸다. 수건에 피가 흥건히 묻어난 것이다. 다시 적토마의 오른쪽 어깨를 닦아보니 역시 그 어깨에서도 피가 묻어났다. 곽정은 가련한 마음에 눈물이 핑 돌았다. 그러나 적토마는 여전히 왕성한 기력을 자랑하며 조금도 피곤한 기색을 보이지 않았다.

곽정은 애마를 쓰다듬고는 왔던 길을 수시로 돌아보며 사부인 한보구가 오기만을 기다리고 있었다. 그때 어디선가 은은하고 경쾌한 종소리가 들리더니 눈같이 하얀 낙타 네 마리가 달려왔다. 낙타 위에는 역시 흰옷을 입은 남자들이 타고 있었다.

곽정은 평생을 사막에서 자랐지만 이런 아름다운 낙타는 처음 보는 터라 자신도 모르게 뚫어져라 쳐다보았다. 낙타 위에는 스물두엇 정도 되어 보이는 수려한 용모의 미남자들이 타고 있었다. 이들은 낙타에서 내려 식당으로 들어갔는데, 행동거지 하나하나가 민첩하고 단아하기 그지없었다. 온몸을 흰옷으로 감싸고 목에는 귀한 여우 모피를 두른 그들을 바라보느라 곽정은 넋을 잃고 말았다.

그중 한 남자가 곽정의 눈길이 쑥스러웠는지 얼굴이 새빨개지면서 고개를 숙이자 또 다른 한 명이 곽정에게 눈을 부라리며 소리를 쳤다.

"어이, 얼빠진 놈. 뭘 그렇게 쳐다봐?"

곽정은 놀라 황급히 고개를 돌렸다. 네 남자는 자기들끼리 소곤거리더니 깔깔대며 웃었다. 그중 한 남자의 나지막한 말소리가 곽정의 귀에 들렸다.

"축하해, 축하해. 저 바보가 너를 좋아하나 봐!"

곽정은 그들이 자신을 비웃고 있음을 눈치채고는 창피해서 귀까지 화끈거렸다. 식당을 나가버릴까 말까 생각하고 있는데 한보구가 자신의 애마인 황마 추풍황追風黃을 타고 달려오는 소리가 들렸다.

곽정은 황급히 달려가 적토마가 피를 흘리고 있다고 말했다. 한보구는 이상하다는 듯 적토마 곁으로 가서 말 어깨를 손으로 몇 번 닦아 햇빛에 비춰 보더니 웃으며 말했다.

"이건 피가 아니라 땀이야!"

곽정은 놀라서 물었다.

"땀이라고요? 붉은색 땀도 있나요?"

"정아, 이 말은 천 년에 한 번 날까 말까 한 귀한 한혈보마汗血寶馬란다. 홍마紅馬라고도 하지."

곽정은 애마가 부상을 입은 게 아니라는 말을 듣고 너무 기뻤다.

"셋째 사부, 어떻게 말의 땀이 피처럼 나죠?"

"선사先師께 들은 말인데, 서역西域 대완大宛에는 어깨에 피같이 붉은 땀을 흘리고 날개가 달린 것처럼 하루에 1천 리를 달리는 천마天馬가 산다고 하더구나. 그러나 아무도 직접 본 사람은 없어서 믿지 않았는데, 네가 그 말을 얻을 줄은 생각지도 못했지."

한보구가 말하는 도중에 가진악 등이 모두 도착했다. 시서詩書에 통달한 주총도 고개를 절레절레 흔들며 말했다.

"《사기》와 《한서》에도 분명히 그 말에 대해 나와 있어. 박망후博望侯 장건張騫이 사신으로 서역에 갔는데, 대완국大宛國 이사성貳師城에서 한혈보마를 보고 돌아와 한 무제에게 고했지. 황제는 그 말을 듣고 크게 기뻐하며 한혈보마를 얻기 위해 황금 1천 근과 실제 말 크기로 만든 황금 말을 사신과 함께 대완국으로 보냈단다. 그러나 대완 국왕은 이 사천마貳師天馬는 대완국의 국보이므로 한인에게 줄 수 없다고 말했지. 자신이 천하에서 가장 위대한 나라인 한나라의 사신이라는 자부심을 가지고 있던 장건은 크게 화를 내고 욕을 하며 금으로 만든 말을 부숴버렸단다. 대완 국왕은 한나라 사신의 무례한 언행에 노하여 사신을 죽이라 명하고 황금과 황금 말을 빼앗아버렸지."

곽정은 한창 흥미진진하게 듣고 있는데 주총이 찻잔을 들어 차를 마시자 안달하며 물었다.

"그래서 어떻게 됐어요?"

흰옷 입은 네 사람도 주총의 이야기를 정신없이 엿듣고 있었다. 주총은 차를 한 모금 마시고 나서 한보구에게 물었다.

"셋째 사제, 자넨 양마養馬의 전문가이니 그 말의 내력을 알겠구먼?"

한보구가 대답했다.

"선사께 들은 말로는, 집에서 기르는 말과 야생말을 교배해서 나온 말이라 하더군요."

주총이 말했다.

"맞아.《사기》와《한서》에 따르면, 이사성 부근의 높은 산에 나는 듯 빨리 달려서 도저히 잡을 수 없는 야생마가 살았다고 하더군. 대완국 사람들이 그 말을 잡기 위해 묘책을 냈지. 봄날 저녁, 예쁜 암말을 산 아래에 풀어놓고 야생마와 교배시킨 다음에 한혈보마를 낳게 했다는 거야. 정아, 너의 홍마는 아마도 저 멀리 대완국에서 온 듯하구나."

한소영은 이야기를 듣다가 물었다.

"말을 얻지 못한 한 무제가 그냥 가만히 있었나요?"

주총이 대답했다.

"한 무제가 가만히 있었을 리가 있겠어? 이광리李廣利 장군에게 군사 수만 명을 이끌고 대완국 이사성에서 말을 가져오라 명하고, 장군을 이사장군貳師將軍으로 봉했지. 그러나 장안에서 대완국까지는 서쪽으로 가곡관嘉谷關을 지나면서부터 온통 사막뿐이라 양식도 물도 다 떨어져서 도중에 군사들이 계속 죽어나갔어. 대완국에 도착하기도 전에 군대는 3할밖에 남지 않았지. 이광리 장군은 쇠약해진 군대와 말로는 이길 수 없다고 판단해 돈황敦煌으로 후퇴해 황제에게 원조를 청했단다. 한 무제는 대로해 사신에게 옥문관玉門關을 지키고 있다가 병사 중에 옥문관을 넘어오는 자는 모조리 참수하라고 명했어. 이광리는 그야말로 진퇴양난에 빠져서 돈황에 머물 수밖에 없었지."

이때 멀리서 방울 소리가 은은히 들리더니 또 다른 네 명이 흰 낙타를 타고 도착해 식당으로 들어왔다. 곽정은 이 네 명의 미소년도 흰옷을 걸치고 목에 담비 목도리를 두른 것을 보고 더욱 놀랐다. 이들은 먼저 온 네 사람과 동석해 음식을 주문했다.

주총은 말을 이었다.

"한 무제는 보마를 얻지도 못하고 수만 군사를 잃는다면 다른 나라들이 대大한나라의 황제를 얕볼까 두려워 20만의 군사와 양식을 실은 우마를 준비했지. 그런데도 병력이 부족할까 봐 전국에 죄지은 관리, 데릴사위, 상인들을 모두 종군케 했으니 그야말로 세상이 떠들썩했단다. 또 유명한 마사馬師 두 명을 대관大官으로 삼았으니 한 명은 구마교위驅馬校尉, 또 한 명은 집마교위執馬校尉에 봉했단다. 이제는 대완국을 치고 말을 얻는 일만 남은 셈이었지. 여섯째 사제, 한조는 농경을 중시하고 상업을 경시했으니 자네가 만약 한 무제 때 태어났더라면 낭패를 당할 뻔했네그려. 셋째 사제는 구마교위에 봉해졌을지도 모르지. 하하하!"

한소영이 물었다.

"데릴사위는 무슨 죄를 지었는데요?"

주총이 대답했다.

"가난한 사람이 아니라면 누가 데릴사위가 되겠나? 데릴사위를 원정에 강제 징집한 것은 가난한 사람을 업신여긴 것이지. 이광리는 대군을 이끌고 대완국을 40여 일 동안 포위하고는 수없이 많은 대완국의 장수들을 죽였지. 대완국의 귀족들은 겁을 먹고 국왕의 머리를 잘라 투항하고는 보마도 내주었단다. 이광리가 개선장군이 되어 돌아오자 한 무제는 크게 기뻐하며 그를 해서후海西侯에 봉하고 군사들에게도 포상을 했지. 한혈보마를 얻기 위해 천하에 얼마나 많은 사람이 목숨을 잃고 얼마나 많은 재물이 낭비되었는지……. 한 무제는 연회를 베풀어 〈천마지가天馬之歌〉란 시를 짓게 했어. '조공으로 천마를 바치니 붉은 땀이 물같이 떨어진다. 한 번 말을 달리면 만 리를 가니 용이 친구가 되네大一貢天馬下 露赤汗兮沫流赭 騁容與兮踏萬里 今安匹兮龍與友.' 이 시는 하늘의 용만이 이 천마와 친구로 어울린다는 뜻이지."

흰옷을 입은 이들도 이야기를 엿들으면서 줄곧 문밖에 있는 홍마를 힐끔거리며 부러운 기색을 띠었다. 주총은 계속 말을 이어갔다.

"대원국의 천마가 천마로서의 기상을 자랑할 수 있었던 것은 모두 야생에서 살기 때문이지. 한 무제는 온갖 정성을 쏟아 한혈보마를 얻었지만, 이사성의 고산에서 살던 야생마와 교배를 하지 못했기 때문에 결국은 몇 대 지나지 않아 능력을 잃어버리고 더 이상 붉은 땀도 흘리지 않게 되었단다."

주총이 이야기를 끝내자 일행은 다시 대화를 주고받으며 국수를 먹기 시작했다. 흰옷을 입은 여덟 명의 사람은 소곤소곤 무언가를 의논하고 있었다. 귀가 특히 밝은 가진악은 그들과 꽤 멀리 떨어져 있었음에도 그들의 말을 똑똑히 들을 수 있었다. 그의 생각에는 그들이 분명 여자였다.

"바로 해치워버리자. 저놈이 말을 타버리면 쫓아갈 수가 없을 거아냐?"

그중 한 사람이 이야기하자 바로 다른 이가 말을 받았다.

"여긴 보는 사람도 많고 게다가 저놈한텐 일행이 있잖아?"

"녀석들이 와서 방해하면 모두 죽여버리자."

가진악은 그들의 말을 듣고 깜짝 놀랐다.

'정말 악독한 여자들일세.'

그러나 당장은 아무 내색도 하지 않고 후루룩 국수를 먹었다. 그중 또 한 사람이 말했다.

"저 홍마를 주군께 바치자. 주군께서 저 말을 타고 입성하시면 얼마나 멋있을까? 삼선노괴參仙老怪나 영지상인靈智上人에 비할 바가 안되지."

가진악은 영지상인의 이름을 듣고는 영지상인이 서장西藏 밀종密宗 사람으로, 대수인大手印이라는 무공으로 서남에서 이름을 떨치고 있는 인물임을 기억해냈으나 삼선노괴는 어떤 사람인지 전혀 알지 못했다.

또 한 사람이 말했다.

"요 며칠 흑도黑道의 무리를 많이 만났는데, 모두들 천수인도千手人屠 팽련호彭連虎의 사람들이었어. 그들도 모두 수도로 모일 거야. 저 말이 그들 눈에 띄기라도 한다면 우리한테까지 차례가 오겠어?"

가진악은 팽련호라는 이름을 듣고 간담이 서늘해졌다. 팽련호는 하북과 산서 일대에서 많은 졸개를 거느리고 악명을 떨치고 있는 도적으로, 악랄하기 그지없으며 사람을 나무 베듯이 죽여서 천수인도라는 별칭으로 불렸다.

'이렇게 악랄한 놈들이 왜 수도로 모이는 걸까? 이 여자들의 정체는 도대체 뭘까?'

여자들은 소리를 낮추어 의논하더니 먼저 마을을 빠져나간 뒤 길에서 곽정의 말을 빼앗기로 결정했다. 그리고는 군주가 제일 좋아하는 사람은 너라는 둥, 군주께서 지금 널 그리워하고 계실 거라는 둥의 시답잖은 말을 주고받으며 노닥거리고 있었다.

가진악은 이들의 시답잖은 말에 눈살을 찌푸렸으나, 귀에 들리니 듣기 싫어도 안 들을 수 없는 노릇이었다. 한 여자가 말했다.

"우리가 저 한혈보마를 군주께 바치면 어떤 상을 내리실까?"

"널 며칠 밤 더 데리고 주무시겠지?"

앞서 말을 꺼낸 여자가 교태를 부리며 몸을 배배 꼬자 모두들 키득키득 한바탕 웃어젖혔다. 또 다른 이가 말했다.

"모두 너무 소란 피우지 말자. 그러다 신분이 탄로 나기라도 한다면 어쩌려고 그래? 상대도 결코 만만치 않은 것 같은데."

또 한 여자가 목소리를 낮추어 말했다.

"저 여자는 검을 차고 있는 걸로 보아 무예를 할 줄 아는 것 같은데? 인물도 반반한 것이 10년만 젊었어도 군주가 봤으면 상사병이 났겠군."

가진악은 한소영을 두고 하는 말을 듣고는 화가 치밀어 올랐다. 군주란 놈은 좋은 사람이 아님이 분명했다. 식사를 마친 여자들은 흰 낙타를 타고 식당을 나갔다.

여자들이 멀리 사라지자 가진악이 말했다.

"정아, 저 여자들의 무공이 어떤지 봤느냐?"

곽정은 놀라서 물었다.

"여자들이라니요?"

곽정이 놀라자 주총이 대신 설명해주었다.

"저들은 남장 여자인데, 정이가 눈치채지 못한 모양이군."

가진악이 물었다.

"누가 백타산白陀山에 대해 들어본 적 있나?"

일행은 모두 들어본 적이 없다고 대답했다. 가진악은 방금 들은 말을 모두 이야기했다. 주총 등은 여자들이 겁도 없이 건방지게 태산에 와서 전쟁을 벌인다니 가소롭게 여겼다. 한소영이 말했다.

"그들 중 두 여자는 코가 높고 눈이 파란 것이, 중원 사람이 아닌 듯해요."

한보구가 말을 받았다.

"맞아, 온몸이 하얀 낙타는 서장에만 있어."

가진악이 말을 이었다.

"말을 빼앗느니 하는 건 대수롭지 않은데, 그 많은 수장이 수도로 모인다는 것은 예사롭지 않아. 필시 무슨 커다란 음모가 도사리고 있을 것 같은데……. 아마 우리 대송大宋에 해를 끼치고 많은 한인을 해칠지도 몰라. 우리가 그 사실을 알았으니 그냥 지나칠 수야 없지."

전금발이 말했다.

"그러나 가흥의 무예 시합이 얼마 남지 않았으니 더 이상 지체해서는 안 돼요."

모두들 한참 동안 생각에 잠겼으나 이럴 수도 저럴 수도 없는 상황이었다. 남희인이 갑자기 말했다.

"정아, 네가 먼저 가라."

한소영이 확인하듯 물었다.

"정이를 먼저 가흥으로 보내고 우리는 이 일을 알아본 다음에 가자는 말씀이신가요?"

그 말에 남희인이 고개를 끄덕였다.

주총도 동의했다.

"좋다. 정이도 혼자서 경험을 쌓아야지."

곽정이 사부들과 헤어지는 게 섭섭하다고 하자 가진악이 꾸짖었다.

"다 큰 녀석이 아직도 어린애처럼 구는구나."

한소영이 그런 곽정을 위로했다.

"먼저 가서 우리를 기다리면 한 달도 안 돼서 따라갈 거야."

주총이 말했다.

"가흥에서의 시합에 대해 너에게 상세히 설명을 해주지 않았구나. 간단히 말해서, 3월 24일 정오에 넌 반드시 가흥의 취선루에 가 있어야 한다. 어떤 일이 있어도 그 약속을 어겨서는 안 돼."

가진악이 당부했다.

"그 여자들이 네 말을 뺏으려 해도 될 수 있으면 싸우지 말거라. 네 말이 빠르니 도망가면 쫓아오진 못할 거다. 넌 중요한 일을 앞두고 있으니 괜히 다른 일에 휘말리면 좋지 않아."

한보구도 거들었다.

"그 여자들이 감히 나쁜 짓을 한다면 우리 강남칠괴가 가만두지 않을 것이다."

장아생이 죽은 지 이미 10여 년이나 흘렀지만, 남은 여섯 사람은 무슨 일에든지 스스로를 강남칠괴라 부르며 장아생을 빼놓지 않았다.

곽정은 여섯 사부와 작별을 고했다. 육괴는 일전 곽정이 혼자서 황하사귀와 싸우면서 제법 무공을 발휘하는 것을 보고 이번에는 그를 혼자 보내기로 결정한 것이다. 일단 방금 들은 소식이 그냥 지나치기에는 너무 중대한 일이라 마음이 놓이지 않았고, 또 곽정 혼자 강호를 누비면서 경험을 쌓는 것도 괜찮은 일이라 판단했다. 사실 그런 경험은 어떤 사부도 전수할 수 없는 귀중한 것이다.

이별하기 전 육괴는 각자 한마디씩 당부하는 것을 잊지 않았다. 남희인도 평상시처럼 이것저것 입에서 나오는 대로 말하다가 가장 중요한 말을 마지막 한마디에 일축했다.

"못 이기면 도망쳐라."

그는 곽정이 성품이 우직해 고수를 만나도 그냥 죽을힘을 다해 싸우다가 목숨을 잃을 것이 분명하다고 생각해 이런 말을 한 것이다. 사실 이것이야말로 의미심장한 비결이 아닐 수 없었다.

주총이 말했다.

"무예는 끝이 없어서 산 뒤에 산이 있고 고수 위에 고수가 있으니, 네가 아무리 무예가 출중하다 할지라도 모든 적을 이길 수는 없는 법이다. 대장부는 굽힐 줄도 알아야 한다. 위험한 상황이 닥치면 잠시의 울분을 참을 줄 알아야 한다. 청산이 살아 있는 한, 태울 장작은 많을 것이다. 결코 죽음을 두려워하는 겁쟁이라서가 아니다. 적의 수가 많아서 이길 수 없는 상황에서는 결코 혈기를 부려서는 안 된다. 넷째 사부의 말을 반드시 기억하거라."

곽정은 고개를 끄덕이며 대답하고 여섯 사부께 절을 올린 다음 말을 타고 남쪽으로 향했다. 10여 년 동안 여섯 사부와 아침저녁으로 늘 함께 있었는데 이렇게 이별을 하게 되니 자신도 모르게 눈물이 흘렀다. 또 테무친과 타뢰 등이 부족함 없이 잘 보살펴주겠지만, 사막에서 외롭게 있을 어머니를 생각하니 더욱 마음이 아파왔다.

그렇게 말을 타고 10여 리를 달리자 지세가 험난해지고 양옆으로 험준하게 늘어선 높은 산과 기암괴석이 나왔다. 난생처음 혼자 길을 나선 곽정은 이런 험악한 산세를 보니 겁이 나서 칼을 쥔 손에 절로 힘이 들어가고 정신을 바짝 차려 앞을 응시하게 되었다.

'셋째 사부가 나의 이런 모습을 본다면 필시 쓸모없는 놈이라고 혼내실 거야.'

길은 점점 좁아졌다. 산허리를 돌자마자 눈앞에 희뿌연 한 무리가 서 있는 게 보였다. 바로 남장 여자 네 명이 흰 낙타를 타고 길을 가로막고 있었다. 곽정은 깜짝 놀라 멀리서 말을 세우고 큰 소리로 외쳤다.

"말이 지나가니 길을 비켜주시오!"

네 여자는 큰 소리로 웃어댔다. 그중 한 여자가 말했다.

"꼬마야, 뭘 무서워하니? 이리 와봐. 잡아먹지 않을 테니……."

곽정은 얼굴이 화끈거리며 어떻게 해야 좋을지 몰랐다.

'그들과 좋은 말로 이야기할까, 아니면 그냥 부딪쳐서 싸워야 하나?'

또 한 여자가 웃으며 말했다.

"말 멋진데……. 이리 와봐. 구경 좀 하자."

완전히 어린아이를 다루는 말투였다. 곽정은 불끈 화가 치밀어 올랐다. 그러나 얼마나 깊은 산중인지 오른쪽으로는 높은 산이 우뚝 서 있고, 왼쪽으로는 끝이 보이지 않는 협곡 아래로 희끄무레한 구름이 서려 있어 자신도 모르게 간담이 서늘해졌다.

'사부님께서 무력을 사용하지 말라고 하셨지. 말을 타고 질주하면 길을 비키지 않을 수 없을 거야.'

채찍을 한 번 휘두르고 말을 차서 달리니 홍마는 화살처럼 빠르게 앞으로 달려 나갔다. 곽정은 손에 검을 들고 큰 소리로 외쳤다.

"말이 지나가니 빨리 길을 비키시오! 부딪쳐서 계곡으로 떨어져도 난 모르오!"

말은 순식간에 여자들 앞까지 달려갔다. 그때 한 여자가 낙타에서 내려 몸을 휙 날리더니 손으로 홍마의 고삐를 낚아챘다. 그러나 말은 긴 울음을 내뱉으며 공중으로 몸을 날려 네 마리의 낙타를 거뜬히 넘어섰다. 곽정은 그야말로 구름과 안개를 뚫고 나는 듯이 여인들 뒤에 착지했다.

이때 한 여자의 간드러지는 웃음소리가 들려 곽정이 돌아보니 암기 두 개가 번쩍거리며 날아오고 있었다. 처음으로 강호에 나온 곽정은 사부의 당부를 가슴 깊이 새기며 매사에 조심하던 터라 암기에 독이 있을까 염려되어 손으로 잡지 않고 몸을 휙 돌려 모자에 암기를 담았다. 멀리서 두 여자가 동시에 찬사를 토했다.

"훌륭한 무공이군."

곽정이 모자에 담긴 암기를 보니 끝이 날카롭고 옆도 예리하기 그지없는 투창이었다. 맞았으면 필시 생명을 잃었을 것이다. 곽정은 화가 치밀어 올랐다.

'원수진 일도 없는데, 단지 말 한 필 때문에 사람을 죽이려 하다니!'

그는 투창을 옷 주머니 속에 넣고는 또 다른 여자들이 길을 막을까 봐 서둘러 말을 달렸다. 이렇게 한 시간도 안 되어 70~80여 리를 달렸더니 다행히 다른 네 명의 여자는 보이지 않았다. 만약 길에 또 매복해 있다 하더라도 빨리 말을 달려서 뚫고 지나가면 싸움을 하지 않아도 될 듯했다.

곽정은 잠시 휴식을 취한 뒤 다시 말을 달려 어두워지기 전에 장가구에 도착할 수 있었다. 흰옷의 여인들은 3일을 달려야 올 수 있는 거리니 더 이상은 따라오지 못할 것이다.

장가구는 남북의 교통로이자 변방 피복의 집산지로 인구가 많고 번화한 도시다. 이런 대도시에는 처음 와보는지라 모든 것이 신기하기만 한 곽정은 홍마를 끌고 여기저기 두리번거리며 돌아다녔다. 마침 배가 고프던 차에 주점 앞에 이른 곽정은 문간의 말구유 앞에 말을 묶어놓은 다음 쇠고기 요리 한 접시와 밀가루 떡 두 근을 시켜놓고 게걸스럽게 먹기 시작했다.

몽고인의 습관대로 쇠고기와 밀가루 떡을 손에 들고는 입으로 마구 쑤셔 넣었다. 한창 맛있게 먹고 있는데 밖에서 시끌시끌한 소리가 들렸다. 홍마 생각에 급히 밖으로 나가보니 다행히 말은 얌전히 풀을 먹고 있었다. 그런데 그 옆에서 점원 두 명이 허름한 옷차림의 깡마른 소년을 큰 소리로 야단치는 모습이 보였다.

대략 15~16세 정도 되어 보이는 소년은 때에 찌든 검고 낡은 모자를 쓰고, 얼굴과 손에는 온통 숯검정이 묻어 있어 원래 얼굴을 알아볼 수 없을 정도였다. 그러나 눈동자만은 새까맣고 총기로 빛났다. 소년은 손에 만두를 들고 히죽 웃고 있었는데, 하얗게 빛나는 가지런한 치아가 더러운 그의 얼굴과 대조를 이루었다.

점원 한 명이 윽박질렀다.

"아직도 안 가고 뭐 하는 거야?"

"가라면 가지."

소년이 몸을 돌리자 또 다른 점원이 소리쳤다.

"만두는 내려놔야지!"

소년은 순순히 만두를 내려놓았다. 그러나 만두에는 이미 손가락 자국이 검게 남아서 팔지는 못할 것 같았다. 점원이 크게 화를 내며 주먹을 휘두르자 소년이 살짝 피했다. 곽정은 배고파 보이는 소년이 측은한 마음이 들어 그들 틈에 끼어들었다.

"아이는 건드리지 마시고, 계산은 내 앞으로 달아놓으시오."

곽정은 만두를 집어서 소년에게 주었다. 그런데 소년은 도리어 그 만두를 문 앞의 개에게 줘버렸다.

"이 만두 왜 이렇게 만들었어? 불쌍한 것, 너나 먹어라."

강아지는 허겁지겁 기어와 게걸스럽게 만두를 먹어치웠다. 점원이 탄식하며 말했다.

"아이고, 아까워라. 그 맛있는 만두를 개한테 줘버리다니……."

'배가 고플 거라 생각해서 만두를 줬더니…….'

곽정은 어안이 벙벙해졌다. 소년이 쳐다보자 곽정은 무안해져서 그를 주점 안으로 불러들였다

"이리 와서 같이 먹을래?"

소년은 웃으며 말했다.

"좋아요. 나도 혼자 심심해서 마침 말동무를 찾고 있던 참이었어요."

소년의 말투는 강남 토박이 발음이었다. 곽정의 모친은 절강 임안 사

람이고, 강남육괴도 모두 가흥 좌근左近 사람이라 어릴 때부터 강남 방언에 익숙한 곽정은 소년이 고향 말을 하는 것을 듣자 너무 반가웠다.

소년이 식탁으로 와서 앉자 곽정은 음식을 더 가지고 오라고 주문했다. 점원이 꾀죄죄한 소년을 무시한 탓인지 주문하고 한참이 되어서야 느릿느릿 접시를 들고 왔다.

소년은 화를 내며 말했다.

"내가 가난하다고 여기 음식을 먹을 자격이 없단 말이오? 여기서 제일 비싼 술과 음식을 가지고 오시오. 내 입에 맞나 안 맞나 한번 먹어보게."

점원은 차갑게 말했다.

"그러셔? 주문만 하면 우리야 언제든지 만들어 오지. 먹고 나서 돈을 주느냐가 문제지."

소년이 곽정에게 물었다.

"내가 먹을 수 있는 건 다 사줄 수 있어요?"

"당연하지."

곽정은 그렇게 대답하고는 점원에게 주문을 했다.

"쇠고기 한 근과 양의 간 반 근을 가져오시오."

곽정은 쇠고기와 양의 간이 세상에서 제일 좋은 음식이라 생각했다.

"술도 할래?"

소년은 그 말에 대답은 하지 않고 엉뚱한 말을 했다.

"고기부터 먹지 말고 먼저 과일을 먹읍시다. 우선 말린 과일 네 종류와 신선한 과일 네 종류, 염장시킨 것 두 종류, 그리고 꿀에 절인 과일네 종류를 가지고 오시오."

郭靖
初遇黃蓉 李志清
九八

소년은 때에 찌들어 꾀죄죄한 차림을 하고 있었으나 눈동자만은 총기로 빛났다.

점원은 소년이 당당하게 주문하는 것을 듣고는 비웃으며 말했다.

"나리, 어떤 꿀에 절인 과일을 가져다 드릴깝쇼?"

"이런 가난한 지방의 작은 식당에서는 좋은 음식을 주문해봤자 만들어 오지 못할 테니 이렇게 합시다. 말린 과일 네 가지는 여지의 과실, 용안, 찐 대추, 은행을 가져오고 신선한 과일은 알아서 골라 오시오. 염장 과일은 앵두 절인 것과 생강으로 절인 매실을 가져오고, 꿀에 절인 과일은 있는지 모르겠네. 장미금귤, 향약포도, 복숭아, 배 절인 것을 가져오시오."

줄줄 거침없는 주문에 점원은 그를 깔보던 마음이 싹 사라졌다.

"안주로는…… 여긴 신선한 새우가 없지. 그럼 아무거나 여덟 가지 가져오시오."

점원이 정중한 태도로 물었다.

"나리는 어떤 안주를 좋아하십니까?"

"참, 일일이 말해주지 않으면 안 된다니까. 안주로는 메추라기찜, 오리 발바닥 볶음, 닭 혀 요리, 사슴 위 요리, 소 힘줄 부침, 토끼고기, 돼지 넓적다리 요리로 주시오. 여기서 할 수 있는 것만 주문했으니 다른 귀한 안주들은 다음에 먹읍시다."

점원은 놀라 입을 다물지 못하고 멍하게 듣고만 있다가 말이 끝나자 물었다.

"이렇게 시키면 값이 엄청날 텐데……. 오리 발바닥과 닭 혀 요리만 하더라도 닭과 오리 수십 마리를 잡아야 합니다."

소년은 곽정을 가리키며 말했다.

"여기 이 어르신이 값을 치를 것이오. 설마 이 어르신을 무시하는 거요?"

점원은 곽정이 두른 귀한 담비 목도리를 보고 이것만 잡아도 충분하겠다 싶어서 승낙했다.

"뭐 더 필요하신 건 없으신가요?"

"열두 가지 반찬과 여덟 가지 간식거리면 얼추 된 것 같소."

점원은 여기서 만들지 못하는 요리를 말할까 봐 감히 요리 이름은 묻지 못하고, 최상급 요리로 주방에 주문하고 나서 다시 소년에게 물었다.

"어르신, 술은 어떻게 할까요? 10년 묵은 삼백분주三白汾酒가 있는데, 먼저 두 잔을 따라 올깝쇼?"

"좋소, 아쉬운 대로 마셔보지 뭐."

잠시 뒤, 주문한 과일 등이 하나씩 상에 올라왔다. 곽정은 생전 처음 먹어보는 산해진미였다.

소년은 남방의 풍물이며 인물 등에 대해 거침없이 늘어놓기 시작했다. 곽정은 그의 풍부한 학식과 고상한 말투에 크게 탄복했다. 학식이 풍부한 둘째 사부 주총에게 가끔 글자를 배운 것 빼고는 무학에만 전념한 곽정인지라 주총 못지않은 소년의 학식에 놀라지 않을 수 없었다.

'별 볼 일 없는 거지인 줄 알았더니 학식이 이렇게 높다니……. 과연 중원의 인물은 변방과 다르구나.'

반 시진이 지나자 술안주가 두 상 가득히 차려졌다. 소년은 술도 조금만 마시고 음식도 가벼운 것으로만 몇 점 집어 먹더니 점원을 불러 꾸짖었다.

"여기 살조개 관자는 5년 전의 것인데, 이걸 어찌 팔겠다고 내놓는 거요?"

주인이 듣더니 황급히 달려 나와 웃으며 말했다.

"손님 혀는 정말 귀신입니다. 죄송합니다. 저의 집에 살조개 관자가 없어서 여기서 제일 큰 식당인 장경로에서 가져온 것입니다. 장가구에는 신선한 조개가 없거든요."

소년은 손을 휘저으며 점원을 돌려보내고 곽정과 다시 이야기를 시작했다. 소년은 곽정이 몽고에서 왔다는 말을 듣더니 사막이 어떤지 물었다. 곽정은 사부의 부탁이 생각나서 자신의 신분을 드러내지는 않고 단지 토끼며 수리를 잡으러 다닌 일, 말을 타고 늑대 사냥을 간 일 등을 이야기했다. 소년은 흥미진진하게 듣다가 손뼉을 치고 크게 웃기도 하며 아주 천진난만한 모습을 보였다.

곽정은 지금껏 사막에서만 자라면서 타뢰, 화쟁 두 친구와 어울리기는 했지만 테무친이 아들을 너무 사랑하고 곁에 두려 해서 타뢰와도 그리 어울릴 시간이 많지 않았다. 게다가 화쟁은 성깔이 있어서 자주 장난치며 놀기는 했어도 곽정이 조금만 따라주지 않으면 다투기 일쑤였다. 그러다가도 금방 화해하긴 했지만 그리 마음이 잘 맞는 친구는 아니었다. 그런 곽정이 이번에 소년과 맛있는 것을 먹으며 대화를 나누면서 이제껏 느껴보지 못한 또 다른 기쁨을 맛보는 것 같았다.

원래 말주변이 없는 곽정은 주로 상대방의 말을 듣는 편이었는데, 이번엔 어찌 된 일인지 말이 술술 잘 나왔다. 무예를 익힌 것과 테무친과의 관계를 빼고는 예전에 저질렀던 바보 같은 행동을 비롯해 거의 모든 이야기를 한꺼번에 쏟아냈다. 이렇게 허물없이 이야기하다가 곽정은 너무 흥겨운 나머지 소년의 왼손을 덥석 잡았다. 뜻밖에도 소년의 손은 곱고 매끄럽기 그지없었다.

소년은 살짝 미소를 지으며 고개를 숙였다. 고개를 숙일 때 자세히 보니 소년의 얼굴이 새까만 것에 비해 목뒤의 살결은 너무나 눈부셨다. 그러나 곽정은 그리 개의치 않았다. 소년은 가볍게 손을 뿌리치고는 말했다.

"한참 얘기하다 보니 음식도 밥도 모두 식어버렸네요."

"식은 음식도 괜찮은데……. 그럼 데워달라고 합시다."

곽정이 말하자 소년은 고개를 흔들었다.

"아니, 데운 음식은 맛이 없죠."

소년은 점원을 불러서 10여 가지가 넘는 음식을 모두 물리고 신선한 재료로 다시 만들어 오게 했다. 식당의 주인이며 요리사, 점원 등은 모두 기이하게 여기며 신이 나서 시키는 대로 했다.

몽고인의 습관에 따르면 손님을 접대할 때는 모든 정성을 다 기울이라고 했다. 게다가 곽정은 평생 처음 돈을 써보는 터라 어떻게 해야 할지 몰랐다. 설사 안다 해도 말이 잘 통하는 친구를 만나 너무 기쁜 마당에 이보다 몇십 배가 되는 돈을 쓴다 한들 전혀 아깝지 않았을 것이다.

수십 가지 요리가 다시 상에 올랐지만 소년은 몇 점 건드리더니 배가 부르다고 했다. 점원은 속으로 곽정을 비웃었다.

'이 바보야, 넌 저 애한테 사기당하고 있는 거야.'

잠시 뒤 음식값을 계산하니 19냥 7전 4푼이나 되었다. 곽정은 황금을 꺼내 은전으로 바꿔 오라고 한 다음 음식값을 치렀다.

식당을 나서자 매서운 삭풍이 얼굴을 때렸다. 소년은 한기가 도는 듯 고개를 움츠렸다.

"폐가 많았습니다. 그럼 이만⋯⋯."

곽정은 소년이 얇은 옷 한 벌만 입고 있는 것을 보자 안타까운 마음에 담비 옷을 벗어서 몸에 걸쳐주었다.

"아우, 처음 만났는데 오래된 친구 같은 느낌이 드는군. 이 옷을 입고 가게."

곽정은 그것도 모자라 남아 있는 황금 네 덩이 중 두 덩이까지 담비 옷 주머니 속에 넣어주었다. 소년은 감사하다는 말도 않고 옷을 걸치고는 가버렸다. 몇십 보를 갔을까, 소년이 고개를 돌려보니 곽정은 홍마를 잡은 채 거리에 서서 여전히 자신을 멍하니 바라보며 헤어지기 아쉬워하는 표정을 짓고 있었다. 소년은 그에게 오라는 손짓을 했다. 곽정은 빠른 걸음으로 다가갔다.

"아우, 또 뭐가 필요한가?"

소년은 미소를 지으며 말했다.

"아직 형님의 이름도 듣지 못했습니다."

곽정은 웃으며 말했다.

"그러게, 통성명하는 것을 잊었군. 성은 곽이고, 이름은 정이네. 아우는 어떻게 되는가?"

"저는 성은 황黃이고, 이름은 외자로 용蓉을 씁니다."

"아우는 어디로 가는가? 만약 남방으로 돌아간다면 동행하는 게 어떤가?"

황용은 고개를 저으며 말했다.

"전 남방으로 돌아가는 것이 아닙니다."

잠시 서로 아무 말 없이 서 있는데, 황용이 불쑥 말을 꺼냈다.

"형님, 다시 배가 고파요."

곽정은 기뻐하며 말했다.

"좋아, 다시 술과 음식을 먹으면 될 터⋯⋯."

이번에는 황용이 곽정을 데리고 장가구에서 가장 큰 주점인 장경로로 갔다. 장경로는 대송국의 옛 수도인 변량의 큰 주점과 비슷해 보였다. 이번엔 술과 음식을 많이 시키지 않고 네 가지 간식과 용정차龍井茶만 시켰다. 두 사람은 다시 이야기꽃을 피웠다. 황용은 곽정이 수리 두 마리를 키운다는 말을 듣고는 부러워했다.

"어디로 가야 할지 정하지 못했는데, 형님의 말을 들으니 몽고로 가야겠어요. 나도 수리 두 마리를 잡아서 키워봐야지."

"그게 쉽지가 않아."

"그럼 형님은 어떻게 잡았죠?"

곽정은 대답 대신 허허 웃음만 지었다. 그러면서 황용을 바라보더니 그가 입고 있는 얇은 옷으로는 몽고의 매서운 추위와 삭풍을 이기지 못할 거라는 생각이 들었다.

"네 집은 어디냐? 왜 집에 돌아가지 않는 거지?"

황용은 눈시울이 붉어지더니 말했다.

"아버지가 절 싫어해요."

"왜?"

"아버지가 사람 하나를 가두고 풀어주지 않기에 전 너무 가엾고 혼자서 심심하기도 해서 좋은 술과 음식을 주고 그 사람과 이야기를 했어요. 그랬더니 아버지가 저한테 막 화를 내잖아요. 그래서 밤에 몰래 도망쳐 나왔어요."

"아버지는 널 위해서 그랬을 거야. 어머니는?"

"오래전에 돌아가셨어요. 어릴 때부터 어머니가 안 계셨는걸요."

"이왕 나왔으니 충분히 둘러보고 논 다음에 집으로 돌아가."

황용은 눈물을 흘리며 말했다.

"아버지는 제가 집으로 돌아오는 걸 원치 않아요."

"그럴 리가 없어."

"그럼 왜 날 찾지 않는 거죠?"

"찾고 있는데 아직 널 못 찾은 걸지도 모르지."

그러자 황용은 눈물을 그치고 웃으며 말했다.

"그렇겠네요. 그럼 충분히 놀다가 집에 들어가죠 뭐. 그 전에 수리 두 마리를 잡을래요."

두 사람은 다시 여정 중에 겪은 일들을 이야기하기 시작했다. 곽정이 흰옷을 입은 남장 여자들한테 말을 빼앗길 뻔한 일을 말하자 황용이 홍마의 내력에 대해 물었다. 곽정은 황용에게 홍마의 내력을 이야기해주었다. 황용은 부러워하는 기색을 역력히 드러내다 웃으며 말했다.

"형님, 제가 보물 하나를 달라고 하면 주시겠어요?"

"안 줄 이유가 있나?"

"그럼 그 한혈보마를 주세요."

곽정은 조금도 망설이지 않고 대답했다.

"좋아, 아우에게 주지."

농담을 좋아하는 성격의 황용은 곽정이 천 년에 한 번 나올까 말까 한 홍마를 생명처럼 사랑하는 것을 보고 방금 전에 만난 자신이 달라고 하면 이 우직한 사람이 무슨 말로 거절할까 보려고 시험 삼아 말을 꺼낸 것이었다. 그런데 뜻밖에도 곽정이 시원시원하게 승낙하자 그만 감격하고 말았다. 황용은 갑자기 탁자에 엎드리더니 소리 내어 울었다. 곽정이 크게 놀라 물었다.

"아우, 왜 그러나? 어디가 아픈가?"

황용은 고개를 들었다. 비록 온 얼굴이 눈물범벅이 되었지만 기쁨으로 충만한 표정이었다. 눈물 두 줄기가 뺨을 타고 흘러내린 부분에는 검은 얼룩이 지워지고 백옥 같은 피부가 드러났다.

"형님, 우리 그만 나갑시다."

곽정은 돈을 지불하고 나왔다. 그가 고삐를 끌고 말을 부드럽게 쓰다듬으며 말했다.

"너에게 친구를 태울 거야. 착하게 말 잘 듣고 성질 부리면 안 된다."

그러고는 황용을 돌아보며 말했다.

"아우, 올라타게."

홍마는 본래 주인 외에 다른 사람은 절대 태우지 않는데 야생의 성질이 많이 누그러진 탓인지, 아니면 주인의 특별한 부탁 때문인지 순순히 말을 들었다. 황용이 말에 올라타고 곽정이 둔부를 가볍게 치니 홍마는 먼지를 일으키며 달려 나갔다.

황용과 홍마의 그림자가 모퉁이를 돌아 사라지고 나서야 곽정은 비로소 몸을 돌렸다. 벌써 날이 저물어 사방이 어둑해져 있었다. 곽정은 객잔을 찾아 투숙했다. 불을 끄고 자리에 누워 잠을 청하려는데 방문 밖에서 똑똑 소리가 들렸다. 곽정은 황용인 줄 알고 기뻐하며 물었다.

"아우인가? 다시 날 찾아오다니 반갑네."

황용은 곽정이 그토록 아끼는
홍마를 자신에게 선뜻 내주자
그만 감격하고 말았다.

그런데 밖에서 쉰 목소리가 들렸다.

"이놈아, 뭐가 그리 좋으냐?"

곽정이 놀라서 문을 여니 촛불 아래로 어른어른 다섯 사람의 그림자가 보였다. 곽정은 자신도 모르게 헉, 하고 숨을 들이켰다. 그중 네 명은 칼과 창, 채찍, 도끼를 들고 서 있는 것으로 보아 예전에 토산土山 정상에서 결투를 벌였던 황하사귀가 분명했다. 또 다른 한 사람은 40여 세 정도의 파리한 말라깽이인데, 얼굴이 아주 길고 이마에 세 개의 커다란 혹이 달려 있어 굉장히 추악한 모습이었다. 그 말라깽이는 냉소를 지으며 성큼 방으로 들어와 털썩 앉더니 곽정을 흘겨보았다. 촛불의 불빛이 그의 혹을 비추니 얼굴에 세 개의 그림자가 드리워졌다. 황하사귀 중 단혼도 심청강이 차갑게 말했다.

"이분이 우리의 사숙이신 그 유명한 삼두교三頭蛟 후통해侯通海 님이시다. 어서 절을 올려라."

곽정은 황하사귀도 혼자서 상대하기가 버거울 텐데 거기다 척 보기에도 만만치 않은 사숙까지 와서 에워싸니 포권의 예를 갖추지 않을 수 없었다.

"무슨 일로 이렇게 오셨습니까?"

후통해가 말했다.

"네 사부들은?"

"저의 여섯 사부님은 여기에 안 계십니다."

"크크…… 덕분에 반나절은 더 살겠구나. 아니었으면 여기서 너를 죽여버렸을 텐데. 내일 정오에 서쪽 10리 밖에 있는 흑송림에 있을 테니 사부들과 함께 와라."

후통해는 말을 마치자 곽정의 대답을 기다리지도 않고 일어서서 나가버렸다. 추명창 오청열이 문을 닫자 탁, 하며 밖에서 문이 잠기는 소리가 들렸다. 촛불을 끄고 다시 잠자리에 앉으니 창문으로 사람 그림자가 어른거렸다. 적이 밖에서 지키고 있는 것이 분명했다. 잠시 뒤 지붕이 들썩거리는 소리가 들리더니 누군가가 병기로 지붕의 기와를 몇 번 치며 말했다.

"꼬마야, 달아날 생각은 하지도 말아라. 어르신이 지키고 있다."

곽정은 더 이상 도망칠 수 없다는 것을 알고 침소에 들어 천장을 보며 내일 어떻게 빠져나갈까 궁리했지만, 전혀 방법이 떠오르지 않았다. 그렇게 누워 있던 곽정은 어느새 잠이 들어버렸다.

다음 날 점원이 세숫물과 먹을 것을 들고 왔다. 전청건이 쌍도끼를 들고 뒤에서 감시하고 있었다. 곽정은 여섯 사부가 모두 멀리 떨어져 있어서 필시 구하러 오지 못할 것이고, 도망칠 수도 없는 상황이니 이왕 이렇게 된 이상 대장부로서 싸우다 죽자고 생각했다. 비록 싸워서 이기지 못하면 도망치라는 당부가 있었지만, 싸우지도 않고 도망가면 이 또한 사부의 가르침에 어긋나는 것이라고 생각했다.

사실 전청건 한 사람만 감시를 하고 있었기 때문에 어떻게든 도망칠 수 있었다. 곽정이 도망쳐도 전청건은 몸이 둔해서 쫓아오지 못했을 것이다. 게다가 삼두교 후통해는 강남육괴가 근처에 있고 그들이라면 약속을 어길 리 없다고 생각했기 때문에 곽정 혼자 도망치는 데 대한 방비는 전혀 하지 않았다.

곽정은 방구석에 앉아서 마옥이 전수해준 방법으로 연공을 했다. 전청건은 그의 앞에서 쌍도끼를 휘두르면서 사방 벽을 마구 찍으며 고함을 지르다가 곽정의 연공법이 틀렸다고 지적했다. 곽정은 들은 척도 하지 않고 계속 연공에 몰두했다. 드디어 정오가 다가왔다.

곽정은 방값을 지불한 다음 전청건과 나란히 길을 나섰다. 서쪽으로 10리를 가자 울창한 송림이 나타났다. 해가 들지 않는 숲속은 어둠침침해 몇십 보 앞도 잘 보이지 않았다.

전청건은 곽정을 끌고 숲속으로 들어갔다. 그러다 얼마 안 가 곽정은 전청건과 헤어지고 말았다. 곽정은 허리춤의 채찍을 풀어서 손에 쥐고 정신을 바짝 차린 채 한 발짝 한 발짝 앞으로 나갔다. 숲속의 작은 길을 따라 몇 리를 갔는데도 여전히 적은 보이지 않았다. 조용한 숲속에는 간간이 새 울음소리만 들려 깊이 들어갈수록 무서움이 커졌다.

'옆에서 감시하는 적도 없고 나무도 이렇듯 빽빽한데, 난 왜 숨지 않는 거지? 그래, 난 도망치는 게 아니고 단지 숨을 뿐이야.'

이렇게 생각하고 막 왼쪽의 나무 사이로 숨으려는데, 머리 위에서 화난 소리가 들렸다.

"이 잡종, 개 같은 놈."

곽정은 세 걸음 물러나서 채찍을 휘두르고 기수식起手式(본격적인 공방을 하기 전 형식적으로 취하는 초식)을 한 후 진세를 펴고 고개를 들어 위를 보니, 황하사귀가 각각 큰 나무에 거꾸로 대롱대롱 매달려 있었다. 손과 발이 같이 묶여 공중에서 대롱거리며 몸부림치는 모습이 도저히 공격 자세는 아닌 것 같았다. 황하사귀는 곽정을 보더니 다시 심한 욕을 해대기 시작했다. 곽정은 웃으며 말했다.

"거기서 그네 타고 있는 겁니까? 재미있겠네요. 그럼 저는 먼저 실례합니다."

몇 걸음 걷다가 그가 다시 고개를 돌려 물었다.

"누가 여러분을 나무에 매달아놓았어요?"

전청건이 욕을 해댔다.

"이 빌어먹을 놈, 함정을 파놓다니…… 야, 인마!"

심청강이 불렀다.

"이봐! 배짱이 있으면 우리를 내려줘. 일대일로 싸워서 승부를 겨루자. 우리 네 사람이 한꺼번에 무더기로 덤벼들면 영웅이라 할 수 없지."

곽정은 똑똑하진 않지만 그렇다고 그들을 풀어줄 만큼 멍청하지도 않았다. 그는 크게 웃으며 말했다.

"그래요, 여러분이 영웅이고, 대장부입니다. 이젠 싸울 필요 없죠?"

그는 삼두교 후통해가 올까 두려워 더 이상 지체하지 않고 황급히 숲을 벗어났다. 그리고 시내로 들어가서 말을 구입하고는 남쪽으로 길을 떠났다. 가는 도중 그는 곰곰이 생각했다.

'나를 몰래 도와준 사람이 누굴까? 그 대단한 무공의 황하사귀를 모두 나무에 매달아놓다니…… 그리고 그 악랄한 삼두교 후통해는 왜 그림자도 보이지 않는 거지? 결투 약속을 했으면 천하의 악독한 놈이라도 모두 지킨다고 사부님이 말하지 않았던가? 나는 왔는데 그놈이 안 온 거니, 내 탓이 아니지.'

# 무예를 겨뤄 배필을 찾다

곽정은 혼자 꼬박 하루를 달려 연경에 다다랐다. 연경은 금나라의 수도로 천하에서 제일 번화한 곳이다. 송의 옛 수도 변량이나 새 수도 임안 역시 연경의 번화함에는 미치지 못했다.

황량한 사막에서 자란 곽정이 난생처음 보는 번화한 거리였다. 홍루화각(기생집)과 으리으리한 집 앞에는 화려한 가마며 수레가 늘어서 있고, 준마들이 길을 메우고 있었다.

커다란 상점에는 신기한 물건들이 가득하고 찻집과 술집에는 비단 옷 입은 미녀들이 지나가는 사람들을 유혹했다. 꽃향기가 거리를 메우고 통소 소리와 북소리가 허공에 울려 퍼졌다. 금 비취가 햇볕에 반짝이고 비단 향기가 바람에 실려왔다.

열의 아홉은 생전 처음 보는 물건이었으니 아직 세상 견식이 얕은 곽정으로서는 눈이 휘둥그레질 수밖에 없었다. 화려하고 큰 주루에는 들어가지 못하고 작은 식당을 골라 허기를 채운 곽정은 발길이 닿는 대로 거리를 돌아다녔다. 그렇게 반나절을 돌아다녔을까, 어디선가 시끌시끌한 환호성이 들려왔다.

멀리서 보니 한 무리의 사람들이 빙 둘러서 뭔가를 구경하고 있는 듯했다. 호기심이 생긴 곽정이 사람들 사이를 비집고 보니 큰 원 안에 비무초친比武招親(무예를 겨뤄 배우자를 구함)이라는 황금색 글씨와 흰 바탕에 붉은 꽃이 그려진 깃발이 꽂혀 있고, 깃발 아래에서는 두 사람이 한창 공방을 펼치고 있었다.

한 사람은 붉은 옷을 입은 소녀이고, 또 한 사람은 덩치 좋은 남자였다. 곽정이 보기에 소녀의 몸놀림에 법도가 있는 것이 무공이 예사롭지 않았고, 남자는 그저 그런 수준이었다. 그렇게 수 초식을 겨루다 소녀가 상체에 허를 드러냈다.

쌍교출동雙蛟出洞! 사내는 크게 기뻐하며 두 주먹으로 상대의 가슴을 움켜쥐려 했다. 그러나 소녀는 몸을 옆으로 약간 기울이며 민첩하게 빠져나가더니 왼팔로 사내의 어깨를 퍽, 하고 후려쳤다. 소녀의 일격에 사내는 중심을 잃고 앞으로 고꾸라지면서 얼굴을 처박고 말았다. 온 얼굴이 흙 범벅이 된 사내는 창피해 어쩔 줄 몰라 하며 사람들 속으로 황급히 도망쳐버렸다.

구경하던 관중들은 연신 갈채를 보내기 시작했다. 소녀는 머리를 쓸어 올리며 깃발 아래로 돌아왔다. 소녀의 나이는 17세 정도 되어 보이고 비록 오랜 여정으로 고생한 티가 나지만 반듯한 이목구비며 새하얀 치아의 수려한 용모를 감출 수는 없었다.

삭풍에 깃발이 어지러이 춤추면서 소녀의 얼굴에 간간이 그늘이 드리웠다. 깃발 왼쪽에는 창이 꽂혀 있고 오른쪽으로는 한 쌍의 짧은 미늘창이 꽂혀 있었다. 소녀와 중년의 남자가 소곤소곤 몇 마디 주고받왔다. 이윽고 남자가 고개를 끄덕이더니 둘러선 구경꾼들에게 돈을 걸고 나서 낭랑한 목소리로 말했다.

"저는 성은 목穆이요, 이름은 역易이며, 산동 사람입니다. 이곳까지 오게 된 것은 이름을 얻고자 함도 아니며, 돈을 벌고자 함도 아닙니다. 단지 혼기가 찼으나 아직 시집을 못 간 여식 때문입니다. 제 여식이 바라는 것은 돈 많은 남자가 아니라 무예가 출중한 대장부라서 오늘 이렇게 무예를 겨루어 사위를 얻고자 하는 것입니다. 나이 서른 이하에 장가를 못 간 남자분 중에서 제 여식과 무공을 겨루어 이길 수 있는 남자가 있으면 여식과 짝을 맺어주고 싶습니다. 저희 부녀는 남에서 북쪽까지 먼 길을 왔지만 이름 있는 영웅호걸들은 이미 짝이 있고, 어린 영웅은 아직 장가갈 생각이 없으니 지금껏 좋은 인연을 만나지 못하고 있습니다."

여기까지 말하고 잠시 뜸을 들이더니 두 손으로 읍을 하고 말을 이었다.

"연경은 와호장룡臥虎藏龍의 고장이라 고명한 의인과 협객이 많을 것입니다. 다소 황당하다 여기시더라도 너그러이 봐주십시오."

목역은 허리며 어깨가 굵직한 것이 체구가 장대한데 등이 약간 굽었고 머리카락이 온통 하얀색이었다. 주름이 가득한 얼굴에는 수심이 어려 있고, 여기저기 기운 낡은 무명옷을 걸치고 있었다. 반면 그 딸은 깨끗하고 좋은 옷을 입고 있었다. 목역의 말이 끝나고 한참이 지나도 소녀를 두고 농지거리나 하며 웃는 소리만 들릴 뿐 아무도 나서는 사람이 없었다. 목역은 낮게 깔린 어두운 구름과 점점 거세지는 삭풍을 바라보며 혼잣말을 했다.

"곧 대설이 내릴 모양이군. 그날도 이런 날씨였지."

그러고는 깃대를 뽑고 깃발을 접기 시작했다. 그때 갑자기 군중 속에서 두 사람이 동시에 소리치며 원 안으로 들어왔다.

"멈추시오!"

그들을 보자 모두들 실소를 금치 못했다. 동쪽에서 들어온 사람은 온 얼굴이 하얀 수염으로 뒤덮여 적어도 쉰 살은 족히 되어 보이는 뚱뚱한 늙은이요, 서쪽에서 들어온 사람은 머리가 반질반질한 까까중이니 어찌 웃지 않을 수 있겠는가.

뚱뚱보가 소리쳤다.

"웃긴 왜 웃소? 비무초친이라는데 난 아직 장가를 못 갔소. 왜? 나는 자격이 없단 말이오?"

그러자 까까중이 히죽 웃으며 말했다.

"노 공, 그만두시오. 이처럼 꽃다운 아가씨가 시집가자마자 청상이 되어서야 쓰겠소?"

뚱뚱보는 화가 나서 소리쳤다.

"네놈이 뭔데 나서느냐?"

"아리따운 아가씨를 얻어서 이 몸도 한번 환속해봅시다."

소녀는 화가 나서 눈썹을 치켜 올리며 겉옷을 휙 벗더니 싸울 태세를 갖췄다. 목역은 그런 딸을 잡아끌며 진정시키고는 깃대를 다시 땅에 꽂았다. 그러자 이번에는 뚱뚱보와 까까중이 서로 먼저 겨뤄보겠다고 말싸움을 하니 시끌벅적 난리가 벌어졌다. 옆에서 보고 있던 할 일 없는 사람이 한마디 거들었다.

"그럼 두 사람이 먼저 겨뤄 이긴 사람이 싸우면 되겠네."

그러자 까까중이 나서며 말했다.

"좋소! 노 공, 한번 해봅시다."

픽! 땡추가 먼저 주먹을 날리자 뚱뚱보는 고개를 옆으로 돌려 피하고는 역시 주먹으로 받아쳤다. 곽정이 보니 중은 소림 나한권羅漢拳을 쓰고, 뚱뚱보는 오행권五行拳을 구사했다. 모두 외문外門의 무공이었다. 중은 몸을 날리고 굽히며 날렵한 신법身法을 보였고, 뚱뚱보는 주먹과 발힘이 넘쳐 그 나이에도 아주 위력 있는 초식을 펼쳤다.

타타탁! 중이 몸을 날려 뚱뚱보의 허리에 연달아 세 번 일격을 가하자 뚱뚱보는 고통을 참지 못하고 비명을 내질렀다. 뚱뚱보가 중의 머리를 철퇴 같은 오른쪽 주먹으로 내리치자, 중은 엉덩이를 땅에 철벅 깔고 혼이 나간 듯 멍한 표정을 지었다. 그러다 갑자기 승포에서 칼을 꺼내 들고 뚱뚱보의 종아리를 찍으려 했다.

구경꾼들이 놀라 소리를 지르자 뚱뚱보는 펄쩍 뛰어 피하더니 허리춤에서 철 채찍을 뽑아 들었다. 모두 무기를 몰래 감추고 있었던 것이다. 순식간에 칼과 채찍이 오가며 살벌한 풍경이 펼쳐졌다.

구경꾼들은 잘한다, 잘한다 소리를 지르면서도 혹시 잘못해서 자신들이 다칠까 봐 연신 뒤로 물러났다. 이때 목역이 두 사람에게 다가가서 말했다.

"그만두시오! 여기는 수도요. 함부로 칼을 휘두르면 안 됩니다."

그러나 한창 싸우고 있는 그들에게 이 말이 들릴 리 없었다. 목역은 몸을 날려 장내로 들어가서 중이 들고 있던 칼을 발로 휙 차서 떨어뜨리고 손으로는 철 채찍을 낚아챘다. 뚱뚱보가 힘이 딸려 채찍을 놓치자 목역은 철 채찍을 땅으로 휙 던졌다. 두 사람은 감히 아무 말도 하지 못하고 각자 무기를 집어들고 허둥지둥 도망쳤다.

사람들의 웃음소리가 울려 퍼지는 가운데, 어디선가 방울 소리와 함께 수십 명의 건장한 하인을 데리고 말을 탄 공자 한 명이 나타났다. 공자는 '비무초친'이라는 깃발을 보고 소녀를 쭉 훑어보았다. 그러곤 말에서 내려 소녀에게 웃으며 다가왔다.

"비무초친이 소저를 두고 하는 말이오?"

소녀는 얼굴을 붉히며 고개를 살짝 돌리고는 대답을 피했다.

"비무초친의 규칙이 어떻게 되오?"

목역이 한바탕 설명을 해주자 그 공자가 나섰다.

"그럼 내가 한번 해보지요."

곽정이 살펴보니 공자는 준수한 용모에 나이는 18세 정도 되어 보이고, 몸에는 화려한 장식의 비단 장포를 걸치고 있었다.

'저 공자라면 소녀와 잘 어울리겠군. 아까 중과 뚱뚱한 늙은이의 무공이 세지 않아서 천만다행이지, 안 그랬으면…….'

목역은 예를 갖추고 웃으며 말했다.

"공자께서 괜히 웃음거리가 될 겁니다."

"뭐라고요?"

"저희 부녀같이 미천한 것들이 어찌 공자님과 짝이 되겠습니까? 게다가 이건 예사 대결이 아니라 제 여식의 평생이 걸린 대사이니 공자님이 헤아려주십시오."

공자는 소녀를 다시 보더니 물었다.

"이런 시합을 한 지 며칠이나 되오?"

"거의 반년이 다 되어갑니다."

공자는 놀라서 말했다.

"아무도 저 소저를 이기지 못했단 말이오? 난 못 믿겠소."

목역은 가볍게 웃으며 말했다.

"무공이 출중한 사람은 이미 결혼했거나 아니면 대결을 원치 않았지요."

"좋소, 그럼 내가 한번 해보겠소."

공자는 느린 걸음으로 원 안으로 들어갔다. 목역은 그의 고상하고 총기 있는 모습을 보고 생각했다.

'저 사람이 평범한 집안의 후손이라면 우리 아이랑 잘 어울릴 텐데 하필 부잣집 도련님이란 말인가? 여긴 금나라의 수도이니 부친은 조정 대신 아니면 필시 재력가일 거야. 우리 아이가 이겨도 후환이 두렵고, 진다 하더라도 그런 집안과 어떻게 사돈이 될 수 있단 말인가?'

"소인의 여식은 보잘것없는지라 공자님과는 짝이 되지 않습니다. 그만두십시오."

공자는 웃으며 말했다.

"무예를 겨루는 것이니 적당한 선에서 끝낼 거요. 걱정 마십시오. 따님을 상하게 하지는 않겠소이다."

공자는 고개를 돌려 소녀를 향해 웃으며 말했다.

"소저가 살짝 나를 건들기만 해도 이기는 걸로 하는 게 어떻겠소?"

소녀가 대답했다.

"무예를 겨루는 것인데 승부는 공정해야지요."

인파들이 순식간에 술렁거렸다.

"빨리 시작하시오. 빨리 싸워야 빨리 결혼해서 얼른 아가씨를 안아

목염자는 비무초친으로 만난 소왕야를 일편단심 사랑하게 된다.

볼 것 아니오?"

사람들은 그렇게 떠들어대며 웃기 시작했다. 소녀가 미간을 찌푸리며 말없이 겉옷을 벗고 공자에게 포권의 예를 갖추니, 공자도 웃으며 답례를 했다.

"소저께서 먼저 공격하시지요."

'저 공자는 귀하게 자란 듯한데, 무슨 무공이 있겠는가? 적당히 상대하다가 무슨 후환이 생기기 전에 얼른 빠져나가야겠다.'

목역은 이렇게 생각하고 말했다.

"그럼 공자, 장포를 벗으시지요."

공자는 웃으며 대답했다.

"필요 없소."

'그렇게 잘난 척하다 곧 쓴맛을 볼 텐데…….'

구경꾼들은 이미 소녀의 무공을 보았던 터라 이런 생각을 하고 있었다.

곳곳에서 사람들이 쑥덕거리는 소리가 들렸다.

"목씨 부녀는 강호의 보통 사람인데 감히 왕손의 공자를 어찌하겠어? 적당히 상대하면서 체면은 세워주겠지."

"저 사람들이 설마 무예를 겨뤄서 신랑을 구하려고……. 얼굴이 반반한 데다 무예까지 출중한 딸을 앞세워서 돈을 뜯어내려는 속셈인 거지. 저 공자, 왕창 뜯기게 생겼네."

소녀가 말했다.

"공자께서 먼저 하시지요."

공자는 소매를 떨치며 오른쪽으로 휙 돌아 몸 뒤쪽에서 소녀의 어깨를 향해 왼쪽 옷소매를 날렸다. 소녀는 그의 예사롭지 않은 손놀림에 움찔 놀라며 몸을 앞으로 굽혀 소매 밑을 빠져나갔다. 그러자마자 공자가 다시 오른쪽 소매로 바람을 일으키며 정면에서 치고 들어오니, 소녀는 눈앞과 머리 위에서 동시에 소매 공격을 받게 되었다. 이번의 양면 공격은 피하기 어려울 듯 보였다. 그러나 소녀는 왼발을 굴러 화살같이 빠르게 뒤로 날아올라 공자의 공격을 피했다. 급박한 가운데서도 몸놀림이 매우 민첩한 것을 보고 공자가 감탄했다.

"훌륭하군."

공자는 그 말과 동시에 소녀의 양발이 땅에 닿기도 전에 소매를 휘두르며 초식을 구사했다. 소녀는 공중에서 몸을 한 바퀴 돌리며 왼발을 날려 상대의 코를 노렸다. 이공위수以攻爲守, 최선의 공격이 최선의 방어인 것이다.

공자가 오른쪽으로 피하자 두 사람이 동시에 땅에 떨어졌다. 공자의 세 번에 걸친 공격은 빠르고 범상치 않았으며, 소녀의 방어 또한 민첩했다. 둘은 속으로 상대에게 탄복하며 서로를 응시했다. 소녀는 얼굴을 살짝 붉히더니 또다시 출수出手하여 초식을 전개했다. 다시 두 사람의 열띤 공방전이 펼쳐졌다. 공자의 휘날리는 금포에 소녀의 붉은 옷이 어우러져 그야말로 붉은 구름이 땅을 휘감는 듯했다.

곽정은 옆에서 지켜보며 자신과 나이가 비슷해 보이는 두 사람이 이런 무공을 익힌 것이 대단하다고 탄복했다. 또 두 사람이 나이나 용모가 서로 어울려 만약 부부가 되어 가끔씩 이런 무예 대결을 벌인다면 심심치 않겠다는 생각도 했다.

이렇게 그들의 대결을 흥미진진하게 지켜보고 있는데, 갑자기 공자가 입은 금포의 긴 소매가 소녀의 손에 붙잡히면서 찢기고 말았다. 소녀는 옆으로 비켜나면서 반으로 찢긴 소매를 공중으로 휙 날렸다.

"공자님, 실례했습니다."

목역은 공자에게 그렇게 말하고 다시 소녀에게 말했다.

"이제 그만 가자."

공자는 낯빛을 흐리더니 소리쳤다.

"아직 승부가 나지 않았소이다!"

공자가 두 손으로 장포의 옷깃을 잡아 양쪽으로 쭉 뜯어버리니 금포의 옥 단추가 사방으로 떨어졌다. 하인 두 명이 장내로 들어와 한 하인은 공자의 장포를 벗기고 또 다른 하인은 옥 단추를 주웠다. 공자는 안에 파란 중의를 입고 허리에는 옥색 수건을 차고 있었는데, 그 차림이 옥 같은 얼굴과 붉은 입술을 더욱 돋보이게 했다.

공자가 왼손으로 장풍을 일으켜 허공에 날리자 그의 진정한 무공이 드러났다. 다시 맹렬한 장풍이 소녀의 옷을 치니 곽정, 목역, 소녀 세 사람은 모두 크게 놀라고 말았다.

이번엔 공자가 전혀 봐주지 않고 장풍을 획획 날리니, 소녀는 공자에게 3척도 접근하지 못했다.

곽정은 흠칫 놀라며 생각했다.

'저 공자는 실로 엄청난 실력의 소유자다. 저 소녀는 적수가 안 되는구나. 혼사가 이루어지겠는걸. 여섯 사부가 늘 말씀하신 대로 중원에는 고수가 참으로 많구나. 저 공자의 장법은 기묘하고 변화무쌍한 것이 나를 능가하는 수준이야.'

목역 또한 쌍방의 실력이 이미 판가름 났음을 알고 말했다.

"염아, 그만두거라. 공자님이 너보다 훨씬 강하시구나."

'실로 대단한 무공을 지닌 걸로 봐서 이 소년은 계집질과 도박을 일삼는 부잣집 도령은 아닌 것 같다. 가문을 물어봐서 금나라의 관리만 아니면 우리 아이를 맡겨도 좋겠군.'

이렇게 생각한 목역은 두 사람을 불러들였다. 그러나 한창 급박하게 싸우는 두 사람을 멈추게 할 수는 없었다.

공자는 속으로 생각했다.

'너를 이기는 것은 손바닥 뒤집듯 쉬운 일이나, 그럼 너무 재미없지.'

공자는 갈퀴 손으로 소녀의 왼손을 낚아챘다. 소녀가 놀라 손을 빼려 발버둥을 치자 손을 놓아버렸다. 그러자 소녀는 중심을 잡지 못하고 앞으로 넘어졌다. 그때 공자가 오른손으로 그녀를 낚아채서 품에 안았다. 구경꾼들은 환호를 지르며 시끌벅적 소란을 피웠다. 소녀는 수치심에 얼굴이 발개져서 낮은 목소리로 애원했다.

"빨리 놓아주세요."

공자는 웃으며 말했다.

"오빠라고 부르면 놓아주지."

소녀가 그의 경박함에 화가 나 힘껏 발버둥을 치자 그는 더욱 꽉 껴안고 놓아주지 않았다. 목역이 서둘러 다가와 말했다.

"공자께서 이기셨으니 딸아이를 놓아주시지요!"

그러나 공자는 하하, 웃을 뿐 여전히 소녀를 껴안고 있었다. 소녀가 마음이 급해져서 발로 그의 태양혈을 차니 공자는 손을 놓을 수밖에 없었다. 그러나 공자는 오른팔을 위로 들어 막은 후 소녀의 손목을 잡고 비틀며 다시 그녀가 찬 오른발을 잡았다. 실로 물 흐르듯 아주 자연

스럽게 소녀의 손목과 발을 낚아챈 것이다.

소녀는 더욱 급하게 있는 힘껏 발을 뺐다. 붉은 꽃을 수놓은 신발이 벗겨지면서 겨우 그의 품에서 벗어날 수 있었다. 땅에 주저앉은 소녀는 수치심에 얼굴을 들지 못하고 흰 버선발만 어루만졌다. 공자는 히죽거리며 소녀의 신발을 코에 대고 냄새를 맡는 척했다.

구경하는 무뢰한들은 우, 소리를 지르며 신이 난 듯 외쳤다.

"냄새 좋겠다!"

목역은 웃으며 말했다.

"공자의 존함이 어떻게 되시오?"

공자가 냉랭한 음성으로 말했다.

"알 필요 없소."

그는 몸을 휙 돌려 금포를 걸치고는 소녀를 힐끗 보며 조롱하듯 소녀의 신발을 품에 안았다. 이때 바람이 더욱 거세지면서 하늘에는 눈송이가 휘날리기 시작했다. 구경꾼들이 소리를 질렀다.

"눈이 온다! 눈이다!"

목역이 공자에게 말했다.

"우린 서성대가西城大街의 객잔에 묵고 있으니 그리로 가서 이야기를 나눕시다."

"할 얘기가 뭐가 있소? 눈이 오니 서둘러 집에 가야지."

공자의 싸늘한 태도에 목역은 놀라서 낯빛이 변했다.

"공자께서 이기지 않으셨소? 이기면 제 딸을 시집보내겠다고 미리 말씀드리지 않았습니까? 결혼은 인륜지대사인데, 대충 넘어갈 수 없지요."

공자는 웃으며 대답했다.

"그저 재미 삼아 주먹질한 걸 가지고 결혼이라니. 하하하! 전 사양하겠소."

목역은 화가 나서 제대로 말도 하지 못했다.

"이…… 이런……."

공자의 수하 중 한 명이 냉소를 지으며 말했다.

"우리 공자님이 어떤 분이신데 너희같이 강호를 떠돌아다니는 비천한 것들이랑 결혼을 하신단 말이냐? 헛된 꿈 그만 꾸시지."

머리끝까지 화가 난 목역이 있는 힘껏 장권을 날리자 그 수하는 일시에 나가떨어져 기절해버렸다. 공자는 더 이상 상대하지 않고 부하를 부축하라 명하고는 말에 올라타려 했다. 목역은 화가 나서 소리쳤다.

"우리 부녀를 심심풀이로 여긴 거요?"

공자는 대답하지 않고 왼발을 말 등자에 올렸다. 목역은 왼손을 뻗어 공자의 왼팔을 잡고는 으르렁거렸다.

"좋다. 나도 우리 딸을 너 같은 경박한 소인배에게 주고 싶지 않다. 신발이나 내놓아라."

"신발은 당신 딸이 원해서 나에게 준 것이니 당신이 상관할 일이 아니지. 혼인이 성사되지 않았다고 전리품까지 내놓으라는 법은 없잖아?"

공자는 팔로 작은 원을 그리며 손목에 힘을 주어 목역의 손아귀에서 벗어났다. 목역은 분노로 온몸이 부르르 떨렸다.

"덤벼라, 이놈!"

목역은 몸을 허공에 날려 앞으로 돌진하면서 종고제명鐘鼓齊鳴으로 상대의 양쪽 태양혈을 겨냥했다. 공자도 몸을 날려 피하면서 말 등자를 지렛대 삼아 바람같이 날아 장내로 들어섰다.

"내가 늙은이한테 지면 사위가 되라고 억지로 떠밀지는 않겠지."

구경하던 사람들도 공자의 경박함과 무례함에 화가 치밀어 몇몇 무뢰한만 큰 소리로 웃을 뿐 모두들 입을 꾹 다물었다. 목역은 허리띠를 졸라매고 해연약파海燕掠波 신법으로 몸을 날려 공자를 향해 질주해 갔다. 공자도 노인이 화가 머리끝까지 난 걸 아는지라 방심하지 않고 몸을 틀며 살짝 비켰다.

청사심혈수青蛇尋穴手, 공자는 왼손바닥을 밖으로 뒤집으며 복부를 공격했다. 목역은 오른쪽으로 비켜서 왼손으로 상대의 견정혈肩井穴을 찔렀다. 그러나 공자는 왼쪽 어깨를 낮추면서 적의 손가락을 피했다.

투운환일偸雲換日, 구름과 해를 가리는 권법으로 손가락을 피하면서 오른손바닥을 왼쪽 어깨에서 뻗으며 상대의 눈을 가렸다. 상대의 허를 찌른 것이다. 목역은 왼팔을 낮추고 팔꿈치를 상대의 손바닥에 올려놓고는 오른손으로 비스듬히 후려쳤다. 상대는 당연히 피하려고 고개를 숙였다. 그 순간이었다.

위호봉간식韋護捧杆式, 목역이 갑자기 두 주먹을 모아 쌍권으로 공자의 양쪽 뺨을 공격했다.

퍼퍽! 공자는 이번에는 대응하지 못하고 그의 주먹에 호되게 후려 맞았다. 약이 바짝 오른 공자는 양손을 번개같이 날렸다. 열 손가락을 동시에 목역의 양 손등에 찍어 꽂고 손가락을 빼내니 그의 양 손가락에서 붉은 피가 묻어 나왔다.

"으악!"

목역의 손등에서 붉은 피가 뚝뚝 떨어지자 구경하던 사람들은 일제히 소리를 질렀다. 소녀는 분노하여 서둘러 아버지를 부축한 후 옷깃을 찢어 상처를 동여맸다. 목역은 딸을 밀쳐내며 말했다.

"비켜라! 오늘 저 녀석과 끝장을 봐야겠다."

소녀의 옥 같은 얼굴이 파리해지더니 공자를 노려보았다. 그러다 갑자기 품에서 비수를 꺼내 자신의 가슴을 겨누었다. 목역은 크게 놀라 자신의 상처는 아랑곳하지 않고 두 손으로 비수를 막았다. 그러나 미처 비수를 거두지 못한 소녀는 부친의 손바닥을 찔러버리고 말았다.

사람들은 즐거운 '배필 찾기'가 피비린내 나는 싸움으로 변하자 모두 탄식했다. 일부 무식한 무뢰한들도 안타까운 기색을 감추지 못했다. 그리고 일부는 뒤에서 몰래 공자를 욕하기도 했다. 이런 말도 안 되는 일을 목격한 곽정도 이제 모른 척할 수만은 없었다.

공자는 옷깃으로 손가락에 묻은 피를 닦고 다시 말에 올라탔다. 그때 곽정이 무리를 헤치고 장내로 들어서며 소리쳤다.

"어이! 당신이 잘못했소!"

공자는 순간 당황하더니 웃어젖히며 말했다.

"그럼 어떻게 해야 옳은 짓이지?"

그의 수하들은 남방의 투박한 말투를 공자가 흉내 내자 모두 같이 곽정을 비웃었다.

"와하하!"

곽정은 왜 웃는지 몰라 잠시 어리둥절했으나 곧 정색을 하며 말했다.

"저 소저와 혼인을 해야 옳은 행동이지."

공자는 고개를 옆으로 돌리고 비웃으며 말했다.

"내가 혼인을 안 한다면?"

"혼인을 안 할 거라면 왜 이번 대결을 한 거지? 깃발에 분명히 비무초친이라고 쓰여 있지 않았소?"

공자는 낯빛을 흐리며 대답했다.

"참 오지랖도 넓은 놈이군. 그래서 어쩌겠다는 거냐?"

"저 소저는 용모도 아름답고 무예 또한 출중한데, 왜 싫다는 거요? 화가 나서 스스로를 찌르려는 소저를 보고도 그러시오?"

"멍청한 녀석! 너랑 이야기해봤자 헛수고지."

공자가 몸을 돌려 가려 하자, 곽정은 손을 뻗어 그를 막았다.

"왜 또 가려는 거요?"

"무슨 할 말이 있다고 그러느냐?"

"저 소저를 아내로 맞으라고 이야기하고 있지 않소?"

공자는 냉소를 지으며 성큼 장내를 벗어났다. 목역은 비분강개해서 나선 혈기 왕성한 젊은이가 공자의 질문에 하나하나 대답하는 것을 보고는 '참 순진하고 세상 물정을 모르는 젊은이구나' 생각하고는 곁으로 가서 말했다.

"젊은이, 내버려두시오. 내 목숨이 붙어 있는 한 이 원수는 반드시 내 손으로 갚을 것이오."

목역은 공자를 보며 큰 소리로 외쳤다.

"어이! 네 이름이나 밝히고 가라."

공자는 웃으며 말했다.

"당신을 장인으로 삼지 않는다고 말했을 터인데, 이름은 알아서 뭐하지?"

곽정은 크게 노해 몸을 일으키며 소리쳤다.

"그럼 신발이라도 소저에게 돌려줘."

공자도 화가 났다.

"네 일이나 잘해. 저 여자를 맘에 두고 있는 거 아냐?"

곽정은 고개를 흔들었다.

"천만에! 도대체 돌려줄 거야, 말 거야?"

공자는 갑자기 왼손으로 곽정의 뺨을 철썩 내리쳤다. 곽정은 대로하며 금나수擒拿手 중에서 교나지법絞拿之法을 썼다. 즉, 왼손을 오른쪽 위로 향하게 하고 오른손을 왼쪽 아래로 향하게 해 양손을 꼬아서 공자의 양팔 맥脈을 잡아 눌렀다. 공자는 놀랍기도 하고 화도 났다. 그는 팔을 풀려고 해도 안 되자 소리를 쳤다.

"죽고 싶으냐?"

그러곤 오른발을 날려 곽정의 사타구니를 걷어찼다. 곽정은 양손을 힘껏 뻗어 그를 장내로 던져버렸다. 그러나 공자의 공력은 대단해서 던져질 때는 어깨가 아래로 향해 있더니 떨어질 때는 오른발로 땅을 짚고 똑바로 섰다. 공자는 급히 금포를 벗어 던지며 말했다.

"이놈, 살고 싶지 않은가 보구나. 이리 오너라. 이 공자님께서 상대해주마."

곽정은 고개를 흔들며 말했다.

"내가 왜 너랑 싸움을 하지? 소저를 아내로 맞이하지 않으려면 신발을 돌려주거라."

사람들은 약자의 편을 들어 싸우는 곽정을 보고 모두들 그의 무공을 보고 싶었는데, 갑자기 그가 뒤로 한발 물러나자 야유를 보냈다.

"이제 와서 물러나다니…… 어느 문파의 사람이냐?"

공자는 아까 곽정에게 두 팔을 잡혀 내던져졌을 때 그의 무공과 내공이 대단하다는 걸 이미 짐작하고 있었다. 그래서 다소 꺼리는 마음이 있었는데, 그가 싸우지 않겠다니 내심 다행이다 싶었다. 하지만 그렇다고 그냥 신발을 돌려준다면 사람들이 지켜보는 앞에서 체면이 서지 않는 일이었다. 공자는 돌연 금포를 팔에 걸치고 냉소를 지으며 몸을 돌렸다. 곽정은 왼손을 뻗어 금포를 잡고 소리쳤다.

"왜 그냥 가느냐?"

공자는 순간 손을 뿌리치더니 금포를 날려 곽정의 머리를 덮었다.

그러고는 픽! 픽! 바로 쌍장권으로 그의 갈비뼈를 후려쳤다. 술수를 쓴 것이다. 곽정은 가슴에 거센 바람이 휘몰아치자 눈앞이 캄캄해지고 숨을 쉴 수 없을 정도로 정신이 혼미해졌다. 다행히 예전에 단양자 마옥에게 2년 동안 현문玄門 정종正宗의 내공을 습득한 덕에 뼈가 저리는 통증을 느끼기는 했어도 내상을 입지는 않았다. 또한 그 위급한 순간에도 원앙연환鴛鴦連環으로 왼발과 오른발을 빠르게 교차하며 순식간에 아홉 차례나 발을 차냈다.

이것은 마왕신 한보구가 평생 갈고닦은 절세의 무공으로 그의 발 아래 얼마나 많은 장정이 쓰러졌는지 모른다. 곽정은 아직 이 무공을 완벽하게 익히지 못했고, 머리에 씌워진 금포 때문에 앞이 보이지 않는 터라 허둥지둥 발을 찼다. 그럼에도 공자는 그의 발에 맞고 얼이 빠졌다. 앞의 일곱 발은 피했으나 뒤의 두 발은 미처 피하지 못하고 넓적다리에 맞고 만 것이다.

두 사람은 동시에 뒤로 물러섰다. 급히 머리를 덮은 금포를 벗겨낸 곽정은 분노를 참을 수 없었다. 무공을 겨뤄 배우자를 구하는 비무초친에 응해서 이겨놓고도 신의를 저버린 것은 분명 잘못된 처사라는 생각이 들었다. 게다가 자신이 도리에 대해 이야기하자 오히려 선제공격을 하며 독수毒手를 전개했다. 만약 자신이 내공을 연마하지 않았더라면 갈비뼈가 부러지고 내장이 상했을 것이다.

천성이 순수한 곽정은 어릴 때부터 거칠지만 순박한 사람들과 생활하다 보니 사람의 교활함에 대해서는 전혀 무지했다. 주총, 전금발 등 사부들이 강호의 음험하고 교활한 사건들에 대해 여러 번 말했지만 그냥 이야기처럼 들어 넘겼고, 직접 경험해보지도 못한 터라 뇌리에 깊이 남아 있지 않았다. 그런데 이번에 이런 일을 당하자 분노를 느끼면서도 세상에 어찌 이런 일이 있을 수 있는지 도무지 이해할 수가 없었다.

공자는 두 발짝 앞으로 나오더니 몸을 날려 순식간에 곽정에게 다가갔다. 사괘단편斜掛單鞭, 그는 왼손으로 곽정의 정수리에 일장을 날렸다. 곽정은 손을 교차해 막았지만 가슴에 극심한 통증을 느끼며 다리가 휘청이더니 땅에 털썩 쓰러지고 말았다. 공자의 부하들은 모두 일제히 환호성을 질렀다. 공자는 다리의 먼지를 툭툭 털어내며 냉소를 지었다.

"그런 보잘것없는 무공을 지니고 정의를 위해 싸워보시겠다고? 집에 가서 사낭師娘에게 20년만 더 배우고 오너라."

곽정은 숨을 훅 들이마시고 몇 차례 운기運氣하며 호흡을 고른 다음 통증이 가라앉자 진지하게 말했다.

"나는 사낭이 없다!"

공자는 크게 웃어젖혔다.

"그럼 네 사부한테 마누라를 얻으라고 하든지."

그러자 곽정은 속으로 생각했다.

'우리 여섯 사부 중 한 사람은 여자인데.'

이 말을 하려는데 공자가 원을 나가려 했다. 곽정은 급히 몸을 일으켜 세우며 소리쳤다.

"주먹을 받아랏!"

그의 뒤통수를 향해 팔꿈치 아래에서 장권을 날렸다. 공자가 머리를 숙이며 피하자 곽정은 그의 얼굴을 향해 왼쪽 주먹을 아래에서 위로 다시 날렸다. 공자가 팔을 들어 막으니 두 사람은 팔을 서로 대고 내공을 쓰며 팽팽히 맞서는 형상이 되었다. 그렇게 서로 우열을 가리지 못하고 시간이 흘렀다.

곽정은 숨을 깊게 들이마시며 팔에 힘을 불어넣고 있는데, 갑자기 상대의 팔에 힘이 풀리는 바람에 힘을 주체하지 못하고 앞으로 고꾸라지고 말았다. 급히 막대기를 잡아 중심을 잡는데 적의 손바닥이 이미 그의 등을 향해 날아오고 있었다. 곽정은 급히 몸을 돌려 손바닥으로 막으려 했으나 헛손질을 하고 말았다. 공자가 외마디 소리를 지르며 장력을 발했다.

"간다!"

곽정은 다시 앞으로 넘어지면서 구르고 말았다. 그러나 넘어지면서 왼쪽 팔꿈치로 땅을 짚고 몸을 날려 공중에서 반 바퀴 돌며 공자의 가슴을 향해 왼쪽 다리를 날렸다.

패중취승敗中取勝, 지고 있는 상황을 역전시켜 승리로 바꾸는 변초식을 구경한 사람들은 일제히 갈채를 보냈다. 공자는 왼쪽으로 몸을 기울여 한 손으로는 적을 교란하고, 다른 한 손으로는 공격을 하는 쌍장법雙掌法을 구사했다. 이에 맞서 곽정은 분근착골수로 양손을 춤추듯 날리며 상대의 관절과 혈도를 노렸다.

곽정의 맹렬한 공격에 공자도 장법을 바꾸어 분근착골 수법을 썼다. 곽정의 분근착골 수법은 묘수서생 주총이 만들어낸 것이라 중원의 고수들이 전수하는 방법과 전혀 달랐다. 그래서 두 사람은 매우 비슷한 권법을 구사했지만 구체적 기술과 동작에서는 서로 다른 형태를 보였다.

그렇게 수차례 초식을 겨루며 한 사람이 식지와 중지로 상대의 손목 뒤 양로혈養老穴을 노리자 상대는 갈고리 손으로 낚아채며 상대의 관절을 꺾으려 했다. 쌍방은 모두 감히 한 가지 초식을 끝까지 사용하지 못하고 바로 바꿔가면서 그렇게 30~40초식을 주고받았다. 그러나 승부는 나지 않고 흰 눈송이가 구경꾼의 머리와 어깨에 소복소복 쌓여 어느새 얇은 층을 이루었다.

오랜 힘겨루기 끝에 갑자기 공자의 앞가슴에 허점이 보였다. 곽정은 이 틈을 타서 손가락으로 상대방 가슴의 구미혈鳩尾穴을 찔렀다. 그러나 찌르는 순간 다시 주춤했다.

'무슨 원수진 일도 없는데 이렇게 실수를 쓸 수는 없지.'

곽정은 손가락을 약간 굽혀 혈도 옆을 찔렀다. 그런데 갑자기 공자가 오른손을 날리더니 곽정의 양팔을 밖으로 꺾으며 허리를 왼쪽 주먹으로 두 차례 가격했다. 곽정도 급히 허리를 숙이며 공자의 허리에 주먹을 날렸다. 그러나 공자는 곽정의 공격을 미리 예측하고 있었다.

순수견양順手牽羊, 왼손을 회전시켜 손목을 잡고 밖으로 꺾으며 오른발로 곽정의 오른쪽 다리 앙면골仰面骨을 있는 힘껏 찼다.

"으악!"

곽정은 중심을 잡지 못하고 휘청거렸다. 목역은 양손으로 딸의 상처 부위를 지혈하며 깃대 아래 서서 구경하고 있다가 곽정이 연거푸 세 번이나 넘어지자 공자의 상대가 아니라고 생각했다. 그는 급히 달려가 넘어진 곽정을 부축했다.

"젊은이, 그만 가세. 저런 돼먹지 못한 놈이랑 상대할 필요가 없네."

곽정은 넘어진 충격으로 눈앞이 어질어질하고 땅에 부딪친 이마가 몹시 아팠다. 화가 솟구친 곽정은 목역의 손을 뿌리치고 다시 공격 태세를 취했다. 그리고 맹렬히 공격을 시작했다. 공자는 곽정이 도망치기는커녕 더욱 맹렬히 공격해오자 주춤하며 뒤로 세 걸음 물러났다.

"아직도 패배를 인정하지 않는 거냐?"

곽정은 대답하지 않고 여전히 공격을 퍼부었다. 그러자 공자가 소리쳤다.

"계속 귀찮게 굴면 살수를 쓰겠다!"

"좋다. 신발을 내놓지 않겠다면 끝까지 해보자!"

"저 소저가 네 친누이라도 되느냐? 왜 죽어라 하고 내 매부가 되고 싶어서 안달이냐?"

이 말은 연경 지방에서 쓰는 욕이라 구경하던 무뢰한들이 일제히 웃었지만, 곽정은 전혀 영문을 모른 채 대답했다.

"내 친동생도 아니고, 나는 저 소저를 알지도 못한다."

공자는 화도 나고 우습기도 해서 으르렁거렸다.

"멍청아, 공격을 받아랏!"

두 사람은 손을 잡고 엎치락뒤치락 다시 싸움을 시작했다. 곽정은 공자의 계략에 걸려들지 않으려고 정신을 바짝 차렸다. 무공으로 따지자면 공자가 확실히 한 수 위이나 곽정은 죽을힘을 다해 싸웠다. 상대에게 공격을 당하면서도 한 치도 물러나지 않고 계속 대응했다.

곽정은 무공을 익히기 전 상곤의 아들 도사 같은 아이들과 싸울 때에도 이런 식이었다. 무공이 강해졌어도 천성은 어쩔 수 없어 어릴 때의 근성으로 죽도록 싸우는 것이었다. 넷째 사부가 말한, 이기지 못하면 도망가라는 당부는 이미 그의 머릿속에서 사라지고 없었다. 오히려 이기지 못하면 더욱 힘을 내라는 말이 자리 잡은 듯했다.

# 두 소년의 싸움

소문을 듣고 구경꾼들이 점점 더 몰려와서 광장은 인파로 물샐틈없었다. 눈바람은 더욱 거세졌지만 자리를 뜨는 구경꾼은 아무도 없었다. 오랫동안 강호를 떠돌아다닌 목역은 이러다 관가에서 사람이라도 오면 일이 커지리라는 것을 잘 알고 있었다. 그러나 생판 모르는 사람이 의義를 위해 이렇게 대신 싸워주는데 자신이 그냥 도망갈 수도 없는 노릇이었다.

초조한 마음에 자신도 모르게 싸움을 지켜보면서 사람들 틈을 살피는데, 인파 속에 강호의 협객들이 섞여 있는 게 눈에 들어왔다. 이들은 싸움을 주시하다가 낮은 소리로 무언가를 의논하고 있었다. 싸움을 지켜보는 데 정신이 팔린 나머지 언제 그들이 왔는지 미처 확인하지 못한 것이다. 목역이 천천히 공자의 수하들 쪽으로 발걸음을 옮겨 옆 눈으로 슬쩍 훑어보니 수하 중 눈에 띄는 세 사람이 있었다.

한 사람은 빨간 가사袈裟에 금빛 찬란한 승려의 고깔을 쓴 서장西藏의 승려인데, 체구가 아주 커서 다른 사람들보다 머리 하나는 더 올라왔다. 또 다른 사람은 아담한 체구에 머리가 온통 은빛이고 주름 하나 없는 얼굴에 광채가 나는 동안童顔이라 백발과는 대조를 이루며 신선 같은 분위기를 풍기고 있었다. 갈색 장포를 입은 것이 옷차림도 속세의 것이 아니었다. 세 번째 사람은 5척 단신, 작은 체구지만 핏발이 서 있는 눈에서는 광채가 번뜩이며 윗입술이 짧고 위로 약간 들려 있었다. 그들 중 한 명이 말했다.

"영지상인, 어르신께서 저 꼬마를 상대하시지요. 혹시 소왕야小王爺께서 실수로 다치시기라도 하면 우리와 하인들은 살아남지 못할 것입니다."

목역은 이 말을 듣고 크게 놀랐다.

'알고 보니 저 무례한 놈이 소왕야였구나. 계속 싸우다간 큰 화를 부르겠군. 왕부의 고수들인 것 같은데, 조금이라도 불리하면 나서서 도와줄 태세인걸.'

승려는 미소를 띠었지만 대답은 하지 않았다. 그러자 백발의 노인이 웃으며 말했다.

"영지상인은 서장 밀종의 고수이신데, 어찌 저런 꼬마와 싸우시겠는가? 그럼 체면이 안 서지."

"왕야께서 기껏해야 저놈 다리나 부러뜨리시겠지, 죽이기야 하시겠느냐?"

땅딸보 부하가 말했다.

"소왕야의 무공이 저놈보다 높은데 뭘 걱정하느냐?"

작은 체구에 어울리지 않게 쩌렁쩌렁한 목소리가 울리자 주위 사람들이 모두 놀라서 그를 한 번씩 쳐다보았다. 그러다 그의 부리부리한 눈과 마주치자 황급히 고개를 돌렸다.

백발노인이 웃으며 말했다.

"소왕야께선 두문불출하고 이번 무공을 배우셨는데, 몇 년 동안의 노력이 헛수고가 되면 안 되지. 누가 나서서 도와주면 틀림없이 화를 내실걸."

땅딸보가 이번에는 목소리를 낮추어 물었다.

"양 공梁公, 소왕야의 장법은 어느 문파의 것입니까?"

백발노인이 웃으며 대답했다.

"팽 아우, 이 형님을 시험해보려는 건가? 소왕야의 장법은 깃털을 날리는 듯 가볍고 변화무쌍한 것이 실로 대단한 무공일세. 이 형님의 눈이 먼 게 아니라면 필시 전진교의 장법이 아닌가?"

"양 공의 눈은 대단하십니다. 장백산에서 수련하고 약초 공부를 하면서 중원에는 거의 나오지 않았는데도 중원 문파의 무공을 척 보고 아시다니…… 정말 탄복할 만합니다."

백발노인은 웃으며 말했다.

"팽 아우, 비웃지 말게나."

"전진교 도사들은 모두 괴팍한 사람뿐인데 어떻게 소왕야에게 무예를 가르쳤는지 참 신기합니다."

땅딸보가 다시 말하자 백발노인이 웃으며 말했다.

"여섯째 왕야께서 청하는데 누가 마다하겠는가? 팽 아우같이 천하를 누비는 호걸도 왕부로 들어오지 않았는가?"

땅딸보는 고개를 끄덕였다. 원 안의 두 사람을 바라보던 백발노인은 곽정의 장법 또한 변화무쌍하다고 느꼈다. 손이 느리긴 하지만 방어가 철통같아 소왕야의 공격이 그의 묵직한 장법에 번번이 실패로 돌아가곤 했다. 이번엔 백발노인이 땅딸보에게 물었다.

"아우가 보기에 저 소년의 무공은 어느 문파인 것 같나?"

땅딸보는 잠시 머뭇거리더니 대답했다.

"무공의 내력이 복잡한 것으로 보아, 아마 한 명의 사부에게 전수받은 것은 아닌 듯싶습니다."

옆에 있던 이가 이어 말했다.

"팽 채주彭寨主의 말이 맞습니다. 저 소년은 강남칠괴의 제자입니다."

목역이 그를 살펴보니 파리하게 바짝 마른 얼굴에 이마에는 세 개의 혹이 달려 있었다.

'팽 채주라고? 그럼 이 땅딸보가 눈 하나 깜짝하지 않고 사람을 죽인다는 천수인도 팽련호란 말인가? 강남칠괴의 이름은 참으로 오랫동안 듣지 못했는데, 아직도 살아 있다니……'

한참을 생각에 잠겨 있는데 그 말라깽이가 갑자기 노하며 소리쳤다.

"이 쥐새끼 같은 놈! 여기에 있었구나."

달그락거리는 소리가 들리며 누군가 등에서 손잡이 끝이 세 개로 갈라진 옛날 무기 강의鋼義를 꺼내 들고 훌쩍 몸을 날려 장내로 들어왔다. 뒤에서 나는 소리에 고개를 돌린 곽정은 눈앞에 황하사귀의 사숙 삼두교 후통해가 걸어오는 것을 보고는 깜짝 놀라 어찌해야 좋을지 몰랐다. 그 틈을 노려 공자가 곽정의 어깨를 강타했다.

곽정은 다시 정신을 차리고 공자와의 대진에 임했다. 사람들은 후통해가 손에 병기를 들고 장내로 들어서자 그중 한 명을 도와주려는 줄 알고 불공평하다며 야유를 보내기 시작했다. 목역은 그가 팽 채주와 하는 말을 듣고 그 역시 소왕야의 사람이라 생각하고는 곽정을 공격하면 자신도 바로 뛰어들 태세를 취했다. 비록 중과부적이었지만 일이 이렇게 된 이상 죽을힘을 다해 싸우는 수밖에 없었다.

그런데 후통해가 곽정이 아니라 맞은편 인파 속으로 뛰어들었다. 인파 가운데 얼굴에 숯검정을 칠한 듯 검고 파리한 소년이 그가 달려오는 것을 보고는 "어이쿠" 소리를 치며 도망갔다. 후통해는 더욱 빨리 쫓아갔고, 네 명의 남자가 그 뒤를 따랐다.

곽정은 싸우는 도중에도 자신의 친구 황용이 후통해뿐 아니라 손에 병기를 든 황하사귀에게 쫓기고 있는 것을 보고 마음이 다급해졌다. 그 틈을 놓치지 않고 소왕야가 다리를 걸어찼다. 곽정은 원을 벗어나며 소리쳤다.

"잠깐, 잠시 갔다 올 테니 내가 돌아오면 다시 싸우자!"

소왕야는 곽정에게 잡혀 어쩔 수 없이 싸우면서도 빨리 끝나기만을 바라고 있던 터라 바로 냉소를 지으며 손을 거두었다.

"졌다고 인정할 것이지."

곽정은 황용의 안위를 걱정하며 그들 쪽으로 달려 나갔다. 그런데 갑자기 황용이 터럭터럭 소리를 내면서 신을 질질 끌며 웃는 얼굴로 돌아왔다. 뒤에서는 후통해가 연신 욕을 해대며 무기를 들어 그의 등을 노리고 있었다. 황용은 아주 날쌘 동작으로 아슬아슬하게 이를 피했다. 그때마다 강의에 달린 세 개의 고리가 쩽강쩽강 울리고 갈라진 창끝에 반사된 햇살이 눈부셨다.

황용은 사람들 틈을 이리저리 파고들더니 순식간에 다른 곳으로 빠져나갔다. 후통해가 가까이 다가가자 사람들은 실소를 터뜨렸다. 황용에게 얻어맞았는지 그의 두 뺨에는 다섯 손가락의 검은 땟자국이 선명하게 찍혀 있었다.

후통해는 인파 사이를 이리저리 비집고 다녔지만 황용은 이미 빠져나간 지 오래였다. 그길로 달아나면 붙잡힐 염려가 없을 텐데도 장난기 많은 황용은 멀리 서서 그를 기다리며 와보라고 손짓하고 있었다. 후통해는 화가 머리끝까지 치밀어 으르렁거렸다.

"네놈을 잡아서 껍질을 벗기고 뼈를 발라내지 않으면 나 삼두교 후통해는 사람이 아니다!"

후통해는 강의를 들고 무섭게 달려갔다. 황용은 그가 수 보 앞으로 다가오기를 기다렸다가 다시 도망치곤 했다. 사람들은 배꼽을 잡으며 웃다가 세 사람이 숨을 헐떡거리며 뒤를 쫓는 것을 보고서 황하사귀 중 한 사람인 상문부 전청건이 없다는 것을 알았다. 곽정은 황용의 몸놀림을 보고 놀라움과 기쁨이 교차했다.

'알고 보니 절세의 무공을 지녔구나. 일전에 장가구 흑송림에서 후통해를 꾀어내고 황하사귀를 나무 위에 매달아놓은 사람도 바로 그였어.'

소왕야의 부하들도 속으로 깜짝 놀랐다. 영지상인은 그 외중에도 백발노인에게 신경이 쓰였다.

'삼선노괴, 오랫동안 장백산에 처박혀 있었다더니 중원 무학의 문파를 척 보고 알아맞히는군.'

그렇게 생각하며 영지상인이 물었다.

"삼선, 저 소년의 몸놀림이 예사롭지 않은데…… 어느 문파입니까? 저희 아우가 상당히 골탕을 먹고 있습니다그려."

얼굴이 동안인 백발노인의 이름은 양자옹梁子翁으로 장백산 무학 일파의 종사宗師였다. 어릴 때부터 산삼과 진귀한 약초를 많이 먹어서 얼굴이 늙지 않았으며, 무예가 출중해 사람들은 그를 삼선노괴라 불렀다. 삼선노괴라는 이름은 둘로 나뉘어 불리는데, 그의 앞에서는 '삼선'이라 부르고, 그의 제자가 아닌 사람들은 뒤에서 '노괴'라고 불렀다.

그는 황용의 내력에 대해 알지 못한 채 고개를 흔들더니 잠시 뒤 입을 열었다.

"내가 산해관에 있을 때 귀문용왕은 대단한 고수라고 들었는데, 그의 사제는 어찌 어린애 하나도 이기지 못한단 말인가?"

땅딸보 팽련호는 이 말을 듣고 눈살을 찌푸렸다. 그와 귀문용왕 사통천은 서로 도와가며 나쁜 짓을 일삼는 돈독한 사이였다. 팽련호는 삼두교 후통해의 무공이 약하지 않다고 들었는데 오늘 이런 모습을 보이니 도무지 영문을 알 수 없었다.

황용과 후통해가 이렇게 한바탕 난리를 치는 바람에 곽정과 소왕야는 잠시 싸움을 멈출 수밖에 없었다. 소왕야는 두 시간이 넘게 싸움을 하면서 곽정을 예닐곱 차례 쓰러뜨리며 우세를 차지하긴 했지만, 자신도 꽤 많이 맞은 터라 기진맥진 온몸이 땀투성이가 되어 허리춤의 수건을 꺼내 연신 땀을 닦았다. 목역은 이미 비무초친 깃발을 거뒀다. 그는 곽정의 손을 잡고 감사하다는 말을 하며 조금이라도 빨리 이 심상치 않은 곳을 떠나려 했다.

그 순간 신발 끄는 소리와 병기 부딪치는 소리가 나더니 황용과 후통해가 쫓고 쫓기면서 다시 돌아왔다. 황용의 손에는 천 조각 두 개가 들려 있었다. 후통해가 옷이 찢겨 털이 숭숭한 가슴을 드러내고 있는 것을 보니 그의 옷에서 찢은 듯했다.

잠시 뒤 오청열과 마청웅이 각각 창과 채찍을 들고 숨을 헐떡거리며 쫓아왔다. 그중 단혼도 심청강이 없는 것으로 보아 황용에게 당해서 어딘가에 쓰러져 있는 듯했다. 황용과 후통해는 다시 어디론가 사라져버렸다. 구경하던 사람들은 기이하게 여기며 웃음을 터뜨렸다.

그때 갑자기 서쪽에서 10여 명의 건장한 장졸이 손에 등나무 채찍을 들고 양쪽의 인파를 헤치며 오고 있었다. 사람들은 서둘러 양옆으로 길을 비켜주었다. 길모퉁이에서 여섯 명의 건장한 사내가 금으로 수놓인 붉은 비단 가마를 메고 왔다. 소왕야의 수하들이 소리쳤다.

"왕비마마 납신다!"

소왕야는 이마를 찌푸리며 욕했다.

"이런, 누가 왕비께 일러바친 거냐?"

부하들은 감히 대답하지 못하고 가마를 싸움장으로 메고 왔다. 가마가 멈추자 안에서 여자의 목소리가 들려왔다.

"어째서 싸우고 있느냐? 눈이 오는데 장의도 입지 않고…… 그러다가 감기 들겠다."

목소리가 아주 부드러웠다. 목역은 멀리서 그 목소리를 듣고는 갑자기 번개라도 맞은 듯 귀가 멍해지고 가슴이 뛰기 시작했다.

'저 여자는 대금국의 왕비인데, 어쩌면 내 아내의 목소리와 이리도 비슷하단 말인가? 아내를 너무 그리워하다 보니 이제 미쳤나 보군. 말도 안 되는 생각이지.'

그러나 흥분된 마음을 억누르지 못하고 천천히 가마 곁으로 다가갔다. 가마 안에서 손수건을 든 부드러운 손이 나오더니 소왕야 얼굴의 땀과 먼지를 닦아주면서 뭐라고 몇 마디 했다. 아마도 우려 섞인 꾸지 람을 하는 듯했다.

소왕야가 말했다.

"어머니, 그냥 놀고 있었을 뿐 아무 일도 아니에요."

"빨리 옷을 입고 함께 돌아가자."

목역은 다시 한번 놀랐다.

'세상에! 어쩌면 이리도 목소리가 똑같단 말인가?'

하얀 두 손이 다시 가마 안으로 들어갔다. 가마 앞에는 금사로 목단을 수놓은 휘장이 쳐져 있었다. 눈을 크게 뜨고 살펴보았으나 금빛 찬란한 휘장 안을 들여다볼 수는 없었다. 소왕야의 한 시종이 곽정 앞에 와서 소왕야의 금포를 집어 들며 욕을 해댔다.

"이 짐승 같은 놈! 옷을 이 꼴로 만들어?"

왕비를 호위하고 온 군졸들이 등나무 채찍을 들고 곽정의 머리를 향해 힘껏 내리치자 곽정은 몸을 옆으로 비켜 그의 손목을 비틀고 왼발로 차서 넘어뜨렸다. 곽정은 채찍을 뺏어 그의 등을 세 번 내리치며 말했다.

"누가 함부로 사람을 치라고 했느냐?"

구경하던 백성 중 여러 명이 군졸의 채찍질에 맞은 터라 곽정이 당한 대로 돌려주자 속이 시원해졌다. 나머지 10여 명의 군졸이 욕을 해대며 서둘러 동료를 구하려 했으나 곽정의 채찍질에 모두 뒤로 물러섰다.

소왕야는 대로하여 소리쳤다.

"아직도 정신을 못 차리다니!"

그는 곽정이 던진 군졸 두 명을 받아서 땅에 내려놓고는 앞으로 나서서 왼발로 곽정의 배를 노렸다. 곽정은 급히 몸을 피하더니 다시 두 명의 군졸을 손으로 들어 올렸다. 왕비가 연신 말렸지만 소왕야는 어머니를 전혀 무서워하지 않았다. 귀하고 버릇없이 자란 티가 역력했다.

"어머니, 제가 저 촌놈을 손봐줘야겠어요. 감히 수도에 와서 소란을 피우다니, 그대로 놔두었다간 안 되겠어요."

두 사람은 다시 수십 초식을 다퉜다. 소왕야는 어머니에게 잘 보이고 싶은 마음에 전력을 다해 싸웠다. 그의 바람 같은 신법과 현란한 장법을 피하지 못한 곽정은 다시 한 대를 얻어맞고 두 바퀴나 굴렀다.

목역은 다른 곳은 전혀 보지 않고 뚫어져라 가마 안만 주시했다. 이때 휘장이 천천히 걷히더니 애정과 걱정이 가득 담긴 눈빛으로 두 사람을 바라보는 왕비의 수려한 모습이 드러났다. 목역은 왕비를 보자마자 온몸이 돌처럼 굳은 듯 꼼짝도 하지 못했다.

곽정은 수차례 맞았지만 싸울수록 더욱 힘이 났다. 소왕야는 연거푸 살수를 쓰며 그의 힘이 빠지기를 기다렸다. 하지만 곽정은 타고난 체력에다 내공까지 연마한 터라 몇 번 맞는다고 해도 끄떡없었다.

소왕야의 무예가 아무리 출중하다 한들 나이가 어려 공력이 미치지 못하니 단번에 그를 상하게 할 수는 없었다. 소왕야는 열 손가락으로 목역을 상하게 한 음독수법陰毒手法을 써서 찔렀으나 곽정은 분근착골 수법으로 이를 거뜬히 막아냈다.

이렇게 한참을 싸우는데 황용과 후통해가 다시 쫓고 쫓기며 뛰어왔다. 이번엔 후통해의 머리에 물건을 팔 때 내거는 표가 꽂혀 있었다. 머리에 꽂혀 있으니 머리를 판다는 뜻인데 황용이 장난친 것이 분명했다. 그러나 후통해는 전혀 눈치채지 못하고 여전히 죽어라고 뒤를 쫓았다. 나머지 황하이귀마저 어디로 갔는지 보이지 않았다. 아마 황용에게 맞고 어딘가에 쓰러져 있는 게 분명했다.

양자옹 등은 황용이 도대체 어떤 인물인지 너무 궁금했다. 후통해가 분명 빠르게 뒤쫓고 있는데도 아이 하나를 잡지 못하고 있지 않은가. 팽련호가 말했다.

"혹시 저 아이가 개방丐幇인가?"

개방은 당대 강호에서 제일가는 방회幫會로서 개방의 제자들은 모두 빌어먹는 비렁뱅이였다. 양자옹은 안면 근육을 씰룩거리며 대답이 없었다.

원 안의 두 소년은 바람같이 빠른 속도로 주먹과 손을 날리며 서로를 공격했다. 갑자기 곽정이 오른손에 공격을 받더니 잠시 뒤 소왕야의 오른쪽 다리를 걸어찼다. 두 사람은 상대의 숨소리까지 느낄 정도로 점점 더 가까이에서 박투술을 벌였다. 무예를 전혀 모르는 이들조차 넋이 빠질 정도이니 무예를 아는 자들은 이들의 싸움이 점점 더 위험한 지경에 이르렀다는 것을 짐작할 수 있었다. 그렇게 싸우다간 어느 한쪽이 죽지 않으면 중상을 입을 것이 분명했다.

팽련호와 양자옹은 손에 암기를 쥐고 소왕야가 위험할 때 나서서 도울 준비를 했다. 곽정이 비록 잘 싸우긴 하나 무예가 자신들보다 못하니 급할 때 나서면 적시에 그를 제압할 수 있을 거라 생각했다. 곽정은 어릴 때부터 사막에서 모래폭풍과 대설, 전쟁 등을 경험하며 자랐지만, 소왕야는 귀하게만 자라서 이런 험한 싸움이 힘에 부친 듯했다.

곽정의 왼손바닥이 다가오자 그는 몸을 살짝 피하면서 주먹으로 반격했다. 곽정은 그가 헛손질하는 틈을 타서 오른손으로 팔꿈치를 꺾은 다음 그의 오른쪽 겨드랑이로 왼팔을 찔러 꺾으면서 오른손으로 상대의 목구멍을 잡았다. 소왕야는 곽정이 이렇게 대담하게 급습하리라곤 생각지 못했다. 자신도 왼손바닥을 날려 곽정의 손목을 움켜쥐고 오른손 손가락으로 뒷덜미를 낚아챘다.

한 사람은 상대의 목을 잡고 한 사람은 적의 손목을 꺾으며 용호상박으로 얽혀 있으니, 상황이 매우 급박하게 돌아가면서 곧 승부가 가려질 것 같았다. 사람들은 놀라 소리를 질렀고, 왕비도 놀라서 핏기가 사라진 얼굴을 휘장 밖으로 반쯤 내놓고 있었다. 목역의 여식도 땅에 앉아 있다가 놀라서 몸을 일으켜 세웠다.

픽! 곽정은 얼굴에 장권을 맞았다. 소왕야가 갑자기 초식을 바꾸어 오른손을 느슨하게 푼 후 전광석화같이 빠른 장권을 날린 것이다. 곽정은 눈앞이 아찔해지면서 왼쪽 눈에 눈물이 핑 돌았다. 그러는 가운데서도 있는 힘껏 소왕야의 옷깃을 잡고 번쩍 들어 그를 땅으로 내동댕이쳤다. 이 초식은 분근착골 수법도 아니고 금나단타擒拿短打 수법도 아닌 몽고인이 가장 잘하는 내다꽂기 기술로 신전수 철별에게서 배운 것이다.

그러나 소왕야는 무공이 확실히 뛰어나 몸이 땅에 닿자마자 바로 일어나 손을 뻗어 곽정의 두 다리를 잡고 끌어당겼다. 그 바람에 두 사람은 동시에 넘어지면서 곽정이 밑에 깔리게 되었다. 소왕야는 즉시 일어나 군졸들 손에 있던 큰 창을 뺏어 들고는 곽정의 배를 찌르려 했다. 곽정이 급히 몸을 옆으로 굴려 피하자, 소왕야는 쓱, 창을 세 번 돌리며 찔러댔다. 그 창법이 매우 능수능란했다. 곽정은 찔러대는 창 공격에 몸을 세우지도 못하고 땅을 구르며 공수탈백인법을 구사해 창을 빼앗으려 했지만 연거푸 실패하고 말았다. 소왕야가 창대를 휘두르니 창에 매달린 붉은 술이 어지러이 흔들리고 창끝이 윙윙 소리를 내며 커다란 붉은 원을 만들었다.

"애야, 사람을 다치게 하면 안 된다. 네가 이겼으니 그만두거라!"

왕비가 소리쳤지만 소왕야는 곽정에게 창을 꽂을 생각만 하며 왕비의 말은 전혀 듣지 않았다. 곽정은 눈앞이 어질어질했다. 번뜩이는 창끝이 그의 코끝에 바짝 다가오자 마음이 다급해졌다. 곽정은 가까스로 손을 휘둘러 창을 밀어내고 뒤로 물러났다. 동시에 목역의 비무초친 깃대를 잡고 휘두르며 발운견일拔雲見日 창법으로 창대를 바로 세워 찌르고 몸을 일으켜 팔을 휘두르니 깃발이 휙, 소리를 내며 소왕야의 얼굴을 덮었다. 소왕야는 몸을 옆으로 기울이며 몇 발짝 물러나더니 창을 들고 다시 붉은 원을 그렸다. 날카로운 창끝이 곽정을 찌르니 곽정은 깃대를 흔들며 막아섰다.

두 사람은 모두 병기를 들고 싸웠다. 곽정이 쓰는 것은 대사부 비천 편복 가진악에게서 전수받은 항마장법降魔杖法이었다. 깃대가 너무 길어서 다소 불편하긴 했지만, 이는 변화무쌍하고 신묘한 장법으로 가진악이 철시 매초풍을 상대하기 위해 고심 끝에 만들어낸 것이다. 초식 중에 초식이 숨겨져 있고 변화 가운데 또 다른 변화가 있어 매우 절묘했다.

소왕야는 이 장법을 알지 못한 채 창을 들고 공격했지만, 바로 깃대에 가로막혔다. 만약 곽정이 빨리 피하지 못했더라면 배를 찔려 수세에 몰릴 수밖에 없었을 것이다.

목역은 소왕야의 창법을 보고 처음에는 이상하게 생각했으나 점점 기이하게 여겼다. 찌르고, 거두고, 치고, 앉고, 뛰어오르는 모든 초식이 양가창법이 분명했다. 이 창법은 양가의 독문창법으로 남자에게만 전수하며 남방에서는 거의 사라졌는데, 대금국의 수도에서 이 창법을 다시 보게 된 것이다. 단지 그 창법의 초식 변화를 보니 양문 정종파의 것은 아니고 아마도 양가에서 몰래 훔쳐 배운 듯했다. 그의 여식도 양미간을 깊게 찌푸리는 것이 만 가지 심사가 교차하는 것 같았다.

창끝에 달린 붉은 술은 어지러이 흔들리고 긴 깃대가 함께 춤을 추니 하늘하늘 떨어지는 눈송이가 회오리처럼 그 속으로 빨려 들어갔다. 왕비는 아들의 온몸이 땀으로 흠뻑 젖은 걸 보고 안쓰럽기도 하고, 생명이 위험할지도 모른다는 걱정스러운 마음에 다급하게 소리쳤다.

"멈추어라. 그만두거라!"

팽련호는 왕비의 말을 듣고 장내로 들어서서 왼손을 날려 깃대를 막았다. 곽정이 갑자기 양손에 극심한 통증을 느끼고 깃대를 놓치는 바람에 깃대가 공중으로 날아갔다. 깃발이 바람에 펄럭이며 웅, 소리와 함께 활짝 펼쳐지니 허공에 비무초친이란 네 글자가 날아다녔다.

깜짝 놀란 곽정은 미처 적의 얼굴을 볼 사이도 없이 바람 소리와 함께 얼굴에 다시 공격을 받았다. 다행히 재빠른 몸놀림으로 빠져나갔지만 팽련호의 장권이 그의 팔을 내리쳤다. 곽정은 중심을 잡지 못하고 쓰러졌다. 팽련호는 소왕야에게 웃으며 말했다.

"소왕야, 다시는 귀찮게 하지 못하도록 제가 조치를 하겠습니다."

팽련호는 오른손을 뒤로 빼고 숨을 들이켠 뒤 손바닥을 두 번 흔들다가 곽정의 정수리에 벼락같이 장권을 뻗었다. 곽정은 황급히 두 손을 들고 막으며 온 기를 집중시켰다.

"잠깐!"

그때 회색 옷의 그림자 하나가 날아오르더니 이상한 무기를 공중으로 날려 팽련호의 손목을 휘감았다. 팽련호가 오른쪽 손목으로 풀어버리니 쩽, 하는 소리와 함께 병기가 동강이 났다. 팽련호는 왼손바닥을 즉시 날렸다. 그 사람은 고개를 숙여 피하고 나서 왼손으로 곽정의 허리를 안아 옆으로 밀쳤다. 나이는 중년 정도 되어 보이고 손에는 손잡이만 남은 총채를 들고 있었는데, 총채는 팽련호에 의해 꺾여 버리고 실만 팔목에 감겨 있었다.

도인과 팽련호는 상대를 응시했다. 한 초식만 겨루었을 뿐인데도 상대의 실력이 대단하다는 것을 이미 간파한 것이다. 도인이 먼저 말을 꺼냈다.

"그 이름 높은 팽 채주가 아니십니까? 오늘 이렇게 뵙게 되니 영광입니다."

"무슨 말씀을요……. 도장의 법호나 알려주십시오."

수백 명의 눈빛이 도인에게 쏠렸다. 도인은 대답 대신 왼발을 한 발짝 내디디며 휘저었다. 그러자 땅에 몇 척이나 되는 깊은 구덩이가 파였다. 눈발이 휘날리며 땅에는 눈이 조금씩 쌓여갔다. 그가 다시 한 발 내딛자 땅에 또다시 깊은 흔적이 파였다. 발의 공력이 얼마나 대단한지 알 수 있었다. 팽련호는 가슴이 섬뜩해졌다.

"도장께서는 철각선 옥양자 왕 진인이 아니십니까?"

"팽 채주께서 과찬을 하셨습니다그려. 빈도는 왕처일일 뿐 진인이라는 칭호는 당치도 않습니다."

팽련호와 양자옹, 영지상인 등이 알기로 왕처일은 전진교에서 장춘자 구처기 다음으로 영향력 있는 인물인데, 그 명성만 유명할 뿐 좀처럼 모습을 드러내지 않았다. 이번에 자세히 살펴보니 수려한 용모에 듬성한 세 가닥 검은 수염이 있고, 흰 버선에 회색 신발을 신고 있는 것이 치장을 매우 중시하는 도사 같은 모습을 하고 있었다.

만약 그의 공력을 보지 못했더라면 이 사람이 바로 만 장丈이나 되는 심곡에서 한 발로 버티고 서서 풍파하엽風擺荷葉 수법을 구사하며 하북과 산동 일대의 호걸들을 무릎 꿇게 만든 철각선 옥양자라는 것을 믿지 못했을 것이다.

왕처일은 미소를 머금고 곽정을 가리키며 말했다.

"빈도와 저 아이는 생면부지이나 의를 위해 몸을 사리지 않는 용맹함을 보고 감탄하던 바, 팽 채주께서 저 아이의 목숨만은 살려주시기를 간청드립니다."

팽련호는 공손한 그의 말투를 듣고 전진교의 고수가 직접 나선 바에야 선심을 쓰지 않을 수 없다고 생각하고는 포권의 예를 갖추어 대답했다.

"좋습니다."

왕처일도 공손히 답례를 하고 몸을 휙 돌려 눈을 굴리니, 삽시간에 얼굴에 엄숙한 그림자가 드리웠다. 그가 엄한 목소리로 소왕야에게 말했다.

"네 이름은 무엇이고, 네 사부는 누구냐?"

소왕야는 왕처일의 이름을 듣고 벌벌 떨며 줄행랑이 상책이다 생각하고 있는데, 갑자기 엄한 목소리로 묻자 꼼짝없이 대답할 수밖에 없었다.

"저는 완안강完顔康이고 제 사부는 밝힐 수 없습니다."

"네 사부의 왼쪽 뺨에 붉은 반점이 있지?"

완안강은 키득 웃으며 농담을 하려다 왕처일이 번개 같은 눈빛으로 쏘아보자 흠칫 놀라며 농담하려던 말을 꾹 참고 고개를 끄덕였다.

"네가 구 사형의 제자임을 일찍이 알아보았느니…… 흥! 사부가 무예를 전수해주기 전에 무어라 말씀하였느냐?"

완안강은 큰일났다 싶어서 당황하며 말했다.

"오늘 일을 사부님께서 아시는 날엔 큰일 납니다."

그러더니 갑자기 꾀를 내어 반가운 낯빛으로 말했다.

"도장께서는 제 사부를 아시니 저의 선배님이십니다. 저희 집에 오셔서 이 후배에게 가르침을 주시옵소서."

왕처일은 코웃음을 치며 대답하지 않았다. 완안강은 이번에 곽정에게 읍을 하고 웃으며 말했다.

"싸움을 통해 친구의 연을 맺는다 하지 않습니까? 성함이 어떻게 되시는지요?"

곽정은 이쯤에서 이름을 밝혀도 될 듯싶어 대답했다.

"성은 곽이고 이름은 정이오."

그러자 완안강이 다시 말했다.

"곽 형의 무예에 이 아우는 탄복을 금치 못했습니다. 곽 형께선 도장과 함께 저희 집으로 오셔서 함께 붕우의 연을 맺는 것이 어떻겠습니까?"

곽정은 목역 부녀를 가리키며 말했다.

"그럼 혼례는 어떻게 할 거냐?"

완안강은 난처해하며 대답했다.

"그 일은 천천히 의논합시다."

목역은 곽정의 소매를 잡아끌며 말했다.

"우리, 그만 가십시다. 저런 놈과 더 이상 상대할 필요가 없소."

완안강은 왕처일에게 다시 한번 읍을 하며 말했다.

"도장, 후배는 집에서 기다리겠습니다. 조왕부를 물어 찾아오십시오. 날은 차고 눈까지 내리는데, 오셔서 술 한잔하시지요."

완안강은 하인이 끌고 온 준마에 올라타 채찍을 휘두르더니, 준마의 말발굽에 사람이 다치든 말든 상관없이 인파를 헤치고 달려갔다. 사람들이 황급히 길을 터주었다. 왕처일은 그의 오만한 행동을 보고 더욱 화를 내며 곽정에게 말했다.

"나를 따라오너라."

"저는 친구를 기다려야 합니다."

그 말이 끝나자마자 황용이 인파 속에서 몸을 솟구치며 말했다.

"난 괜찮아요. 이따가 내가 찾아갈게요."

그는 말을 마치고는 땅에 내려앉았다. 작은 체구가 인파 속에 묻히니 그림자도 찾을 수 없었다. 저 멀리 삼두교 후통해가 병기를 번쩍이며 달려오는 것이 보였다.

왕처일에게 구명지은救命之恩을 입은 곽정은 눈밭에 꿇어앉아 절을 올렸다. 왕처일은 곽정을 일으켜 세워 손을 잡더니 걸음을 재촉해 인파 속을 빠져나갔다.

왕처일의 걸음이 어찌나 빠른지 얼마 되지 않아 이미 성을 나섰고,

몇 리를 더 가니 산등성이에 다다랐다. 그는 내심 곽정의 무공을 시험하고 싶은 마음에 걸음을 더욱 재촉했다.

곽정은 이미 단양자 마옥에게 토납吐納과 경공을 익혀 2년간 매일 저녁 절벽을 오르내리곤 했다. 지금 갑자기 서두르게 되어 힘이 들기는 했지만 그런대로 버틸 만했다.

질풍이 눈송이를 몰아 얼굴을 후려쳤으나 왕처일은 내처 산 쪽을 향해 걸었다. 오르막길에는 눈이 쌓여 발 딛는 곳마다 미끄러지기 일쑤였고 갑자기 길이 험해지기도 했지만, 곽정도 오랫동안 몸을 연마한 덕에 얼굴빛 하나 붉히지 않고 헐떡이는 일도 없었다. 왕처일을 따라 험한 길을 오르면서도 마치 평지를 걷는 듯했다. 왕처일은 적이 놀라 그의 손을 놓고 물었다.

"기초가 상당히 다져져 있는데, 왜 그를 이기지 못했지?"

곽정은 어찌 대답해야 할지 몰라 씩 웃을 뿐이었다. 왕처일은 다시 물었다.

"네 사부는 누구시냐?"

곽정은 지난번 절벽 위에서 윤지평인 척 매초풍을 속이면서 마옥의 사제 중 하나가 왕처일이라는 사실을 알았기 때문에 강남칠괴와 마옥이 그에게 무예를 가르친 일을 숨김없이 털어놓았다. 왕처일은 크게 기뻐했다.

"대사형께서 네게 무공을 가르치셨다고? 잘되었군. 내 더 이상 망설일 필요가 없겠어!"

곽정은 그 말뜻을 이해하지 못하고 눈이 휘둥그레져 그를 바라볼 뿐이었다.

"너와 싸운 소왕야 완안강은 나의 사형 되시는 장춘자 구처기의 제자인데, 알고 있었느냐?"

곽정은 그저 멀뚱히 대답할 뿐이었다.

"그랬습니까? 저는 몰랐습니다."

곽정이 단양자 마옥에게 내공 몇 가지와 절벽을 오르내리는 경신술, 금안공金雁功을 배우기는 했지만, 권법과 검법은 배우지 않았으니 전진파 무공을 자세히 알지는 못했다. 왕처일의 말을 듣고 보니 윤지평과 싸울 때 그의 초식이 완안강과 비슷한 것 같기도 했다. 곽정은 왕처일에게 머리 숙여 사죄했다.

"소왕야가 구 도장 문하임을 알지 못하고 함부로 대했으니 용서해주십시오."

"네가 의협심이 강해 기특하던 터였다. 어찌 너를 탓하겠느냐?"

왕처일은 호탕하게 웃고는 얼굴빛을 고쳐 말했다.

"우리 전진교는 법도가 매우 엄격해 문하생의 잘못을 두둔하는 법이 없다. 그 녀석이 경거망동을 했으니 내 구 사형과 엄벌할 것이다."

"그가 목 소저와 혼인을 하겠다고 하면 용서해주시지요."

곽정의 말에 왕처일은 고개를 숙인 채 말이 없었다. 한편으로는 곽정의 곧은 심성과 어진 마음씨에 흡족하던 참이었다. 그러면서도 구처기와 완안강의 관계가 못내 의심스러웠다.

'악이라면 치를 떨고 금인을 증오하던 구 사형이 어찌 금국의 왕자를 제자로 들이셨을까? 완안강이 배운 우리 파의 무공이 보통이 아닌 것을 보면 구 사형이 그 녀석에게 들인 공이 상당했을 터. 게다가 녀석의 무공에 다른 사도邪道의 기가 섞여 있으니 또 다른 스승이 있음에

틀림없어. 정말 알 수 없는 일이군.'

잠시 생각에 잠겨 있던 왕처일은 다시 곽정에게 말했다.

"구 사형께서는 나와 연경에서 만나기로 하셨으니 조만간 도착하실 거다. 그때 가서 뵙고 이야기하자꾸나. 양씨 성을 가진 제자를 거두었다는데, 가흥에서 너와 대결하기로 되어 있다니…… 그 아이의 무공은 어떨지 모르겠구나. 하지만 나와 함께 있으니 절대 네가 당하는 일은 없을 거다."

곽정은 여섯 사부의 명으로 8월 추석 정오 전에 양석서로兩淅西路의 가흥부로 가야 했다. 하지만 가서 어찌해야 하는지는 설명을 듣지 못한 터라 내심 궁금하기도 했다.

"도장님, 무슨 대결을 해야 하는 겁니까?"

"네 사부들께서 이야기하지 않았다면 내가 나설 일이 아니다."

왕처일은 구처기에게 들은 바가 있어 강남육괴의 의로운 마음에 경외심을 품고 있었다. 그와 마옥은 한마음으로 강남육괴가 이기기를 바라고 있었지만, 한편으론 구처기의 사제이기도 한 탓에 사형에게 양보하라고 권하지는 못하고 있었다.

그러나 이제 곽정의 사람됨을 보고는 도와줄 방도를 생각하면서도 사형의 이름에 누가 될까 염려스럽기도 했다. 결국 하루빨리 가흥으로 가 상황을 보아가며 행동을 취하기로 결정했다.

"그만 목씨 부녀에게 가보자꾸나. 딸의 성격이 강한 듯하니 더 큰 말썽이 나지 않도록 해야지."

곽정도 번쩍 정신이 들었다. 두 사람은 서성대가의 고승객잔高陞客棧으로 향했다. 객잔에 들어서니 안에는 비단옷을 입은 십수 명의 시종이 허리를 굽혀 예를 갖추고는 왕처일에게 고했다.

"소왕야의 명을 받고 왔사오니, 도장과 곽정 나리께서는 왕부에 가 연회에 참석해주시지요."

이어 두 손으로 붉은 초대장을 받쳐 왕처일에게 건넸다. 거기에는 '제자완안강경앙弟子完顔康敬卬'이라 쓰여 있었다.

공손하게 자신을 제자라 칭한 것이다. 곽정에게 내미는 초대장에도 제법 격식을 갖추어 '시교제侍敎弟'라 씀으로써 자신을 낮추었다.

왕처일은 초대장을 받아 들고 고개를 끄덕였다.

"잠시 후 가도록 하지."

우두머리 되는 자는 이어 선물을 내놓았다.

"소왕야께서 도장과 곽정 나리께 드리는 음식입니다. 어디서 묵으시는지 알려주시면 그리로 보내겠습니다."

다른 시종들이 받치고 있던 상자를 여니 열두 상자에 각종 음식을 켜켜이 담아놓았는데, 그 모양이 정교하기 그지없었다. 곽정은 갑자기 황용이 떠올랐다.

'황용이 이런 고급 음식을 좋아하던데, 좀 남겨주어야겠다.'

왕처일은 완안강이 못마땅하던 터라 도로 가져가라 손짓하려는데, 곽정을 보니 몹시 마음에 들어하는 눈치였다.

'한창 먹을 때니 그럴 만도 하겠지.'

그는 속으로 웃고는 그 음식을 받기로 했다. 왕처일은 목역이 묵는 방을 확인하고 들어섰다. 목역은 백지장처럼 창백한 얼굴로 침상에 누워 있고, 딸은 그 곁에 앉아 하염없이 눈물을 흘리고 있었다. 두 사람은 왕처일과 곽정을 보더니 깜짝 놀랐다. 처녀는 자리에서 일어나고 목역도 몸을 일으켜 앉았다.

왕처일이 목역의 두 손에 난 상처를 보니 손등에 다섯 개의 구멍이 뚫려 뼈가 드러날 정도였다. 검에 입은 상처인 듯 두 손이 모두 퉁퉁 부어올랐으나 간단한 약밖에 바르지 않은 상태였다. 상처가 썩을까 봐 붕대도 감지 못한 것을 보고는 석연치 않은 생각이 들었다.

'완안강 녀석, 이런 지독한 무공을 누구에게 배운 것인지 모르겠군. 이런 부상을 입히는 것을 보면 하루아침에 이룬 무공은 아닌 듯한데, 구 사형은 어찌 모르고 계셨을까? 알고 계셨다면 또 어찌 이대로 놔두셨을까?'

"아가씨의 이름은 무엇이오?"

왕처일이 고개를 돌려 처녀에게 물으니, 작은 목소리로 대답했다.

"목염자穆念慈라 합니다."

처녀는 잠시 고개를 들어 감사의 눈으로 곽정을 일별하고는 곧 고개를 숙였다. 곽정이 둘러보니 깃대가 침상에 기대어져 있는데, 비무 초친 넉 자가 수놓인 깃발은 이미 갈가리 찢겨 있었다.

'이제 무예로 신랑을 고르지 않을 셈인가?'

"부친의 상처가 가볍지 않으니 잘 치료해야 할 것이오."

왕처일이 말하며 둘러보니 부녀의 행장이 조촐한 품이 가진 것도 없어 치료할 돈도 변통하기 어려워 보였다. 결국 품에서 은자를 두 냥 꺼내 탁자에 내려놓으며 말했다.

"내일 다시 와보겠소."

그러고는 목역과 딸이 감사의 인사를 할 겨를도 없이 곽정을 끌고 객잔을 나섰다. 시종 네 명이 반기며 두 사람을 재촉했다.

"소왕야께서 왕부에서 기다리고 계시니 어서 가시지요."

왕처일이 고개를 끄덕이는데 갑자기 곽정이 말했다.

"도장님, 잠시만 기다리세요."

곽정은 객잔으로 뛰어 들어가더니 완안강이 보낸 음식 상자를 열고 천 조각으로 음식을 싸서 품 안에 넣고 뛰어나왔다. 왕처일과 곽정은 시종의 안내를 받으며 왕부로 향했다.

# 조왕부에서 생긴 일

왕부에 다다르니 대문 좌우로 주홍색 깃발이 하늘을 찌를 듯 솟아 있고, 위풍당당한 돌사자가 문 옆을 지키고 있었다. 백옥 계단이 그대로 바깥 대청까지 이어져 참으로 호화로운 기운을 뽐냈다. 대문 정중앙에는 '조왕부趙王府'라는 세 글자가 도금되어 박혀 있었다. 곽정은 조왕이 금국의 여섯째 왕자 완안홍열이라는 사실을 알고 있었으므로 마음이 개운치 않았다.

'그 공자가 완안홍열의 아들이었다니…… 완안홍열도 나를 알 텐데, 여기서 마주치면 정말 큰일이야.'

그런 걱정을 하고 있을 때, 갑자기 북소리가 울리더니 머리에 금관을 쓴 소왕야 완안강이 붉은 장포를 입고 허리에 금띠를 두른 차림으로 걸어 나왔다. 얼굴을 보니 눈에 멍이 들고 코가 좀 부어 있었다.

곽정 역시 왼쪽 눈이 부어오른 데다 입 가장자리는 터진 모습이었고, 이마와 오른쪽 뺨은 온통 멍투성이였다. 두 사람 모두 몹시 난처했는지 그저 마주 보고 한 번 웃을 뿐이었다. 왕처일은 완안강의 화려한 모습을 보고 미간을 살짝 찌푸리고는 아무 말 없이 그를 따라 대청으로 들어갔다. 완안강은 왕처일에게 상석을 권하며 말했다.

"도장님과 곽 형께서 와주셔서 참으로 영광입니다."

왕처일은 그가 무릎을 꿇어 절하지 않을 뿐 아니라, 사숙이라 부르지도 않는 태도에 더욱 심기가 불편해졌다.

"네 사부에게 몇 년 동안 무예를 배웠느냐?"

"무예랄 것이 있겠습니까? 그저 몇 년 수련을 거쳤으나 아직 서툰 점이 많아 부끄러울 따름입니다."

완안강이 웃으며 넘어가려는데 왕처일은 코웃음을 쳤다.

"네 전진파 무공이 고심하지는 않으나 서툴다고 할 정도는 아니다. 네 사부가 곧 오실 텐데, 알고 있느냐?"

"제 사부님은 지금 여기 계시온데, 만나보시겠습니까?"

"여기에 계셔?"

완안강은 크게 놀라는 왕처일에게는 답하지 않고 손뼉을 가볍게 쳐 시종을 불렀다.

"자리를 마련하라!"

시종들이 분주해지고 완안강은 왕처일과 곽정 두 사람을 데리고 화원이 있는 응접실로 향했다. 회랑을 건너 그림을 보관한 화루畵樓를 돌아 한참을 걸었다. 곽정은 왕부와 같은 호화로운 곳을 본 적이 없는지라 눈이 돌아갈 지경이었다. 그러나 마음속으로는 완안홍열과 마주칠 경우 어떻게 상황을 넘길지 곰곰이 생각하고 있었다.

'대칸께서는 완안홍열을 죽이라고 하셨는데 그 아들이 마 도장님, 왕 도장님의 사질師侄이니…… 이를 어쩐다지?'

이리저리 생각해보아도 어찌해야 할지 마음을 잡을 수가 없었다. 응접실에 도착하니 이미 예닐곱 사람이 와서 기다리고 있었다. 그중 한 사람은 이마에 혹 세 개가 불룩 솟아 있는 삼두교 후통해였다. 그는 두 손을 허리에 짚고 서서 눈을 부릅뜬 채 곽정을 노려보고 있었다.

곽정은 그를 보고 움찔 놀랐다. 그래도 왕 도장이 옆에 있어 마음이 놓였지만, 두려운 마음이 완전히 가시지는 않았다. 그 와중에 그가 황용을 쫓던 모습이 떠올라 혼자 가만히 웃음을 지었다.

완안강은 기쁜 빛을 감추지 못하고 왕처일에게 말했다.

"도장님, 여기 계신 여러분이 도장님의 명성을 듣고 뵙고 싶어 했습니다. 여기 팽 채주는 이미 보신 적이 있으시지요?"

완안강이 팽련호를 소개하자 두 사람은 예를 갖추었다. 완안강이 이번에는 붉은 얼굴에 머리가 하얗게 센 노인을 가리켰다.

"이분은 장백산 삼선 양자옹이십니다."

소개받은 양자옹이 두 손을 모았다.

"철각선 왕 진인을 이렇게 뵙게 되니 늙은이가 헛걸음을 하지는 않은 듯합니다. 이분은 서장 밀종의 대수 영지상인입니다. 저희는 각각 동북 지역과 서남 지역에서 먼 길을 왔는데, 아마도 인연이 닿았나 봅니다."

보아하니 양자옹은 대단한 달변가였다. 왕처일은 영지상인에게 예를 갖추었고, 상대도 두 손을 모아 답례를 올렸다. 이때 갑자기 쉰 목소리가 들려왔다.

"전진파가 강남칠괴를 받쳐주는 탓에 그렇게 멋대로 행동하는 것이군!"

왕처일이 고개를 돌려 바라보니, 머리카락 한 올 남지 않은 번질번질한 대머리에 실핏줄 돋은 두 눈이 툭 튀어나온 자였다. 그 괴상한 모습을 보고 있자니 문득 떠오르는 사람이 있었다. 왕처일이 아는 척을 했다.

"귀문용왕 사통천 님 아니십니까?"

그는 여전히 노한 목소리로 외쳤다.

"그렇소. 나를 알고 있나 보군."

'우리는 서로 영역이 달라 침범한 적이 없는데, 내가 무슨 잘못이라도 저지른 것일까?'

왕처일은 도무지 모를 일이었다. 다시 얼굴 표정을 가다듬고 대답했다.

"빈도, 이미 오래전부터 명성을 듣고 줄곧 존경해왔습니다."

귀문용왕의 이름은 사통천이었다. 무공은 사제 되는 후통해보다 뛰어났지만 성정이 괴팍해 무예를 가르칠 때마다 걸핏하면 그 성질을 참지 못했다. 이 때문에 자신이 지닌 신묘한 무공을 네 명의 제자가 2~3할도 배우지 못하고 있었다.

일찍이 몽고에서 황하사귀와 곽정이 맞붙었을 때, 그들이 어찌해보지 못하고 조왕 완안홍열 앞에서 체면을 크게 구긴 후로는 조왕도 이들을 그다지 중용하지 않고 있는 터였다. 사통천이 이 소식을 듣고 불같이 화가 나 길길이 날뛰며 네 제자를 죽도록 패는 통에 황하사귀는 이름처럼 죽어 귀신이 될 뻔했다.

사통천은 사제 후통해에게 곽정을 끌고 오도록 했지만, 자꾸만 황용의 장난에 걸려 또다시 망신만 당하고 말았다. 그는 생각할수록 화가 난 나머지, 주위의 눈은 의식하지도 않고 손을 뻗어 곽정을 잡으려고 했다. 곽정이 황급히 몇 걸음 물러나자 왕처일이 소매를 걷어붙이고 사통천을 막아섰다.

"그래, 이 애송이를 두둔하시겠다?"

사통천은 노기등등해 일갈하며 왕처일 가슴에 일장을 날렸다. 왕처일은 그 기세가 심히 맹렬한 것을 보고 할 수 없이 일장을 마주쳤다. 쩌정! 벼락 같은 소리와 함께 두 힘이 교차했다. 양측의 내공이 전개되려 할 때 갑자기 누군가가 들어왔다. 그가 왼손으로는 사통천의 손목을, 오른손으로는 왕처일의 손목을 각각 잡아 누르며 떼어놓으니 두 사람은 충격과 함께 뻗었던 손을 거둬들였다. 왕처일와 사통천 모두 당대 무림에 이름 높은 고수들로 서로 상대를 잘 알고 있었다. 그런데 서로 일장씩을 주고받으며 내공을 전개하려던 순간 둘 사이에 끼어들어 그들을 떼어놓을 사람이 있을 줄은 생각지도 못했다.

이 의외의 인물은 얇은 가죽으로 된 하얀 옷에 허리띠를 느슨하게 맨 차림으로 은은한 풍모를 풍겼다. 나이는 서른대여섯쯤이고, 매서워 보이는 두 눈에 깎아놓은 듯한 용모가 타인을 완전히 압도하고 있었다. 차림새를 보면 분명 고귀한 신분인 듯했다.

완안강이 웃으며 소개했다.

"이분은 서역西域 곤륜崑崙 백타산의 젊은 주군 되시는 구양歐陽 공자입니다. 이름은 극克 자를 쓰시지요. 구양 공자께서는 중원에 오신 적이 없으니 모두 처음 뵐 겁니다."

갑자기 나타난 이 인물은 왕처일, 곽정뿐만 아니라 팽련호와 양자옹 등에게도 매우 생소했다. 모두가 그의 무공을 이미 목격하고는 마음속으로 감탄했다. 더군다나 서역 백타산이라는 이름은 난생처음 듣는 곳이었다.

구양극은 손을 모으고 예를 갖추었다.

"며칠 앞서 연경에 도착했어야 마땅하나, 여정 중에 사소한 일이 생겨 며칠 지체되었습니다. 양해해주시기 바랍니다."

곽정은 그가 백타산의 젊은 주군이라는 이야기를 듣고 그의 말을 빼앗으려 했던 여자들이 떠올랐다. 이제 그의 사과를 듣고 나니 짐작되는 바가 있었다.

'여섯 사부님과 이미 겨루었을 것 같은데, 사부님들은 무사하신지 모르겠군.'

왕처일은 상대 모두가 뛰어난 무공을 지닌 고수라는 사실에 내심 걱정이 앞섰다. 특히 구양극이 그의 팔을 눌렀던 내공으로 짐작건대, 자신과는 아무래도 백중지세를 이룰 듯했다. 정말 맞붙게 된다면 승리를 장담할 수 없는 상황이었다. 하물며 이들이 모두 덤벼든다면 스스로도 빠져나갈 방도가 없을 듯했다.

왕처일은 완안강에게 질문을 돌렸다.

"사부는 어디 계시느냐? 어찌 자리로 청하지 않고 있는가?"

그러자 완안강이 시종을 불러 명했다.

"사부님께 손님들이 오셨다 아뢰어라!"

시종이 나가자 왕처일은 어느 정도 안심이 되었다.

'구 사형이 계신다면 적이 아무리 많아도 우리 세 사람 몸은 지킬 수 있을 것이다.'

얼마 지나지 않아 발소리가 들리더니 투실투실 살이 찐 무관이 들어섰다. 턱에는 수염이 수북이 자란 40여 세쯤 되어 보이는 사내로 자못 위엄을 차린 모습이었다. 완안강이 나서서 소개를 시작했다.

"사부님, 이 도장님께서 사부님을 뵙고자 여러 차례 재촉을 하셨습니다."

왕처일은 화가 치밀어 올랐다.

'이 녀석, 나를 우습게 보는 것인가? 보아하니 무공이랄 것도 없는 놈이잖아. 내가 본 기이한 무공이 저 녀석에게서 나왔을 리 없어.'

무관이 입을 열었다.

"도사, 왜 나를 보고자 하였소? 나는 본시 도사나 비구니를 그다지 좋아하지 않소만……."

왕처일은 속으로 화를 삭이며 오히려 미소를 지었다.

"대인께 시주를 부탁드리고자 합니다. 은자 1천 냥 정도면 좋겠습니다."

이 무관은 탕조덕湯祖德이라는 자로 조왕 완안홍열 수하의 친위대장이었다. 완안강에게 어린 시절 무예를 가르쳤고, 이 때문에 조왕부에서는 모두가 그를 사부라고 불렀다. 그는 시주 한 번에 1천 냥의 은자를 요구하는 왕처일의 터무니없는 요구에 깜짝 놀라 외쳤다.

"이 무슨 헛소리냐!"

이때 완안강이 나섰다.

"1천 냥이라면 제가 드리지요. 제 성의입니다."

이어서 그는 시종에게 지시를 내렸다.

"어서 가서 은자 1천 냥을 준비해라. 잠시 후 도사님께 드릴 것이다."

탕조덕은 벌어진 입을 다물지 못한 채 왕처일을 머리끝에서 발끝까지 훑어보았다. 도대체 어떤 작자인지 알 수 없다는 표정이었다.

완안강이 자리를 정리했다.

"여러분, 모두 좌정하시지요. 왕 도사님은 처음 오셨으니 상석에 앉으십시오."

왕처일은 사양했으나 결국 상석에 앉게 되었다. 술잔이 세 순배씩 돌아가자 왕처일이 입을 열었다.

"여러분 모두가 무림에 이름난 인물들이시니 고견을 청해 듣고자 합니다. 목씨 부녀의 일을 어찌 처리하면 좋겠습니까?"

자리한 사람들의 눈이 모두 완안강에게 쏠려 그의 반응을 기다렸다. 완안강은 술을 한 잔 따라 일어서더니 두 손을 모아 왕처일에게 예를 표한 후 대답했다.

"먼저 도장님께 한 잔 올리겠습니다. 그리고 그 일은 도장님의 뜻에 따르겠습니다."

왕처일은 잠시 어리둥절했다. 그가 이렇게 순순히 받아들일 줄은 몰랐던 것이다. 그는 우선 받은 잔을 단숨에 들이켠 다음 의견을 내놓았다.

"좋다! 그럼 그 아버지를 데리고 와 함께 이야기해보자."

"그래야겠지요. 그럼 수고스럽겠지만 곽 형께서 아버지 되시는 분을 모셔오시지요."

완안강의 말에 왕처일도 고개를 끄덕였다. 이에 곽정이 자리를 비우고 고승객잔으로 갔다. 목역의 방에 들어가보니 부녀 두 사람은 보이지 않고 행장과 옷가지도 모두 챙겨 떠난 뒤였다. 점원에게 물어보니 방금 어떤 이가 와서 그들을 데려가며 방값과 식대도 모두 지불했으니 그 두 사람이 다시 올 일은 없을 것이라고 이야기했다.

곽정이 데려간 사람이 누구냐고 다그쳐 물었지만, 점원도 시원스럽게 대답하지는 못했다. 곽정은 총총히 조왕부로 돌아왔다. 완안강이 웃으며 그를 맞이했다.

"수고하셨습니다. 목 영감님은요?"

곽정이 자초지종을 이야기하자 완안강은 한숨을 내쉬며 말했다.

"이런! 이렇게 되면 제가 면목이 없지요."

그러고는 시종들에게 지시를 내렸다.

"어서 사람들을 데리고 가 사방으로 빠짐없이 찾아보거라. 목 영감님을 반드시 모셔와야 한다."

시종들이 즉시 뛰어나갔다. 일이 돌아가는 것을 보면서 왕처일은 확증이 없어 뭐라 이야기할 수는 없었지만, 뭔가 석연치 않은 점이 있었다.

'목역을 데려오는 거야 시종을 두엇 보내면 될 일. 굳이 곽정을 보낸 것은 목씨 부녀가 없다는 것을 직접 확인하고 증언해주도록 꾸민 것일 테지.'

그의 얼굴에 차가운 미소가 떠올랐다.

"누가 부린 수작인지는 모르겠지만, 언젠가는 그 내막이 밝혀질 것이다."

완안강도 웃으며 맞장구를 쳤다.

"그 말씀이 옳습니다. 그분들이 무슨 마음인지는 모르겠지만, 참으로 이상한 일입니다."

탕조덕은 자신의 주군이 웬 도사에게 은자 1천 냥을 뜯기는 것을 보면서 분하기도 하고 아깝기도 하던 참이었다. 그런데 도사가 또 무게를 잡으며 무례하게 구는 꼴을 보고는 끝내 분을 참지 못하고 나섰다.

"당신은 어느 도관에 있는 도사요? 뭘 믿고 이렇게 이것저것 달라는 게 많은 거요?"

왕처일이 대답했다.

"귀관은 어느 나라 사람이오? 뭘 믿고 여기서 벼슬살이를 하고 있는 거요?"

그는 탕조덕이 한인의 몸으로 금국의 무관 자리에 있으면서 동포를 괴롭히는 걸 참지 못하고 한마디 쏘아붙였다.

탕조덕은 다른 사람에게서 한인이라는 말을 듣는 것을 가장 싫어했다. 그는 스스로 무예가 매우 뛰어나고 금국의 일에 목숨 거는 충신이라고 여기고 있었다. 그러나 금국 조정에서는 그에게 그럴듯한 관직을 내려주지 않았다. 20여 년을 고생한 끝에 아주 보잘것없는 직함이긴 하지만 그래도 조왕부의 한직에 머무를 수 있었다.

그런데 왕처일의 한마디가 그의 아픈 곳을 찌른 것이다. 그는 얼굴색이 변해 코웃음을 치면서 벌떡 일어났다. 양자옹과 구양극 두 사람을 사이에 두고 그는 힘을 모아 왕처일의 얼굴을 향해 장력을 날렸다. 왕처일은 오른손 손가락 두 개를 펼쳐 그의 손목을 붙잡아버렸다.

"말하기 싫으면 그만이지, 힘을 쓸 것까지야……."

왕처일이 웃으며 말하는 동안 탕조덕의 주먹은 공중에 멈춰 있었다. 연속해서 몇 차례 힘을 써보았지만 조금도 먹혀들지 않았다. 분한 마음에 탕조덕은 욕지거리를 하기 시작했다.

"이 땡추야, 무슨 요술을 쓰는 거냐?"

아무리 주먹을 거둬들이려 해도 도대체 뜻대로 되지 않으니 얼굴이 붉으락푸르락해지며 어찌할 바를 몰랐다. 그의 곁에 앉아 있던 양자옹이 웃으며 말했다.

"장군께서는 그만 화를 삭이고 술이나 드시지요."

그러면서 손을 뻗어 그의 오른쪽 어깨를 지그시 눌렀다. 왕처일은 탕조덕의 손목을 잡은 손가락이 조금씩 느슨해지려던 참이었는데, 양자옹의 힘까지 받아내는 것은 무리라 생각되어 손가락을 놓아버렸다. 그리고 곧장 탕조덕 왼쪽 어깨의 혈도를 짚었다.

왕처일의 초식이 워낙 순식간에 전개된 터라 양자옹은 미처 자신의 초식을 거두어들이지 못했다. 두 줄기의 내공이 탕조덕의 양쪽 어깨에 각각 힘을 미치게 된 것이다. 탕조덕은 그 이름대로 조상의 은덕을 입어 두 고수의 내공을 한꺼번에 받게 되었으니 사실은 영광이라 해야 할 것이나, 두 팔은 자신의 의지와는 상관없이 휘둘러지고 있었다.

픽! 픽! 왼손은 생선 요리에 꽂히고, 오른손은 국그릇에 빠졌다.

콰지직, 소리와 함께 접시와 그릇이 깨지며 생선뼈와 사기 조각이 동시에 튀어 오르고, 뜨거운 국물과 선혈이 한데 섞여 흘러내렸다. 탕조덕은 우와악, 소리를 지르며 두 팔을 마구 휘둘러댔고, 그 통에 기름과 국물이 사방으로 튀었다. 사람들은 큰 소리로 웃어대며 이리저리 몸을 피했다. 탕조덕은 너무나 부끄러운 나머지 내실로 뛰어 들어갔다. 시종들이 웃음을 참아가며 자리를 정리했는데, 한참이 지나서야 끝났다.

사통천이 말했다.

"전진파의 명성이 남북에 두루 퍼져 있더니 과연 명불허전입니다.

제가 오늘 도장님께 가르침을 청할 것이 있습니다."

왕처일이 대답했다.

"무슨 그런 말씀을…… 말씀하시지요."

"황하방黃河幇과 전진교는 여태껏 서로를 침범하는 일 없이 존중해 왔습니다. 도장께서는 어찌 강남칠괴를 두둔해 저를 난처하게 만드십니까? 전진교가 그 세력이 강대하다고는 하나 저는 조금도 두렵지 않습니다."

"사통천 님께서 오해하고 계십니다. 빈도는 강남칠괴의 이름을 들어 알고 있기는 하나 한 사람도 알고 지내는 이가 없습니다. 제 사형께서 그들과 어떤 사연이 있으신 듯합니다만, 강남칠괴를 도와 황하방에 맞섰다는 것은 절대 있을 수 없는 일입니다."

"거 잘됐군요. 그럼 그 애송이를 제게 넘겨주시죠."

사통천은 말을 마치자마자 뛰어올라 곽정의 목덜미로 손을 뻗었다. 곽정이 이 공격을 피하지 못하면 크게 부상을 입을 것이 뻔했다. 이에 왕처일이 손을 뻗어 곽정의 어깨를 가볍게 밀었고, 곽정은 그 힘에 몸을 날리며 자리에서 벗어났다.

곽정 대신 사통천의 다섯 손가락이 닿은 의자가 큰 소리를 내며 부서졌다. 나무를 두부 조각처럼 뭉개놓는, 실로 흔치 않은 무공이었다. 사통천은 공격이 무위로 돌아가자 분노에 차 일갈했다.

"왜 애송이를 감싸는 거요?"

왕처일이 강한 어조로 말했다.

"이 아이는 빈도가 왕부로 데려왔으니 또한 잘 데리고 나가야 하지 않겠습니까? 사통천께서 정히 그냥 두지 못하시겠다면 다른 날 혼을 내주시는 것이 어떨지요."

구양극이 끼어들었다.

"이 아이가 사통천께 무슨 잘못을 저질렀기에 이러십니까?"

사통천은 잠시 생각에 잠겼다.

'이 도사의 무공은 절대 나에게 뒤지지 않아. 팽련호와 함께 둘이 맞
선다고 해도 이 애송이 놈을 붙잡기는 힘들겠어. 게다가 저 구양극이
란 자의 무공 또한 뛰어나서…… 어찌 굴러 들어온 놈인지는 알 수 없
지만, 만일 저 도사 나부랭이와 손을 잡기라도 하는 날엔 완전히 일을
그르치게 될 거야.'

사통천이 이윽고 입을 열었다.

"내 사제들이 본디 부족함이 많기는 하나, 일전에 왕야를 모시고 몽
고에 가 매우 중요한 일을 도모한 적이 있소. 거의 성공하려던 차에 저
곽정이라는 애송이가 느닷없이 튀어나와 일을 망쳐놓았소이다. 물론
조왕야께서는 이 일로 크게 노하셨지요. 여러분, 우리가 이런 조무래
기 하나도 어쩌지 못하고 쩔쩔맨다면 왕야께서 얼마나 실망하시겠습
니까?"

사통천이 비록 성정이 포악하기는 하지만 그저 거칠기만 하고 경우
가 없는 불한당은 아니었다. 그의 말에 곽정은 순식간에 그 자리의 표
적이 되고 말았다.

왕처일과 곽정을 제외하고 이 자리에 있는 모든 사람이 조왕의 후
의厚意를 입고 있는 처지였고, 완안강은 조왕의 세자였다. 사통천의 말
에 마음이 움직인 이들은 결국 곽정을 조왕에게 끌고 가 처분을 받게
하기로 결심했다.

왕처일은 슬슬 조급해져 여기서 벗어날 방도를 생각해보았다. 그러나 이처럼 강한 적들에게 둘러싸인 상황에서 어찌해볼 도리가 없었다. 그는 스스로를 완안강의 사숙이라 여겼고, 완안강이 비록 대금국의 왕자라고는 하나 자신에게는 함부로 하지 못할 것이라고 생각했다. 그러나 뜻밖에도 완안강은 사숙에 대해 어떠한 장유유서의 예도 없을 뿐 아니라 부중府中에 이처럼 많은 고수를 숨겨두기까지 했다. 진작에 알았더라면 이런 호랑이 굴에 걸어 들어오지는 않았을 터였다. 설사 왔더라도 아직 어린 곽정을 데려오지는 않았을 것이다. 혼자서 빠져나간다면 다른 이들도 어쩔 수 없을 테지만, 곽정을 구하려 든다면 쉬운 일이 아니었다.

'갑자기 태도를 바꿀 수는 없으니, 일단 시간을 끌면서 상대의 허실을 살펴야겠다.'

왕처일은 안색을 가다듬고 말했다.

"여러분은 명성을 널리 떨치고 계시는바, 빈도는 항상 앙모仰慕의 정을 품어왔습니다. 오늘 이렇게 인연이 닿아 여러분을 뵙게 되어 기쁘기 그지없습니다."

그러고는 곽정을 손으로 가리키며 말을 이어갔다.

"이 젊은이가 하늘 높은 줄 모르고 날뛰다 사 용왕님께 잘못을 저질렀나 봅니다. 이제 여러분께서 이 아이를 붙잡으려 하시니, 막으려 해도 빈도의 힘으로는 중과부적입니다. 말리고는 싶으나 또한 여러분의 뜻을 거스를 수도 없습니다. 다만 여러분께 청이 한 가지 있다면 각자 무공을 하나씩 보여주시어 이 아이에게 빈도가 돕기를 꺼려 나서지 않는 것이 아니라 실로 돕고 싶어도 힘이 부족해 나서지 못한다는 사실을 깨닫게 해주십시오."

한참 동안 분을 삭이고 있던 삼두교 후통해가 먼저 자리를 박차고 일어나 장포를 벗어 던졌다.

"어디 그 대단하다는 실력 한번 봅시다!"

왕처일이 대답했다.

"빈도의 얕은 무예로 어찌 여러분과 대적하겠습니까? 후통해 님께서 절기絶技를 펼치셔서 빈도의 눈을 틔워주시고 이 젊은이에게도 가르침을 주시기 바랍니다. 뛰는 자 위에 나는 자가 있고, 세상이 넓다는 것을 알게 되면 앞으로 다시는 경거망동하지 않을 것입니다."

후통해가 듣자니 그의 말에 가시가 돋친 듯했지만, 그것이 정확히 어떤 가시인지는 알 수 없어 선뜻 대답하지 못했다.

'전진파 도사의 전의戰意를 돋우는 것이 쉽지는 않구나. 싸우지 않는 것이 낫겠어.'

그렇게 판단한 사통천이 후통해를 불러 말했다.

"사제, 설리매인雪裏埋人을 보이고 왕 진인께 지도를 부탁하게."

왕처일은 연방 사양했다.

마침 눈발이 아직 그치지 않고 날리던 중이라 후통해는 부중을 누비며 두 팔로 눈을 쓸어 모아 눈 무더기를 3척 높이로 쌓았다. 그리고 발로 단단하게 다진 다음 세 걸음 물러나더니 갑자기 풀쩍 뛰어올랐다가 눈 무더기를 향해 온몸을 날려 거꾸로 꽂히니, 그의 가슴까지 눈 속에 묻혔다.

곽정은 어찌 된 영문인지를 모르고 눈 속에 거꾸로 꽂혀 꼼짝 못 하는 그 모습을 바라보고 있었다. 사통천이 완안강의 시종들에게 지시를 내렸다.

"귀찮겠지만, 가서 저 주위의 눈을 다져주시게."

시종들은 재미있다는 듯 키득거리며 후통해 주위의 눈을 밟아 단단히 다졌다. 사통천과 후통해는 황하에서 패권을 차지하고 있어 수중 무공이 특히 뛰어났다. 물의 특성을 잘 알아 물속에서 숨을 쉬지 않고 잠수하는 기술을 익혔으니, 지금 후통해는 머리를 눈 속에 묻고도 한참 동안 숨을 참는 무공을 보여주는 것이었다. 이것이 바로 그가 평소에 수련해온 것이었다.

사람들은 술을 마시며 그 모습을 바라보았다. 한참이 지나 후통해가 두 손을 쭉 뻗더니 이어타정鯉魚打挺으로 펄떡이는 잉어처럼 몸을 일으키며 눈 속에서 머리를 뽑아내고 똑바로 섰다.

어린애 티를 벗지 못한 곽정은 마냥 손뼉을 치며 환호했다. 그러나 후통해는 자리로 돌아와 술을 마시면서 곽정을 무섭게 노려보기만 했다. 곽정은 후통해의 혹에 눈이 남아 있는 것을 보고는 일깨워주었다.

"후 삼야三爺, 머리에 아직 눈이 있습니다."

후통해는 버럭 소리를 질렀다.

"나를 삼두교라고 부르기는 하지만 서열이 셋째는 아니다! 어찌 삼야라고 부르는 거냐? 나는 넷째이고, 또 네가 끼어들 자리가 아니다! 아무러면 내 머리 위에 눈이 있는지도 모르겠느냐? 원래 털어내려고 했지만 네놈이 나서니 그럴 마음이 사라졌다."

방 안이 따뜻해 눈이 녹으니 그의 이마에서 물이 세 줄기로 흘러내렸다. 남아일언은 중천금이라, 후통해 역시 내뱉은 말은 반드시 지키는 인물이어서 정말로 흐르는 물을 닦지 않았다.

사통천이 나서며 말했다.

"제 사제의 재주가 일천해 부끄럽습니다."

그가 손을 뻗어 접시에 있던 호박씨를 한 줌 쥐고는 중지로 튕겨내기 시작했다.

팍! 팍! 팍! 호박씨는 곧장 직선으로 뻗어나가 후통해가 쌓아놓은 눈 무더기에 하나하나 박히기 시작했다. 눈 깜짝할 새에 '황黃' 자가 그려졌다. 눈 무더기는 사통천의 자리에서 3장丈이나 떨어져 있었고, 그가 튕기는 것은 아주 가벼운 호박씨였다. 이처럼 흐트러짐 없이 눈에 호박씨를 박아 글자를 만들 정도로 그의 시력과 손힘은 실로 대단했다. 왕처일은 감탄하지 않을 수 없었다.

'귀문용왕이 황하를 손아귀에 틀어쥐고 있는 것도 이런 예사롭지 않은 무예 때문이었구나.'

그새 눈 무더기 위에는 하河 자, 구九 자가 차례로 쓰였다. 아마도 황하구곡黃河九曲 넉 자를 쓸 생각인 듯했다. 팽련호가 웃으며 나섰다.

"사 대형, 그 솜씨는 정말 놀랍기 그지없습니다. 왕 도장께서 우리의 힘을 보고자 하시는데, 우리는 그간 함께 무예를 닦아온 사이 아니오? 나도 형제로서 사형의 솜씨를 빌려 부족하나마 재주를 좀 보여야겠소"

그러곤 몸을 날리더니 대청 입구로 향했다. 이때 사통천은 마지막 곡曲 자를 절반 정도 마친 상태였는데, 팽련호가 갑자기 두 팔을 휘두르기 시작했다. 두 팔을 뻗기도 하고 접기도 하면서 사통천이 튕겨내는 호박씨를 하나하나 공중에서 잡아내는 것이었다.

작은 호박씨가 쏜살같이 날아오는데도 그는 하나도 놓치는 법이 없었다. 한 사람은 벼락같이 튕기고 한 사람은 바람같이 잡아내니, 마치 흐르는 물처럼 호박씨 한 접시가 팽련호의 손안에 들어가게 되었다. 모두가 환호성을 지르는 가운데 팽련호가 만면에 웃음을 띠고 자리로 돌아왔다.

사통천은 그제야 곡 자의 나머지 반을 박아 넣을 수 있었다. 만일 다른 사람이었다면 팽련호가 상대의 체면을 크게 깎은 것이겠지만, 두 사람은 워낙 오랫동안 우정을 나누어온 터라 사통천도 그저 웃을 뿐 뭐라 탓하지 않았다. 대신 구양극에게 말을 돌렸다.

"구양 공자께서도 무얼 좀 보여주셔야 우리처럼 세상 모르는 이들도 견문을 넓힐 것 아니겠소?"

구양극은 그의 말 속에 날카로운 가시가 숨어 있다는 걸 눈치챘다. 앞서 사통천의 공격을 무마시킨 일로 아직도 앙심을 품고 있는 것이 분명했다. 구양극은 어떤 무공으로 그를 압도해야 할지 잠시 고심했다. 그때 마침 시종이 단 음식 네 접시를 올리며 새로운 젓가락을 놓고 이미 사용한 젓가락을 거두어갔다. 구양극은 시종에게서 그 젓가락을 받아 던졌다.

쉬쉭! 20개의 젓가락이 함께 날아가더니 눈 쌓인 땅에 꽂히는데, 한 치의 흐트러짐도 없이 네 송이의 매화가 그려졌다. 젓가락을 눈 덮인 땅으로 던지는 것이야 어린아이라도 할 수 있는 일이지만, 한 손으로 던져 이처럼 완벽한 매화를 그리는 것은 아무나 할 수 있는 일이 아니었다. 이러한 무공의 심오함을 곽정과 완안강은 잘 깨닫지 못할 테지만, 왕처일과 사통천은 속으로 크게 감탄했다.

왕처일은 이들의 절묘한 무공을 보며 어떡하면 몸을 뺄 수 있을지 고심하던 중 문득 다른 생각이 들었다.

'이들은 무림 중의 고수로 평소에는 한 사람을 만나는 것도 쉽지 않은 일이거늘, 어찌 이렇게 한자리에 모여 있을 수 있을까? 백타산 주군, 영지상인, 삼선노괴 같은 이들은 모두 중원에 잘 나서지 않는 이들인데…… 이렇게 연경에 모여 있는 것을 보면 뭔가 연유가 있음이 틀림없다.'

이번에는 삼선노괴 양자옹이 웃으며 일어나 모두에게 손을 모아 예를 올리고는 천천히 걸어 나왔다. 그런 다음 갑자기 몸을 솟구치더니 왼발을 쭉 뻗어 구양극이 땅에 꽂아놓은 젓가락 위로 내려앉았다. 그리고 그 위에서 그대로 초식을 펼쳐 보였다.

회중포월懷中抱月, 이랑담산二郎擔山, 납궁식拉弓式, 탈화전신脫靴轉身. 거기서 그치지 않고 이번에는 연청권燕靑拳을 시작하는데, 발놀림은 마치 하늘을 나는 듯 1보 1보가 모두 수직으로 세워진 젓가락 위를 벗어나지 않았다. 양보과호讓步跨虎, 퇴보수세退步收勢 등 초식이 이어지며 연청권의 마지막을 장식했다. 그동안 20개의 젓가락은 기울어지거나 부러진 것 없이 그대로 꽂혀 있었다. 양자옹은 연신 웃음을 흘리며 자리로 돌아왔다. 순식간에 자리는 환호성으로 가득했다. 곽정은 신기한 묘기라도 본 듯 입도 다물지 못하고 좋아했다.

이제 주연이 끝나가는 때라 시종들은 금 대야에 손 씻을 따뜻한 물을 담아 내왔다. 왕처일은 마음이 급해졌다.

'이제 영지상인만 무공을 보이고 나면 일제히 공격해올 것이다.'

힐끗 영지상인을 보니 그는 아무 일 없다는 듯 두 손을 금 대야에 담근 채 전혀 신경 쓰지 않는 모습이었다. 다른 이들은 손 씻기를 마쳤는데도 그가 여전히 두 손을 대야에 담그고 있자 모두 의아해했다. 잠시 후, 그의 대야에서 갑자기 뭉게뭉게 수증기가 피어오르기 시작했다. 좀 더 지나자 수증기가 훨씬 많아졌고, 일순 대야에서 작은 소리가 나더니 물방울이 맹렬한 기세로 튀어 올랐다.

왕처일은 내심 놀랄 수밖에 없었다.

'이자가 내공이 대단하구나. 내가 선수를 쳐야지, 더 이상 늦춰서는 안 되겠다.'

그는 좌중의 눈이 영지상인의 손에 집중되어 있음을 확인했다.

'기회는 한 번뿐, 놓치면 그걸로 끝이다. 불시에 움직여 기선을 잡을 수밖에……'

왕처일은 갑자기 몸을 기울여 왼손으로 두 사람 건너에 앉아 있는 완안강의 손목 맥문을 짚어 끌어당겼다. 그리고 곧장 그의 등에 있는 혈도를 잡았다. 사통천 등이 크게 놀라며 어찌할 바를 모르고 허둥거렸다. 왕처일은 오른손으로 술 주전자를 들며 말했다.

"오늘 여러 영웅호걸을 뵙게 되어 참으로 영광이올시다. 빈도, 비록 객이기는 하지만 여러분께 술을 올릴까 합니다."

오른손으로 술 주전자를 들어 일일이 술을 따랐다. 술 주전자의 주둥이에서 술이 화살처럼 뻗어 나오는데, 순서대로 좌중의 술잔에 떨어졌다. 앉은 자리의 거리에 관계없이 술은 잔 속으로 빨려들었다. 어떤 이는 술잔이 이미 비었고, 어떤 이는 아직 반쯤 남아 있기도 했지만 뻗어 나온 술은 정확히 자리를 찾아 잔으로 빨려들며 술잔을 가득 채웠다. 흘러넘치거나 잔 밖으로 떨어지는 술은 한 방울도 없었다.

영지상인 등은 깊은 내공을 선보이며 오른손으로는 이처럼 술을 따르는 한편, 왼손으로는 완안강의 등을 짚고 있는 왕처일을 바라볼 수밖에 없었다. 만일 그가 조금이라도 움직이면 완안강의 내장은 파열되고 말 터였다.

분명 상황은 아군이 많건만 왕처일의 손에 든 완안강 때문에 속수무책이었다. 왕처일은 마지막으로 자신과 곽정의 잔에 술을 채우고 잔을 들어 남김없이 마셨다.

"빈도는 여러분과 원한이 없소이다. 또 이 아이와는 친구도, 적도 아니외다. 그러나 이 아이가 제법 의협심이 강하고 기개가 있는 듯하니, 여러분께서 빈도의 얼굴을 봐서라도 놓아주시기 바랍니다."

모두가 묵묵부답이었다.

"여러분께서 관용을 베풀어주신다면 빈도 역시 왕야를 놓아드리겠습니다. 한쪽은 금지옥엽 같은 귀한 왕야요, 한쪽은 평범하기 짝이 없는 백성일 뿐인데 여러분께서 손해 보는 일은 아닐 것입니다. 어떻습니까?"

결국 양자옹이 대답했다.

"왕 도장 말씀이 시원스럽습니다. 그럼 그리하십시다."

왕처일은 지체 없이 왼손을 풀어 완안강을 놓아주었다. 왕처일은 이들이 무림의 고수들로서 속내에는 음흉한 구석이 있어 신의를 목숨처럼 지키는 자들은 아니지만, 다른 이들 앞에서 식언을 하고 그 명망을 떨어뜨리지는 않을 것이라고 생각했다. 하여 모두에게 고개 숙여 예를 표하고 곽정의 손을 잡아끌었다.

"그만 물러가겠습니다. 다시 만날 기회가 있겠지요."

남은 이들에게는 그물에 걸려든 물고기를 놓치는 격이었으니 아깝기도 하려니와 영 체면이 말이 아니었다.

완안강이 깨어나 미소를 머금고 말했다.

"도장님, 기회가 있으면 오셔서 가르침을 주십시오."

그가 몸을 일으켜 두 손을 모으고 예를 표하니, 왕처일은 코웃음이 나왔다.

"우리 일은 아직 끝난 것이 아니니 다시 볼 날이 있을 거다."

두 사람이 입구로 다가서는데 돌연 영지상인이 나섰다.

"도장의 공력이 신묘해 참으로 감탄을 금치 못하겠소!"

두 손을 합장하며 예를 올리다가 갑자기 손바닥을 들어 장력을 뿌리니 엄청난 바람이 휘몰아쳤다. 왕처일은 답례를 하다가 역시 손바닥에 힘을 모아 수십 년간 수련해온 내공으로 이를 막았다. 공수攻守가 모두 민첩하기 그지없었지만 특히 왕처일의 변초變招가 기민해 팔목을 잡아 반격했다. 강한 힘이 서로 부딪치면서 두 사람의 팔은 순간 엉켰다가 즉시 풀어졌다. 영지상인의 낯빛이 변하며 뒤로 물러섰다.

"대단하십니다!"

왕처일은 가볍게 웃어 보였다.

"강호에 이름을 날리시는 분께서 어찌 약속을 어기십니까?"

영지상인이 분통을 터뜨렸다.

"내가 잡으려 한 사람은 애송이가 아니라 당신……."

그는 이미 왕처일의 장력을 받아 부상을 입은 터였다. 조용히 안정을 취하며 호흡을 조절하면 발작까지 일으키지는 않았을 것이나, 왕처일의 말에 흥분해 분노를 참지 못하니 말을 미처 마치기도 전에 입으로 선혈을 뿜어내고 말았다. 왕처일은 더 이상 지체할 수 없어 곽정의 손을 끌고 급히 왕부를 빠져나갔다.

사통천, 팽련호 등은 이미 약속한 바가 있었기 때문에 영지상인이 피를 토하는 것을 보면서도 선뜻 나서지 못했다. 왕처일은 서둘러 조왕부에서 멀어졌다. 잠시 고개를 돌려 쫓아오는 이가 없음을 확인하자 곽정에게 속삭였다.

　"나를 업고 객점으로 가거라."

　미약하고 힘이 빠진 왕처일의 목소리에 곽정은 크게 놀랐다. 게다가 안색이 창백하고 얼굴에 병색이 완연했다. 조금 전까지 보여준 위풍당당하던 모습은 찾아볼 수가 없었다.

　"도장님, 부상을 입으신 겁니까?"

　왕처일은 고개만 겨우 끄덕일 뿐 비틀거리며 몸을 가누지 못했다. 곽정은 급히 그를 등에 업고는 나는 듯 달렸다. 마침 큰 객점이 눈에 들어와 들어가려 하자 왕처일이 말렸다.

　"아, 아니…… 조용한…… 작…… 은…… 곳……."

　곽정은 그 뜻을 알아차렸다. 심한 부상을 입고 힘이 크게 떨어져 있는 상태에서 적이 찾아오기라도 하는 날엔 꼼짝없이 죽을 수밖에 없을 것이다. 곽정은 이곳 지리를 몰라 무조건 인적이 드물고 가옥이 낡은 쪽으로 방향을 잡았다. 점점 궁벽하고 외진 곳으로 들어가는가 싶더니 마침 작은 객점을 발견했다.

　왕처일의 호흡은 점점 약해지고 있었다. 객점은 작고 지저분했지만 그런 것을 가릴 틈이 없었다. 곽정은 곧장 뛰어 들어가 왕처일을 구들장에 눕혔다.

　"어, 어서…… 큰…… 항아리에…… 맑은 물…… 가득……."

　"더 준비할 것은 없습니까?"

왕처일은 말없이 손을 휘저어 곽정을 재촉했다. 곽정은 방을 나와 은자를 꺼내 계산대에 놓았다. 또 심부름꾼 아이에게도 은자를 주며 필요한 것을 지시했다. 중원에 나와 며칠을 지내며 재물로 사람 다루는 방법을 익힌 것이다. 아이는 뛸 듯 기뻐하며 커다란 항아리를 들어다 뜰에 두고 맑은 물을 가득 부었다.

"아…… 잘…… 했다…… 나를 안아…… 항아리…… 안에…… 다른 사람은…… 오지 못하게…… 하고……."

곽정은 그저 시키는 대로 그를 안아 물이 목까지 차게 항아리에 넣었다. 아이에게는 다른 이들이 오지 못하게 하도록 당부했다. 왕처일은 눈을 감고 앉아 가만가만 숨을 몰아쉬었다. 한참이 지나자 항아리 안의 물이 서서히 까맣게 변해갔다. 그와 동시에 왕처일의 얼굴은 조금씩 혈색을 되찾았다.

"나를 꺼내고 물을 갈아다오."

곽정은 물을 갈고 다시 왕처일을 항아리 안에 넣었다. 그제야 그는 왕처일이 내공으로 몸 안의 독기를 밀어내 물에 분해시킨 것을 알았다. 이렇게 네 항아리를 갈고서야 물의 색이 더 이상 변하지 않았다.

"이제 되었다."

왕처일은 웃으며 항아리를 뛰어넘었다.

"그자의 내공이 참으로 강하구나."

곽정은 그제야 마음이 놓였다.

"그 장력에 독이 있는 건가요?"

"그렇지. 나도 독사장毒沙掌을 여러 번 겪어보았지만 이렇게 강한 것은 처음이구나. 하마터면 목숨을 잃을 뻔했어."

"정말 다행입니다. 뭐라도 드시겠습니까?"

왕처일은 계산대로 가 필묵을 빌려오도록 해서 처방전을 썼다.

"이제 생명은 보전하겠지만, 내장의 독기가 완전히 빠지지는 않았다. 열두 시간 안에 제거하지 못하면 평생 불구가 될 것이다."

곽정은 처방전을 들고 한달음에 약방으로 내달렸다.

"이것 참, 미안합니다. 처방에 적힌 혈갈血竭, 전칠田七, 몰약沒藥, 웅담熊膽은 마침 떨어졌습니다."

곽정은 약방 주인의 말이 끝나기도 전에 처방전을 낚아채 다른 약방으로 달려 나갔다. 또 다른 약방에 가보았지만 역시 그 약재가 부족했다. 그길로 예닐곱 집에 더 가보았지만 결과는 마찬가지였다. 원래는 이 약재가 충분히 있었으나 방금 어떤 이가 와서 전부 사갔다는 것이다. 곽정은 그제야 짐작 가는 바가 있었다. 필경 조왕부에서 부상당한 왕처일이 이러한 약재들을 구할 것이라 예상하고 온 성의 약방에 사람을 풀어 모조리 쓸어가버린 것이다. 정말 악독하기 그지없는 소행이었다.

곽정은 풀이 죽어 객점으로 돌아와 왕처일에게 이를 알렸다. 왕처일은 참담한 표정으로 탄식했다. 곽정은 너무나 괴롭고 안타까워 탁자에 엎드려 울음을 터뜨렸다. 왕처일은 웃으며 곽정을 위로했다.

"인명은 재천이라, 사람이 태어나면 죽기 마련이다. 또 내가 죽을 것도 아닌데 울 일이 뭐가 있느냐?"

이어 침상을 가볍게 두드리며 소리를 높여 노래를 시작했다.

　　수컷의 성질을 알고 암컷의 유연함을 지키리

밝음이 무엇인지 알고 아득한 어두움을 지키리

영화를 알고 욕된 속세를 지키며 정도를 위해 잃는 것이 있어도

잃고 또 잃다 보면 무극에 이르리니.

知其雄兮守其雄

知其白兮守其黑

知榮守辱兮爲道而損

損之又損兮乃至無極


곽정은 눈물을 훔치고 멀거니 그를 바라보았다. 왕처일은 허허, 너털웃음을 터뜨리고는 무릎을 꿇고 침상에 앉아 운공조식에 들어갔다. 곽정은 조용히 방을 나와 생각에 잠겼다.

'내가 서둘러 부근의 다른 마을에 가면 혹시 약재를 살 수 있을지도 몰라.'

생각이 여기에 미치자 희망이 보이는 듯했다. 사람을 찾아 다른 마을로 가는 길을 물어보려는데, 객점 심부름꾼 아이가 다가와 편지를 한 통 건네주었다. 중요한 편지인 듯 봉투에는 곽정에게 직접 전달하라는 '곽대야친계郭大爺親啓'라는 글자가 적혀 있었다.

'누가 내게 편지를?'

곽정은 의아해하며 봉투를 뜯어보았다.

'성 밖 서쪽으로 10리 되는 호숫가에서 기다리고 있겠습니다. 긴요한 일이 있으니 빨리 와주시기 바랍니다.'

아래에는 사람이 그려져 있는데, 웃는 얼굴이 황용과 꼭 닮았다.

'내가 여기 있는 줄 어찌 알았을까?'

"이 편지는 누가 주더냐?"

"길거리에서 어떤 사람이 줬어요."

곽정이 방에 돌아와보니 왕처일은 방바닥에 서서 손발을 움직여 보고 있었다.

"도장님, 부근 다른 마을에도 가보겠습니다."

"네가 그리 생각할 정도라면 그들이라고 생각지 못하겠느냐? 그럴 것 없다."

그래도 곽정은 그만둘 수가 없었다. 그는 '황용이 영리하니 상의를 좀 해봐야겠다' 생각하고 왕처일에게 말했다.

"친구가 저를 보고자 하니 잠시 다녀오겠습니다."

그러면서 황용에게 받은 편지를 왕처일에게 보이니, 왕처일은 낮은 신음 소리를 냈다.

"이 아이는 어떻게 알게 되었느냐?"

곽정은 여정 중에 일어난 일들을 설명했다.

"그 아이가 후통해를 놀리는 모습은 나도 보았다. 몸놀림이 어딘가 이상하더구나."

왕처일은 다시 정색을 하며 당부했다.

"각별히 조심하거라. 그 아이의 무공은 너보다 훨씬 뛰어나다. 게다가 몸놀림에서 어떤 사기邪氣 같은 것이 느껴지는데, 정확히는 나도 모르겠구나."

"이미 생사를 함께한걸요. 저를 해칠 친구가 아닙니다."

"알게 된 지 얼마나 되었다고 생사를 운운하느냐? 아이가 어리다고 쉽게 보아서는 안 된다. 그가 나쁜 마음을 먹기만 하면 너는 그의 상대가 될 수 없을지도 몰라."

곽정은 황용에 대해 털끝만큼도 의심하지 않았다.

'도장님께서 황용을 잘 몰라서 그러시는 거야.'

그는 황용의 좋은 점을 들어가며 침이 마르게 칭찬을 했다. 결국 왕처일도 웃고 말았다.

"가보거라. 젊을 때는 다들 똑같으니…… 경험을 많이 해야 생각도 깊어지는 법. 하지만, 이 아이는…… 그 모습하며 목소리하며 어쩌면……."

왕처일은 더 이상 말을 잇지 못하고 그만 고개를 가로저었다.

# 나비는 꽃을 찾아다닐 뿐

곽정은 처방전을 품에 넣고 서쪽 문을 나서 총총히 걸음을 옮겼다. 성을 벗어나니 눈발이 거세지며 눈송이가 얼굴을 때렸다. 눈앞에 펼쳐진 온 천지가 하얗게 덮이고, 사람들의 발걸음도 끊겨 사위가 적막했다.

10리 정도를 가니 반짝이는 물결이 나타나며 작은 호수에 닿았다. 날씨가 그다지 춥지 않아 호수가 얼어붙지는 않았다. 눈송이가 수면에 떨어지는 동시에 녹아 사라지고, 호숫가의 매화에는 얼음꽃이 맺혀 한층 더 투명해졌다. 사방을 둘러보아도 사람의 그림자가 보이지 않자 곽정은 다급해졌다.

'나를 기다리다가 먼저 가버린 것일까?'

"황용! 황용!"

큰 소리로 불러보아도 물새만 파닥파닥 날아올랐다. 실망스러운 마음에 다시 한번 불러보았지만 역시 마찬가지였다.

'어쩌면 아직 오지 않았을지 모르지. 좀 기다려봐야겠다.'

호숫가에 앉은 곽정은 황용과 왕처일에 대한 생각 때문에 설경을 구경할 여유가 없었다. 게다가 이런 눈이라면 어려서부터 늘 봐온 것이었다. 황사 사막과 호숫가 풍경이 어떻게 다른지, 어느 곳이 더 뛰어난지 하는 것은 눈에 들어오지 않았다. 한참을 기다리자 나무숲 사이에서 싸우는 소리가 들려왔다. 호기심에 서둘러 가보니 웬 사람의 목소리가 들렸다.

"주제에 무슨 대단한 사형이라도 된 듯 위세냐? 다들 고만고만한 처지에 흔들리는 그네 같은 것은 너도 마찬가지야!"

"젠장! 네가 그렇게 겁을 집어먹고 잽싸게 튀지만 않았으면 우리가 그놈 하나 못 당했겠냐?"

또 다른 목소리가 들려왔다.

"너도 튀다가 넘어졌잖아? 뭐 잘한 게 있다고 떠들어!"

목소리를 들으니 황하사귀인 듯했다. 곽정은 고개를 빼고 살펴보았지만, 아무도 보이지 않았다. 목소리는 위에서 들려왔다.

"정정당당한 대결이라면 당연히 우리가 이기지. 그런데 놈이 그런 술수를 부릴 줄 누가 알았겠어……."

곽정이 고개를 들어보니 네 사람이 공중에 매달려 흔들리며 말다툼을 벌이고 있었다. 황하사귀가 틀림없었다. 그렇다면 분명 황용이 주변에 있을 것이었다. 곽정은 웃음을 감추지 못한 채 다가갔다.

"어이! 여기서 경공이라도 연마하시나요?"

전청건이 버럭 화를 냈다.

"경공을 연마하냐고? 이런 조무래기가 눈깔이 삐었나!"

곽정은 웃음을 터뜨렸다. 전청건은 부아가 치민 나머지 매달린 채 곽정을 차려고 했으나 너무 멀어 발이 닿지 않았다. 마청웅도 합세해 욕을 했다.

"이놈의 자식, 꺼지지 않으면 머리 위로 오줌을 갈겨주겠다."

곽정은 허리가 끊어질 듯 웃어젖혔다.

"제가 여기 서 있으면 오줌발이 닿지 않을걸요."

갑자기 뒤에서 가벼운 웃음소리가 들려왔다. 곽정이 돌아보니 찰방거리는 물소리와 함께 늘어진 나뭇가지 사이로 조각배 한 척이 미끄러져왔다. 선미에는 긴 머리를 등까지 늘어뜨리고 머리에 금빛 띠를 동여맨 한 여자가 흰옷을 입고 노를 잡고 있었다. 흰 눈빛에 비친 그 모습이 더더욱 눈부셨다.

곽정은 그 자태가 선녀인 듯해 정신을 잃고 멍하니 바라만 보았다. 배가 천천히 다가오니 소녀의 고운 자태가 비할 데 없이 아름다워 감히 똑바로 쳐다보지 못할 정도였다. 곽정은 눈앞이 아찔해 더 보지 못하고 고개를 돌리며 뒤로 물러섰다. 소녀는 배를 호숫가에 대고 곽정을 불렀다.

"오빠, 배에 오르세요."

곽정이 깜짝 놀라 고개를 돌리니 소녀는 옷소매를 가볍게 날리며 봄바람 같은 미소를 짓고 있었다. 곽정은 꿈인지 생시인지 눈을 비벼 보았다.

"왜 그러세요? 저를 못 알아보세요?"

목소리를 들으니 황용 같기도 했지만, 지저분하고 남루한 옷차림의 사내아이가 저런 선녀로 변할 수는 없다고 여겨 그저 제 눈을 의심할 뿐이었다. 뒤에서는 황하사귀가 소리를 질러대고 있었다.

"아가씨, 와서 우리 좀 풀어주구려. 제발 풀어주시우!"

"풀어주시면 100냥을 드리리다."

"한 사람당 100냥씩 해서 400냥을 드리겠소."

"800냥이라도 좋소."

소녀는 이들은 아랑곳하지 않고 말했다.

"저 황용이라고요. 모른 체할 거예요?"

곽정이 자세히 보니 이목구비가 확실히 황용이었다.

"아…… 저……."

우물거리며 더 말을 잇지 못하자 황용이 깔깔대며 웃었다.

"저는 원래 여자예요. 애초에 남자라고 속인 일도 없는걸요. 어서 오르세요."

곽정은 꿈을 꾸는 듯 어리둥절해 황용이 이끄는 대로 배에 올랐다. 황하사귀는 계속해서 살려달라고 아우성이었다. 황용은 배를 호수 가운데로 몰아가더니 술과 요리를 내놓았다.

"우리 여기서 한잔하면서 눈 구경이나 해요. 어때요?"

이미 황하사귀에게서 멀어져 그들의 아우성은 더 이상 들리지 않았다. 곽정은 마음이 가라앉는 듯했다.

"이렇게 멍청할 데가…… 나는 계속 남자로 알고 있었지 뭐야? 앞으로는 아우라고 부르면 안 되겠네."

"그렇다고 누이라고 할 수도 없을 테니, 그냥 용아蓉兒라고 부르세요. 저희 아버지도 그렇게 부르시는걸요."

곽정은 갑자기 자신의 품속에 넣어온 음식이 생각났다.

"음식을 좀 가지고 왔어."

품 안에서 음식을 꺼내놓고 보니 이제껏 정신없이 뛰어다닌 탓에 으깨지고 부서져 있었다. 황용은 음식을 내려다보며 살포시 웃었다. 곽정은 얼굴이 붉어졌다.

"이런, 못 먹게 됐네."

그는 음식 부스러기를 주섬주섬 주워 호수에 던져버리려고 했다. 그러자 황용이 손을 뻗어 음식을 받았다.

"먹을게요."

곽정이 멍하니 입을 벌리고 있는 사이 황용은 이미 음식을 먹기 시작했다. 몇 점 집어 먹던 황용의 눈자위가 조금씩 붉어지는가 싶더니 어느새 눈물이 가득 고였다. 곽정은 당황스러웠다.

"전 태어나면서부터 엄마가 없었어요. 누가 저를 이렇게 생각해준 적도……."

그녀는 기어이 눈물을 쏟고야 말았다. 그러더니 품에서 하얀 손수건을 꺼냈다. 곽정은 눈물을 닦으려는 줄 알았는데, 그녀는 온통 으깨진 음식을 조심조심 싸서 품 안에 넣었다.

"조금씩 아껴 먹을래요."

곽정은 황용의 기분을 알 수가 없었다. 그저 행동이 조금 이상한 듯 보였다.

"중요한 일로 상의하고 싶다면서? 무슨 일이지?"

"내가 사내아이가 아니라 용아라는 사실이 중요한 일이죠."

황용의 미소에 곽정도 따라 웃을 수밖에 없었다.

"이렇게 예쁜데, 애초에 왜 사내아이 행세를 했지?"

"내가 예뻐요?"

"예쁘고말고. 설산 꼭대기에 사는 선녀 같아."

"선녀를 본 적이 있어요?"

"본 적은 없어. 봤다면 벌써 죽었겠지."

"무슨 말이에요?"

"몽고에서 노인들한테 들었는데, 선녀를 보면 다시는 초원으로 돌아올 생각을 하지 않고 온종일 설산에서 넋을 잃고 있다가 결국 얼어죽는대."

"그럼 나를 보니까 넋을 잃을 것 같아요?"

곽정의 얼굴이 붉어졌다.

"우리는 친구니까 좀 다르지."

황용이 고개를 끄덕이며 정색을 하고 말했다.

"내가 남자든 여자든, 예쁘든 추하든 나를 진심으로 대해주는 것 잘 알아요."

잠시 이야기가 끊겼다.

"내가 이런 옷을 입고 있으면 누구나 내게 잘해줄 테지요. 하지만 내가 거지 차림일 때도 오빠는 친절했어요. 그게 진심이지요."

황용은 다시 기분이 좋아졌다.

"내가 노래를 부를 테니 들어볼래요?"

"노래는 다음에 듣는 게 좋겠어. 지금은 왕 도장님의 약재를 구해야 하거든."

곽정은 조왕부에서 왕처일이 부상당한 일, 약재를 구하지 못한 일 등을 설명해주었다.

"어쩐지 이상했어요. 오빠가 땀을 뻘뻘 흘리면서 이 약방 저 약방 뛰어다니기에 도대체 무슨 일일까 궁금했죠. 그런 일이 있었군요."

그제야 곽정은 그가 약을 사러 돌아다닐 때 이미 황용이 그의 뒤를 밟고 있었다는 사실을 알았다. 그러지 않았다면 그의 숙소를 알 리가 없었다.

"아우, 내가 네 홍마를 좀 빌릴 수 있을까?"

황용이 얼굴빛을 바꾸며 대답했다.

"우선, 나는 아우가 아니에요. 그리고 그 홍마는 오빠 거예요. 아무러면 내가 정말 오빠 물건을 탐냈겠어요? 그저 시험을 좀 해본 거예요. 하지만 근처 다른 마을에 가봐도 약재가 있을 것 같지는 않네요."

황용의 생각도 왕처일과 같은 것을 보고 곽정은 다시금 마음이 급해졌다. 곽정의 그런 마음을 아는지 모르는지 황용은 미소를 지었다.

"제가 노래를 부를 테니 들어보세요."

황용은 천천히 고개를 돌리며 뱃전에 비스듬히 기대어 맑은 목소리로 노래를 시작했다.

기러기 겨울 하늘을 나는구나.
달을 싸안은 구름 빛 가볍고,
물 위는 설핏 살얼음 끼었네.
계곡물을 경대 삼아 얼굴을 비추는구나.
곱게 단장하려 하나, 쉬운 일은 아닐세.
옥 같은 모습 연약하기만 하니,
겹겹이 속옷을 받쳐 입어야지.
동풍에 기대어 살포시 웃는 모습에

세상 꽃들이 부끄러워 고개 숙인다.

고적하구나! 고향은 어디메뇨.

눈 내린 후 원림과 물가의 누각이여.

서왕모가 산다는 요지는 옛 약속이니

기린과 기러기는 또한 누구에게 의탁할꼬?

나비는 꽃을 찾아다닐 뿐, 남으로 향한 가지는 몰라주누나.

아픈 마음 차가운 황혼 속에 나팔 소리만 세는구나.

雁霜寒透幄 正護月雲輕 嫩冰猶薄

溪奩照梳掠 想含香弄粉 靚妝難學

玉肌瘦弱 更重重龍綃襯著 倚東風

一笑嫣然 轉盼萬花羞落

寂寞 家山何在 雪後園林 水邊樓閣

瑤池舊約 麟鴻更仗誰託

粉蝶兒只解尋花覓柳 開徧南枝未覺

但傷心 冷淡黃昏 數聲畫角

　　곽정은 한 구절 한 구절 조용히 듣고만 있었다. 그 뜻을 완전히 이해할 수는 없었지만 황용의 맑은 목소리는 곽정의 귓전을 맴돌더니 마음을 격동시키면서 달콤한 선율에 도취하게 만들었다. 이처럼 부드럽고 포근한 정취는 태어나서 처음 경험해보는 것이었다.

　　황용은 노래를 마치고 낮은 목소리로 설명해주었다.

　　"이 노래는 신 대인辛大人이 지은 〈서학선瑞鶴仙〉이란 노래예요. 눈 속에 피어난 매화를 노래한 건데, 어때요?"

"나는 무슨 말인지 잘 모르겠지만, 참 듣기 좋았어. 그런데 신 대인은 누구야?"

"신 대인은 바로 신기질辛棄疾(중국 남송의 시인, 정치가)이에요. 아버지께서 그분은 국가와 백성을 사랑하는 참된 관리라고 하셨어요. 북방이 금나라의 손아귀에 들어갔을 때, 악비 장군도 간신에게 화를 당하셨죠. 지금은 신 대인만 홀로 빼앗긴 나라를 되찾기 위해 싸우고 계세요."

곽정은 어머니에게서 금인들이 중국 백성을 잔인하게 죽였다는 얘기는 많이 들었지만, 어려서부터 몽고에서 자란 터라 나라를 잃은 아픔이 그리 사무치지는 않았다.

"나는 중원에 와본 적이 없으니까 그런 이야기들은 앞으로 천천히 들려줘. 지금은 왕 도장님을 살릴 방도를 찾아야 해."

"그러지 말고 여기서 좀 더 놀아요. 급할 것 없잖아요?"

"열두 시간 내에 약을 먹지 못하면 불구가 된다고 하셨어."

"그럼 그리되라지요. 오빠나 내가 불구가 되는 것도 아니잖아요?"

"뭐야?"

곽정은 더 이상 말을 잇지 못하고 벌떡 일어났다.

"이…… 이런……."

얼굴에는 이미 노여운 기색이 가득했다. 황용은 오히려 미소를 지었다.

"그럴 것 없어요. 내가 책임지고 약을 구하게 해줄게요."

황용의 어조가 워낙 자신 있게 들리는 데다 자신에게 별다른 방도가 있는 것도 아니어서 곽정은 마음이 조금 가라앉았다.

'머리와 무공이 모두 나보다 나으니까 그냥 따라가면 별문제 없을 거야.'

황용은 황하사귀를 어떻게 나무에 매달았는지, 어떻게 후통해를 놀려주었는지 모두 이야기했고, 두 사람은 배를 잡고 웃었다. 호수에 어둠이 깔리기 시작하면서 눈, 호수, 매화가 몽롱하게 시야에서 흐려져 갔다. 황용은 천천히 손을 뻗어 곽정의 손을 잡고 속삭였다.

"나는 이제 아무것도 무섭지 않아요."

"어째서?"

"오빠라면 내가 함께하는 걸 막지 않겠죠. 그렇죠?"

"물론이지. 용아, 난 너와 함께 있는 지금이 정말…… 정말로…… 기쁜걸."

황용이 곽정의 가슴에 살포시 몸을 기댔다. 황용의 향기가 그의 몸을, 호수를, 온 천지를 감싸는 듯했다. 이것이 과연 매화의 향기인지, 아니면 황용의 몸에서 피어나는 향기인지 알 수가 없었다. 두 사람은 손을 꼭 잡은 채 아무 말도 하지 않았다.

그렇게 한참이 흐른 뒤 황용이 한숨을 내쉬었다.

"여기가 너무나 좋지만, 이제는 그만 가야겠죠?"

"왜?"

"왕 도장님의 약을 구해야 한다고 하지 않았어요?"

"아, 그렇지! 어디로 가면 되지?"

"약방의 그 약재들이 다 어디로 갔죠?"

"아마도 조왕부 사람들이 거둬간 것이겠지."

"맞아요. 우리도 조왕부로 가는 거예요."

곽정은 깜짝 놀라 되물었다.

"조왕부로?"

"맞아요."

"그건 안 돼. 갔다간 끝장이야."

"그럼 오빠는 왕 도장님이 평생 불구로 사는 걸 보고만 있겠다는 거예요? 자칫하면 목숨을 잃을지도 모르는데?"

곽정은 피가 끓어오르는 것을 느꼈다.

"좋아, 가겠어. 하지만 너는 그만둬."

"왜요?"

뭐라 할 말이 없었다.

"어쨌든 너는 안 돼."

"오빠가 아무리 저를 위해 말리셔도 그럴 수는 없어요. 만일 오빠가 위험에 빠진다면 저 혼자 살 수 있을 것 같아요?"

곽정은 명치끝이 찡하게 울리며 감격, 애틋함, 기쁨, 동정 등 온갖 감정이 한꺼번에 용솟음치는 것을 느꼈다. 그래, 사통천이나 팽련호 따위가 무엇이 두려우랴. 세상에 어떤 어려운 일이라도 다 이겨낼 수 있을 것 같았다.

"그래, 함께 가자."

두 사람은 배를 호숫가에 대고 성으로 돌아왔다. 반쯤 왔을까, 곽정은 갑자기 나무에 매달려 있을 황하사귀가 떠올랐다.

"참, 그 네 사람을 그만 내려줘야 하지 않을까?"

황용은 웃으며 대답했다.

"그 네 사람은 자칭 영웅호걸이라니까 춥고 배고파도 쉽게 죽지는 않을 거예요. 설사 죽더라도 이곳이 황하보다 훨씬 나을걸요."

곽정과 황용 두 사람은 조왕부의 후원으로 가 담을 넘어 들어갔다.

"오빠, 경신무공이 대단한데요!"

곽정은 담 아래 엎드려 집 안의 동정을 살피다가 황용의 칭찬을 듣자 왠지 마음이 뿌듯해졌다. 잠시 후, 발소리가 나더니 두 사람이 두런두런 이야기하며 다가왔다.

"소왕야께서 왜 그 처녀를 여기에 가둬두시는 걸까?"

"그걸 몰라? 너, 이제까지 그렇게 예쁘게 생긴 낭자를 본 적 있냐?"

"녀석, 밝히기는…… 조심해라, 목 달아날라. 그 처녀가 예쁘기는 해도 우리 왕비님만은 못하지."

"그런 미천한 계집을 어떻게 왕비님과 비교하겠어?"

"왕비님? 사실 왕비님도 신분은…….'

이야기를 하던 자는 잠시 말을 멈추고 헛기침을 몇 번 하더니 말을 돌렸다.

"소왕야께서 오늘 싸움에서 당하신 모양이야. 다들 조심하라고. 걸리면 화풀잇감이 되어 된통 얻어맞을 거야."

"나를 때린다면야 살짝 피하면서 발차기로…….'

"하는 꼬락서니 좀 봐라!"

두 사람은 계속해서 시시덕거리며 이야기를 주고받았다. 듣고 있던 곽정은 생각에 잠겼다.

'완안강이 좋아하는 여자가 있어서 목씨 처녀와 혼인하길 거부했다면 있을 수 있는 일이지. 그렇다면 애초에 목씨 처녀와 무예를 겨루지 말았어야 하는 것이 아닌가. 더욱이 신발을 빼앗아가는 짓도 안 될 일

이지. 또 왜 여자는 감금해놓은 거지? 말을 듣지 않으니까 힘으로 괴롭히는 건가?'

두 사람이 점점 더 가까이 다가왔다. 한 사람은 초롱불을, 다른 한 사람은 찬합을 들고 있었다. 모두 푸른 옷에 모자를 쓴 하인 차림이었다. 찬합을 든 자가 웃으며 말했다.

"사람을 가두어놓고 또 굶어 죽을까 봐 이 늦은 시간에 음식을 보내는군."

"풍류를 즐기는 것도 아니고, 그렇다고 자상하게 위해주는 것도 아니고……. 도대체 어떻게 미인의 마음을 얻으려는지……."

두 사람은 속닥속닥 키득거리며 멀어져갔다. 황용은 호기심이 생기는 모양이었다.

"우리 한번 가봐요. 어떤 미인이 갇혀 있다는 건지……."

"약이 더 급해."

"난 꼭 가서 봐야겠어요."

황용이 하인들의 뒤를 쫓자 곽정은 할 수 없이 따라나섰다.

'쳇, 여자가 뭐 볼 게 있다고…… 알 수 없다니까.'

그러나 다른 여자의 미모를 직접 확인하고 싶은 게 여자의 마음이라는 걸 곽정이 알 리가 없었다.

조왕부의 원림園林은 너무 넓어서 두 하인을 쫓아 한참을 가서야 건물이 나왔다. 건물 앞에 검을 든 병사가 보초를 서고 있었다. 황용과 곽정은 한쪽으로 숨어 두 하인과 병사가 이야기하는 것을 엿들었다. 병사는 문을 열고 두 하인을 들여보냈다.

황용은 돌을 하나 던져 풍등風燈을 끄고는 곽정의 손을 끌고 오히려 하인들을 앞질러 문 안으로 들어섰다. 두 하인과 병사는 아무것도 모른 채 그저 지붕에서 떨어진 돌이려니 했다. 하인은 투덜거리며 부싯돌을 찾아 불을 다시 밝히고 뜰을 한 바퀴 돌아보고는 안쪽의 작은 쪽문을 열고 들어갔다.

황용과 곽정은 소리 없이 뒤를 따랐다. 마치 감옥처럼 사면이 철책으로 막혀 있는 곳에 남녀 두 사람이 웅크리고 앉아 있었다.

하인이 촛불을 밝히고 철책 안으로 손을 뻗었다. 촛불 아래 두 사람의 얼굴이 드러나자 곽정은 소스라치게 놀랐다. 남자는 수염이 텁수룩하고 얼굴 가득 노기를 띠고 있는 목역이었고, 묘령의 소녀는 고개를 숙인 채 목역 옆에 앉은 그의 딸 염자였다.

'이들이 어째서 이곳에 있는 걸까? 분명 완안강에게 잡혀온 것인데, 무슨 생각으로 저들을 가두었지? 저 처녀를 사랑하는 걸까?'

하인은 찬합에서 음식을 꺼내 하나씩 철책 안으로 밀어 넣어주었다. 목역은 음식을 집어 들어 밖으로 내던지며 외쳤다.

"네놈들 손에 꼼짝없이 갇혔으니 죽일 테면 어서 죽여라! 누가 이런 것을 달라더냐!"

목역이 고래고래 욕을 퍼붓는데 밖에서 병사의 목소리가 들려왔다.

"소왕야, 오십니까?"

황용과 곽정은 서로 한 번 쳐다보고는 문 뒤로 잽싸게 몸을 숨겼다. 완안강은 빠른 걸음으로 들어오더니 호통을 쳤다.

"누가 어르신의 화를 돋우었느냐? 그놈의 다리를 분질러놓을 테다!"

하인 둘은 얼른 한쪽 무릎을 꿇고 머리를 조아렸다.

"황송합니다."

"물러가라."

"예, 예."

둘은 일어나 도망치듯 달려 나갔다. 그들이 나가고 문이 닫히자 완안강은 부드러운 표정으로 입을 열었다.

"내가 두 분을 이리로 모신 것은 그만한 사정이 있어서 그런 것이니 오해하지 마십시오."

목역이 분통을 터뜨렸다.

"우리를 죄인 다루듯 여기에 가두고는 모셔왔다는 것이냐?"

"참으로 면목이 없습니다. 잠시만 참아주십시오. 저도 몹시 괴롭습니다."

"네 말이 거짓이라는 것은 세 살 먹은 어린애도 알 것이다. 너희 높은 자리에 있는 작자들이 거짓말쟁이라는 걸 내 모를 줄 아느냐!"

완안강이 몇 차례 말을 하려고 했으나 목역이 쉴 새 없이 소리를 질러대는 통에 말문이 막히고 말았다. 그래도 여전히 화내는 일 없이 온화한 표정이었다. 목염자는 듣고만 있다가 아버지를 말렸다.

"아버지, 뭐라고 하나 좀 들어보시지요."

목역은 콧방귀를 뀌고는 그제야 입을 다물었다. 완안강은 천천히 설명을 시작했다.

"따님처럼 훌륭한 처자는 본 적이 없습니다. 제가 장님이 아닌 다음에야 마다할 리가 있겠습니까?"

목염자는 얼굴이 붉어지자 고개를 푹 수그렸다.

"그러나 저는 왕작王爵의 세자이고 가풍이 엄하기 그지없습니다. 만일 제가 강호의 영웅, 초야의 호걸과 혼약했다는 소문이 다른 이들의

귀에 들어가는 날엔 부왕께 혼찌검이 날 뿐 아니라, 부왕께서도 성상
폐하의 꾸중을 들으실 것입니다."

"그럼 어쩌자는 것인가?"

"일단 두 분께서는 여기서 머무시면서 상처를 치료하신 다음 고향
으로 돌아가 계시는 것이 좋을 듯합니다. 한 1년쯤 지나 소란이 잠잠
해진 후에 제가 댁으로 가 정식으로 청혼을 올리거나, 따님과 함께 오
셔서 이 일을 매듭짓는다면 모두에게 좋을 듯싶습니다."

목역은 묵묵히 들으며 마음속으로는 다른 생각을 하고 있었다.

"제가 말썽을 일으키는 통에 부왕께서는 석 달 전에도 이미 성상폐
하의 꾸지람을 들으셨습니다. 만일 제가 또 이런 일을 꾸미고 있다는
것을 아시는 날엔 혼사는 모두 틀어지고 맙니다. 그러하니 꼭 비밀을
지켜주십시오."

목역은 여전히 분이 덜 풀렸다.

"그 말대로라면, 내 딸은 평생 숨어 지내란 말인가? 그건 정식 부부
가 아니지 않은가?"

"그 문제라면 생각을 해두었습니다. 그때 가서 조정 대신 몇 분을 모
셔다 중매를 부탁드리면 당당하게 혼인을 할 수 있지 않겠습니까?"

목역은 갑자기 얼굴빛이 바뀌었다.

"어머니를 모시고 와 이 자리에서 똑바로 말씀을 드리게."

"어찌 어머니를 모시겠습니까?"

완안강은 여전히 미소를 잃지 않았지만 목역은 굳은 표정이었다.

"어머니를 뵙기 전에는 어떤 달콤한 말도 통하지 않을 게야!"

말을 마치고는 술 주전자를 집어 들어 철책 밖으로 던졌다.

완안강과 무예를 겨룬 목염자의 마음은 이미 완안강에게 가 있었다. 그의 말을 듣고 보니 일리가 있는지라 은근히 좋아하던 참이었는데, 아버지가 공연히 화를 내니 원망스럽기도 하고 속이 상하기도 했다.

"이만 가보겠습니다."

완안강은 소매를 뒤집어 술 주전자를 받아 다시 탁자 위에 놓고 돌아섰다. 곽정은 완안강의 이야기를 듣고 나름대로 고충이 있음을 이해하게 됐다. 그가 생각해낸 방법도 제법 괜찮은 듯한데 목역이 왜 화를 내는지 모를 일이었다.

'내가 좀 나서봐야겠다.'

몸을 일으키려는데, 황용이 그의 옷소매를 잡아끌어 문밖으로 빠져나왔다. 거기에는 완안강이 하인들과 서 있었다.

완안강이 하인에게 물었다.

"가지고 왔느냐?"

"예."

하인은 토끼 한 마리를 내밀었다. 완안강은 토끼를 받아 그 자리에서 두 다리를 우드득 분질렀다. 그러곤 그것을 품 안에 넣고는 성큼성큼 자리를 떠났다.

곽정과 황용은 궁금한 마음에 멀찍이 떨어져 완안강을 뒤쫓았다. 대나무 울타리를 끼고 도니 하얀 벽에 까만 기와를 얹은 세 칸짜리 집이 나왔다. 일반 백성이 흔히 생활하는 평범한 가옥이었다. 이처럼 화려하고 웅장한 왕부에 평민의 집이 있다는 것이 신기할 따름이었다. 완안강은 그 집의 판자문을 열고 들어섰다.

두 사람도 소리를 죽이며 집 뒤로 돌아가 창으로 집 안을 엿보았다.

나비는 꽃을 찾아다닐 뿐

완안강이 이처럼 어울리지 않는 곳에 왔으니 뭔가 이상한 짓을 할 것이라고 생각했다.

"어머니."

안에서 여자의 다정한 음성이 들렸다.

"그래."

완안강은 내실로 들어갔고, 황용과 곽정은 그를 따라 다른 창에 붙어 서서 안을 살폈다. 방 안에는 한 중년 여자가 탁자를 앞에 두고 앉아서 한 손으로 턱을 괴고 멍하니 먼 산을 바라보고 있었다. 40여 세 정도의 나이에 용모가 수려했지만, 수수한 화장에 옷차림도 화려하지 않았다.

황용은 궁금증이 일었다.

'역시 왕비가 목씨 처녀보다 훨씬 아름답군. 그런데 어째서 시골 사람 같은 차림으로 이런 낡아빠진 집에 있는 걸까? 조왕의 총애를 잃어 쫓겨났나?'

오히려 곽정은 황용을 통해 겪은 바가 있어 그다지 이상하게 생각하지 않았다.

'용아처럼 일부러 거친 옷을 입고 가난한 척하는 걸 보니 뭔가 사정이 있나 보군.'

완안강이 다가가 어머니의 손을 잡았다.

"어머니, 어디 불편하세요?"

"나야 늘 네 걱정이지."

여자가 한숨을 내쉬자, 완안강은 곁으로 가 웃으며 어리광을 부렸다.

"저 여기 이렇게 얌전하게 와 있잖아요?"

"눈이 붓고 코가 깨졌는데 얌전하게라는 말이 나오느냐? 네가 이렇게 일을 저지르는 걸 아버지께서 아시는 것은 별 상관없다. 하지만 사부님께서 아시면 정말 큰일이야."

"어머니, 오늘 중간에 끼어든 도사가 누군지 아세요?"

"누구기에 그러느냐?"

"사부님의 사제랍니다. 저에게는 사숙이 되겠지만 인정할 수가 없어요. 그 사람도 제가 못마땅한 모양이지만, 어쩌지는 못하더군요."

완안강은 다시 생각해도 고소한지 웃음을 터뜨렸다. 오히려 여자가 겁을 먹은 듯했다.

"큰일이구나. 어미는 예전에 네 사부께서 화내시는 걸 본 적이 있단다. 그분께서 사람을 죽이면 그때는 정말 무서운 일이 벌어질 거야."

"사부님께서 사람을 죽이는 걸 정말 보셨어요? 어디서요? 왜 그러셨는데요?"

여자는 고개를 들어 촛불을 바라보며 마치 정신이 다른 데 가 있는 듯 천천히 입을 뗐다.

"아주 오래전의 일이란다. 아, 나도 이제 거의 다 잊었구나."

완안강은 더 묻지 않고 득의양양하게 말을 돌렸다.

"그 도사가 집에까지 와서 비무초친의 혼사를 어떻게 할 셈이냐고 다그치더군요. 그래서 그냥 그 목씨 부녀를 데려오면 하자는 대로 하겠다고 대답했죠."

"아버지께는 여쭈어보았느냐? 그리하라시더냐?"

"어머니도 참……. 미리 사람을 보내 그 부녀를 데려와 후원에 가두어버렸는걸요. 도사가 어떻게 그들을 찾아내겠어요?"

별것 아니라는 듯 떠들어대는 완안강의 이야기를 들으며 밖에 있던 곽정은 화가 치밀어 올랐다.

'정말 호의를 갖고 그들을 대하는 줄 알았더니, 간악하기 이를 데 없는 놈이구나. 그들이 아직 속아 넘어가지 않아 다행이군.'

여자는 못마땅한 듯 아들을 타일렀다.

"다른 집 규수를 그렇게 농락하고 그것도 모자라 잡아 가두다니, 이게 무슨 소리냐? 어서 가서 풀어주어라. 돈을 좀 주어서 사죄하고."

곽정은 가만히 고개를 끄덕였다.

'그렇게 나와야지.'

"어머니는 아무것도 모르십니다. 그런 강호의 인물들은 돈 같은 거 대단찮게 생각해요. 또 풀어주면 소문을 퍼뜨릴 텐데, 사부님 귀에 이 소식이 전해지지 않겠습니까?"

"그래, 평생 가두어놓을 작정이냐?"

"잘 달래서 고향으로 돌아가게 만들어야죠. 정말로 평생 저를 기다려도 할 수 없고요."

완안강은 재미있다는 듯 크게 웃어젖혔다. 곽정은 끝내 분기탱천해 창문의 격자를 움켜쥐고 소리를 지르려 했다. 그런데 어느새 부드러운 손길이 그의 입을 막으며 다른 손은 그가 치켜든 주먹을 붙잡았다.

"화내지 말고 가만있어요."

차분한 목소리가 곽정의 귀에 속삭였다.

곽정은 정신이 번쩍 들어 황용에게 가벼운 미소를 보내고 다시 방 안을 들여다보았다. 이어서 완안강의 목소리가 들려왔다.

"목가 늙은이는 어쩌나 교활한지 말을 듣지 않아요. 며칠 더 가둬두면 듣지 않고 배기겠어요?"

"그 처녀 품성이 괜찮은 듯한데, 차라리 아버지께 말씀드리고 혼인을 하면 어떻겠느냐? 그럼 다 해결되지 않니?"

"어머닌 또 그러시네요. 우리 가문 체면이 있지, 어떻게 강호에 묻혀 있던 미천한 여자와 혼인을 합니까? 아버지께서도 늘 훌륭한 가문과 사돈을 맺어야 한다고 말씀하셨는데요. 우리 집안이 종실이 아니고, 성도 완안이 아니라면 더 좋겠어요."

"무슨 소리냐?"

"그러면 공주를 아내로 맞아 부마가 되지 않습니까?"

여자가 한숨을 내쉬며 한탄했다.

"네가 빈천한 가문의 아이를 무시하다니…… 너 자신이……."

완안강은 뭔가 생각난 듯 또 웃으며 입을 열었다.

"어머니, 그 목가 영감이 재미있는 말을 하던걸요. 글쎄, 어머니를 만나게 해달라지 뭡니까? 어머니와 이야기해야 믿겠다나요."

"나는 이런 일에 끼어들기 싫구나. 난 부도덕한 일은 못 한다."

완안강은 무엇이 재미있는지 웃으며 방 안을 이리저리 거닐었다.

"어머니께서 만나겠다고 하셔도 제가 그렇게 못 합니다. 어머니는 거짓말을 못 하셔서 금방 탄로가 나버릴 게 뻔한걸요."

황용과 곽정은 방 안을 자세히 살펴보았다. 방 안에 있는 탁자며 걸상은 모두 조잡하게 만든 것이고, 침상 위의 침구들도 모두 일반 백성이 사용하는 물건이었다. 벽에는 녹슨 철창 하나와 농가에서 쓰는 쟁기가 걸려 있고, 방 한 귀퉁이에는 낡은 물레까지 놓여 있었다. 두 사람은 똑같이 의아한 생각이 들었다.

'왕비라는 여자가 어찌 방에 이런 것들을 두었을까?'

이때 완안강이 자기의 가슴을 몇 차례 눌렀다. 품 안에 있던 토끼가 끽끽, 소리를 냈다.

"무슨 소리냐?"

"아, 제가 잊을 뻔했군요. 아까 오는 길에 다친 토끼를 보고 데려왔어요. 어머니께서 치료해주세요."

그러면서 품 안에서 하얀 토끼를 꺼내 탁자에 올려놓았다. 토끼는 뒷다리를 절며 제대로 걷지를 못했다.

"착하기도 하지!"

여자는 얼른 약을 찾아다 토끼를 치료하기 시작했다. 인자한 어머니를 속이기 위해 멀쩡한 토끼의 다리를 분질러 치료를 맡기다니 곽정은 화가 머리끝까지 차올랐다. 제가 한 짓을 얼버무리고 어머니에게까지 술수를 쓰는 놈이라면 비할 데 없이 악랄할 게 틀림없었다.

# 진충보국의 상징

황용은 곽정 옆에 붙어 있다가 그의 몸이 분노로 떨리는 것을 느끼고는 혹 소란을 피울까 봐 손을 잡아끌었다.

"지금은 저런 일에 상관할 때가 아니에요. 어서 약이나 찾으러 가요."

"약이 어디 있는데?"

황용은 고개를 가로저었다.

"저도 몰라요. 이제 찾아봐야죠."

이렇게 넓은 왕부 어디서 약을 찾는단 말인가? 곽정은 이러다 사통천 등에게 들키기라도 하는 날엔 정말 큰일 나겠다 싶었다. 황용과 이 문제를 상의해보려는데 갑자기 불빛이 번쩍하더니 한 사람이 초롱불을 들고 흥얼거리며 오는 모습이 보였다.

"사랑하는 임아, 나를 두고 누구를 사랑한단 말이오?"

그림자가 점차 가까이 다가오고 있었다. 곽정이 얼른 나무 뒤로 몸을 피하려는데 황용은 오히려 그 앞으로 나섰다. 그자가 놀라 입을 딱 벌린 채 뭐라 하기도 전에 황용은 이미 번쩍이는 아미강자娥眉鋼刺(눈썹처럼 가느다랗게 생긴 날카로운 무기)를 그의 목에 들이대고 물었다.

"너는 누구냐?"

그자는 너무 놀라 넋이 나간 듯, 한참이 지나서야 더듬더듬 대답했다.

"저…… 저는 왕부의 간簡 집사입니다. 다…… 당신은…….."

"나? 네놈을 죽이러 왔다. 집사라니 잘되었다. 오늘 소왕야가 너희들을 보내 사 모은 약재는 어디에 두었느냐?"

"소왕야께서 직접 보관하셔서…… 저는 모릅니다."

황용이 왼손으로 그의 손목을 움켜쥐고 아미강자를 든 오른손에 힘을 주자 아미강자가 그자의 목에 조금 박혔다. 집사는 손목의 고통이 극심했지만 감히 소리 지르지 못했다. 황용이 다시 물었다.

"말 안 할 테냐?"

"정말 모릅니다."

황용은 이번엔 그자의 모자를 벗겨 그의 입에 쑤셔 박았다. 동시에 왼손을 비틀자 뿌득, 하는 소리와 함께 오른팔이 부러졌다. 집사는 비명을 지르며 혼절하고 말았다. 그러나 입안에 물린 모자 때문에 끔찍한 비명 소리는 새어나가지 않았다.

곽정은 예쁘기만 한 소녀가 독한 모습을 보이자 놀라 입을 벌리고 바라볼 뿐이었다. 황용이 옆구리를 몇 번 때리자 집사가 깨어났다. 황용은 모자를 빼 그의 머리에 다시 씌워주고 물었다.

"왼쪽도 마저 부러뜨려줄까?"

집사는 눈물을 질질 짜며 무릎을 꿇었다.

"소인은 정말로 모릅니다. 저를 죽이신다 해도 할 수 없습니다."

황용은 집사의 말이 거짓이 아님을 알았다.

"너는 소왕야에게 가 높은 곳에서 떨어져 팔을 다쳤다고 아뢰어라. 또 내상이 매우 중해 의사 말로는 혈갈, 전칠, 웅담, 몰약이 있어야 치료할 수 있다는데 성안에서는 구할 수가 없으니 가엾게 여기시고 조금만 주십사 여쭈어라."

황용은 집사에게 자기 말을 다시 연습시키고는 말했다.

"지금 소왕야는 왕비 처소에 있으니 어서 가라! 어서! 내 너를 따라가 허튼짓을 하거나 탄로가 나면 이번에는 목을 비틀고 눈알을 뽑아버릴 테다."

집사를 위협하며 손가락을 펴 날카로운 손톱을 눈에 갖다 대자 집사는 잔뜩 겁을 먹고 고통을 참으며 왕비 처소로 향했다. 완안강은 그때까지 어머니와 이런저런 이야기를 나누고 있었는데 땀과 눈물, 콧물로 범벅이 된 집사가 뛰어 들어와 황용이 일러준 대로 주워섬겼다. 왕비가 보니 집사의 얼굴이 고통으로 백지장처럼 창백해져 있는지라 완안강이 허락을 하기도 전에 어서 약을 주라 재촉했다.

완안강은 양미간을 찌푸리고 대답했다.

"그 약들은 양粱 선생에게 있으니 그리로 가보거라."

집사는 울상이 되어 말했다.

"소왕야께서 쪽지라도 한 장 써주십시오."

왕비는 서둘러 지필묵을 챙겨왔고 완안강이 글을 적어주었다. 집사는 이마를 땅에 찧으며 감사를 표했다. 왕비가 측은한 마음에 집사를 재촉했다.

"어서 가보게, 약 가져다 잘 치료하게."

집사는 자리에서 물러나왔다. 채 몇 걸음을 걷기도 전에 얼음장처럼 차가운 칼날이 뒷덜미에 느껴졌다.

"양 선생 처소로 가자."

집사는 계속 걸음을 떼면서도 몸을 가눌 수가 없었다. 비틀거리며 걷다가 곧 쓰러지려 했다.

"약을 얻지 못하면 네 목을 비틀어 두 동강을 낼 테다."

위협적인 목소리와 함께 머리를 지그시 누르니 집사는 번쩍 정신이 들어 식은땀을 흘리면서도 어디서 힘이 나는지 기어코 앞으로 걸음을 옮겼다. 길에서 하인배들을 예닐곱 명 만났지만 그들은 곽정, 황용이 집사와 함께 있는 것을 보고는 그대로 지나쳤다.

양자옹의 처소에 도착해 집사가 살펴보니 문이 밖으로 잠겨 있었다. 처소에서 나와 물으니 왕야의 향설청香雪廳 연회에 초대받아 갔다고 했다. 곽정은 집사의 걸음이 흐트러진 것을 보고는 옆에서 받쳐주었다. 세 사람이 그렇게 어깨를 나란히 해 향설청으로 향했다. 향설청 입구까지는 아직 수십 보가 남아 있었는데, 초롱불을 든 호위병 두 명이 나타났다. 오른손에는 모두 검을 들고 있었다.

"멈춰라! 누구냐?"

집사가 소왕야의 쪽지를 꺼내 보였다. 한 명이 쪽지를 읽은 뒤 그를 놓아주고 이번에는 곽정과 황용 두 사람의 신분을 캐물었다.

집사가 얼른 대답했다.

"우리 일행이오."

"왕야께서 연회 중이시라 아무도 방해하지 못하게 하라는 명을 받았소. 일이 있으면 내일……."

말이 끝나기도 전에 두 호위병은 옆구리가 뜨끔해져 움직일 수가 없었다. 황용이 순식간에 혈도를 짚은 것이다. 황용은 두 호위병을 꽃나무 수풀 뒤에 던져둔 다음 곽정의 손을 끌어 집사를 따라 향설청 앞에 닿았다. 그녀는 집사의 등을 살짝 밀어놓고 곽정과 함께 몸을 날려 지붕으로 올라가 창을 통해 그 안의 광경을 살펴보았다.

향설청 안은 온통 촛불로 휘황하게 밝혀져 있고, 풍성한 잔칫상이 차려져 있었다. 곽정은 상을 둘러싸고 앉은 사람들을 확인하고는 저도 모르게 가슴이 뛰었다. 오늘 자리에 동석했던 백타산 젊은 주군 구양극, 귀문용왕 사통천, 삼두교 후통해, 삼선노괴 양자옹, 천수인도 팽련호 등이 모두 자리 잡고 앉았고 상석에는 대금국 여섯째 황자인 완안홍열이 버티고 있었다. 상 옆으로는 태사의太師椅의 두꺼운 방석을 깔고 영지상인이 앉아 있었다. 두 눈을 내리깔고 얼굴은 백지장 같은 것이 아무래도 부상이 깊은 듯했다.

곽정은 슬그머니 통쾌한 생각이 들었다.

'왕 도장님을 해치려 하더니, 꼴좋구나.'

집사가 들어가 양자옹에게 예를 올린 후 완안강이 적어준 쪽지를 내밀었다. 양자옹은 쓰윽 읽어보고는 집사를 노려보며 쪽지를 완안홍열에게 건넸다.

"왕야, 소왕야의 친필이 맞는지요?"

완안홍열이 받아서 읽어보고는 확인해주었다.

"그렇소, 양 공께서 알아서 하시구려."

양자옹은 뒤에 서 있던 푸른 옷의 시동에게 지시했다.

"오늘 소왕야께서 보내오신 네 가지 약재를 각 오 전씩 챙겨 이자에게 주거라."

시동이 집사와 함께 나오자 곽정이 황용에게 속삭였다.

"얼른 가자. 이 사람들 정말 모두 대단해."

황용은 미소 지으며 고개를 가로저었다. 그 결에 황용의 부드러운 머리카락이 얼굴을 가볍게 스치자 곽정은 얼굴에서부터 마음속까지 녹아내리는 듯해 더 이상 그녀와 논쟁할 수가 없었다.

그대로 뛰어내리려 하는데 황용이 황급히 몸을 앞으로 빼며 그의 손목을 잡았다. 그러곤 발을 낚싯바늘처럼 처마 끝에 걸친 후 그를 땅에 살포시 내려놓았다.

'아, 그렇지. 고수들이 이렇게 많은데 그냥 뛰어내렸다면 분명 들키고 말았을 거야.'

곽정은 강호에 나와 하는 일마다 실수투성이인 자신이 너무나 부끄러웠다. 곽정은 집사와 시동의 뒤를 쫓았다. 조금 가다 고개를 돌려보니 황용이 창에 주렴처럼 매달려 도권주렴세倒捲珠簾勢를 취하고 있었다. 바람에 가볍게 팔락이는 하얀 옷자락이 마치 어둠 속에 함박 피어 있는 백합 같았다.

황용은 계속 방 안 상황에서 눈을 떼지 않으면서도 곽정이 어둠 속으로 사라져가는 모습도 놓치지 않았다. 황용은 곽정과 잠시 헤어져 다시 방 안으로 눈을 돌렸다. 순간, 팽련호도 마침 고개를 돌려 번쩍이는 눈으로 창 쪽을 훑어보았다. 겁이 난 황용은 다시 보지 못하고 고개를 모로 돌려 귀를 기울였다.

안에서 목이 쉰 듯한 목소리가 흘러나왔다.

"왕처일이 우연히 끼어들게 된 것일까요, 아니면 작정을 하고 온 것일까요?"

곧 쩌렁쩌렁한 소리가 울렸다.

"작정을 했든 안 했든 영지상인의 장력에 당했으니 죽지 않으면 병신이 될 거요."

황용이 안을 들여다보니 키는 작으나 눈빛이 번쩍이는 팽련호였다. 이어서 청량한 목소리가 들려왔다.

"제가 서역에 있을 때 전진칠자의 명성을 들은 바 있는데, 역시 그냥 얻은 명성은 아니더군요. 영지상인께서 대수인을 써주셨기에 망정이지 하마터면 우리 모두 큰 망신을 당할 뻔했습니다."

굵고 낮은 목소리가 이어졌다.

"구양 공자, 그렇게 위로하실 필요 없소. 우리 모두 망신을 당한 거나 진배없어요. 승부가 나질 않았잖소?"

구양극이 말을 받았다.

"어쨌든 죽지 않으면 병신이 될 거라고 하지 않았습니까? 영지상인께서는 며칠 정양하시면 될 일이고요."

모두들 그만 입을 다물었다. 서로 술을 권하는 소리만 들릴 뿐이었다. 잠시 후, 또 말소리가 들려왔다.

"여러분께서 불원천리 찾아주시니 참으로 영광입니다. 이렇게 여러분을 모실 수 있는 것도 대금국의 홍복洪福이올시다."

황용은 지금 말하는 이가 조왕 완안홍열일 것이라고 짐작했다. 웅성웅성 한꺼번에 겸양의 말로 화답하는 소리가 들렸다. 완안홍열이 다시 입을 열었다.

"영지상인은 서장 지역의 고승이시고, 양 선생은 관외關外 일파의 종사宗師 되시며, 구양 공자는 영숙令叔의 무공을 전수받으셨습니다. 팽 채주는 그 명성이 중원에 널리 알려져 있고, 사 방주는 황하를 움켜쥐고 계시지요. 다섯 분 중 한 분만 분연히 떨치고 일어나 도움을 주신다면 대금국의 사업은 성공한 것이나 다름없습니다. 그런데 이렇게 다섯 분이 모두 모여주셨으니, 하하하…… 사자는 토끼를 잡을 때도 있는 힘을 다한다더니…… 그런 형국이 되었습니다."

양자옹이 나섰다.

"일부러 사람을 보내어 찾으시니 저희야 견마지로를 다해야지요. 이 촌부의 힘이 미약해 염치없이 왕야께 짐이 되지나 않을는지 걱정입니다. 하하하!"

뒤이어 팽련호 등도 몇 마디 비슷한 말을 덧붙였다. 천하를 주름잡고 있다 자부하는 이들이 겸손한 기색도 없이 스스로를 뽐내고만 있었다. 오히려 완안홍열과 대등한 위치라 생각하는 듯했다.

완안홍열이 좌중에 술을 한 잔 권하며 말했다.

"여러분을 이리 오시도록 한 것은 천하 중대사를 숨김없이 논의하고자 함입니다. 이 일을 안 연후에도 다른 자에게 발설해서는 아니 될 것입니다. 상대가 알게 되어 대금국 왕조의 일을 그르치는 상황은 일어나지 않으리라 믿습니다."

매우 완곡하면서도 비밀을 지킬 것을 강하게 요구하는 말이었고, 다들 충분히 그 뜻을 이해했다.

"왕야, 걱정하지 마십시오. 오늘 나온 이야기가 새나가는 일은 절대 없을 것입니다."

그들은 모두 완안홍열의 엄청난 호의를 입고 있었다. 매우 중대한 일이 아니라면 그가 이렇게까지 노력을 기울일 까닭이 없다고 그들은 짐작했다. 그 많은 재물을 써서 불러 모았으면서도 정작 무슨 일인지는 일언반구 언급이 없다가 이제야 중대한 비밀을 털어놓는다니, 그들은 호기심이 일면서 흥분에 휩싸였다. 완안홍열이 설명을 시작했다.

"대금 태종太宗 천회天會 3년, 그러니까 송 휘종徽宗 선화宣和 7년이지요. 우리 금나라는 점몰갈粘沒喝, 알리부斡離不 두 원수에게 군사를 주어 송나라를 정벌케 하여 송 왕조의 휘종, 흠종欽宗 두 황제를 포로로 잡았습니다. 유사 이래 한 나라의 군대가 그토록 강대하던 때는 없었을 것입니다."

좌중이 모두 탄성을 흘리며 칭찬을 했다.

밖에 있던 황용은 그들의 행동을 보고 탄식했다.

'부끄러운 줄도 모르는 작자들 같으니! 서장의 승려 외에는 모두 한인이 아니더냐? 금나라의 왕야가 송 황제를 포로로 잡은 일로 제 힘을 뽐내는 데 장단이나 맞추다니……'

완안홍열이 계속 이야기를 이어갔다.

"당시 우리 금나라는 군사를 정예화하고 장수도 많아 능히 천하를 통일할 수 있었습니다. 그러나 오늘까지 100년에 이르는 동안 조씨가 아직도 항주에서 황제 노릇을 하고 있습니다. 왜 이리 되었는지 여러분은 원인을 알고 계십니까?"

양자옹이 대답했다.

"왕야께서 말씀해주시지요."

완안홍열은 한숨을 내쉬었다.

"과거 우리 대금국이 악비에게 번번이 패한 것은 천하가 다 아는 일이니 새삼 숨기지 않겠습니다. 우리 대금국의 원수 올출兀朮은 용병에

능하면서도 악비를 만나기만 하면 매번 지리멸렬하게 당하고 말았습니다. 후에 악비가 우리 금국의 명령을 받은 진회에게 살해되기는 했지만, 금군은 이미 사기가 땅에 떨어진 터라 다시 남정南征에 나서는 것은 역부족이었습니다. 그러나 저로서는 나름대로 포부가 있는지라 미력하나마 성상을 위해 공을 세워 보이고 싶은 것이 사실입니다. 하여 여러분의 도움이 반드시 필요한 상황입니다."

고수들은 이 말을 듣고 서로 얼굴만 쳐다보며 어리둥절한 표정을 지었다.

전쟁에 필요한 진법이자 공성전 같은 전술이라면 그들이 할 수 있는 일이 아니고, 설마 그들더러 군대를 끌고 출정하라는 것도 아닐 텐데 완안홍열이 무슨 말을 할지 의아했던 것이다.

완안홍열은 일견 자신감으로 가득 차 있는 듯하면서도 말소리는 미세하게 떨리고 있었다.

"몇 달 전, 제가 궁중의 옛 문서들 가운데 전조前朝에서 남긴 문서를 하나 발견했습니다. 내용인즉, 악비가 쓴 사詞가 몇 수 있는데, 그 문구가 아주 이상했습니다. 몇 달 동안 이리저리 뜯어보고 궁리해 드디어 그 뜻을 알게 되었습니다. 악비는 감옥에 갇혀 있는 동안 이미 살아날 희망이 없음을 알았나 봅니다. 그런데 그 진충보국盡忠報國의 정신은 여전했던지 평생 배워 알고 있던 행군行軍, 포진布陣, 연병練兵, 공벌攻伐 등의 비기秘技를 상세히 적어 책으로 엮어놓은 것입니다. 바로 〈무목유서〉라는 유서이자 병서입니다. 아마도 누군가 이것을 전수받아 금군을 무찌르는 데 사용하기를 간절히 기원했겠지요. 다행히 이 진회라는 자도 만만하게 볼 인물이 아니어서, 악비가 외부로 소식을 전하지 않을까 철통같이 감시를 했습니다. 감옥의 옥리나 병졸도 모두 믿을 만한 심복으로 심어놓은 것이죠. 악비 수하의 병장들이 용맹하기로 으뜸이었으니 만일 모반이라도 꾀하는 날엔 송 왕조도 어쩔 수 없었을 테죠. 그때 악비를 구하려는 사람이 아무도 없었던 것은 악비 자신이 조정의 뜻을 거스를 뜻이 없었기 때문입니다. 만일 그가 생각을 바꾸었다면 엄청난 일이 벌어지지 않았겠습니까? 그러나 악비가 구하고자 한 것은 자신의 생명이 아니라 송나라의 강산과 국토였습니다. 또 다행히 그랬기 때문에 악비는 이 병서를 죽을 때까지 외부로 빼돌리지 못했지요."

고수들은 이야기를 듣느라 정신이 팔려 술 마시는 것도 잊고 있었다. 황용은 밖에 매달린 채 이 흥미진진한 이야기를 듣고 있었다.

완안홍열의 이야기가 이어졌다.

"악비는 어찌할 방도가 없었습니다. 결국 그 병서는 몸 깊숙이 숨기고 네 수의 이상한 사를 남겨놓은 것이지요. '보살만菩薩蠻, 추노아醜奴兒, 하성조賀聖朝, 제천락齊天樂'이 바로 그것입니다. 이 사들은 규칙이 맞지 않고, 압운도 엉터리입니다. 구절구절이 뒤섞여 도무지 무슨 말을 하는지 알 수가 없지요. 진회가 재주가 많기는 했지만 역시 그 뜻은 풀지 못했습니다. 그런 까닭에 사람을 보내 금나라에 악비의 사를 맡긴 것입니다. 이는 비밀을 간직한 채 대금국 궁중의 비밀 문서함에서 수십 년 세월을 보냈습니다. 사람들은 죽음에 이른 악비가 비분강개해 아무렇게나 닥치는 대로 써 내려간 것이라 생각하기도 했습니다. 여기에 엄청난 비밀이 숨어 있다는 것은 아무도 몰랐던 것입니다. 제가 이리저리 궁리한 끝에 그 수수께끼를 풀었습니다. 이 네 수의 사는 세 글자씩 건너뛰며 읽어야 한다는 것이지요. 우선 거꾸로 그렇게 읽은 후, 다시 뒤로 읽는 식으로 반복해서 연결하면 그 뜻이 명확히 드러납니다. 악비는 이 글을 통해 후대인이 그의 병서를 찾아 병법을 익혀 황룡을 되살리고 우리 금국을 멸하기를 바란 것입니다. 그의 마음은 참으로 가상했으나 송조에 인물이 없어 물거품이 되어버리고 만 것이죠. 하하하!"

고수들은 일제히 탄성을 올리며 완안홍열의 혜안慧眼을 칭송했다. 완안홍열이 웃음을 거두고 다시 말했다.

"악비의 용병술은 능란하기가 마치 귀신과 같았고, 전쟁에서는 누구보다 강했습니다. 우리가 〈무목유서〉를 얻는다면 대금국의 천하 통일은 손바닥 뒤집는 것처럼 쉬운 일일 겁니다."

완안홍열은 숨을 고르느라 잠시 말을 멈추었다.

"나는 이 병서가 악비의 무덤에 함께 묻혀 있으리라 봅니다."

좌중이 흠칫 숨을 멈추었다.

'조왕이 우릴 부른 것은 도굴을 부탁하기 위해서였나?'

"그러나 여러분은 영웅호걸이시오. 내 어찌 도굴을 부탁드리겠습니까? 게다가 악비가 대금국에는 불구대천의 원수이기는 하나, 또한 진충보국의 상징이기도 하여 흠모하지 않는 이가 없으니, 함부로 무덤에 손을 댈 수는 없는 일입니다. 저는 수년간 남조의 밀정이 보내오는 정보를 종합해 또 다른 실마리를 손에 넣었습니다. 악비는 당시 풍파정風波亭에서 살해된 뒤 그 부근의 중안교衆安橋에 묻혔습니다. 그 후 송 효종孝宗이 그의 시신을 서호西湖 옆으로 이장하고 사당을 지었지요. 그의 의관과 유품은 또 다른 곳에 보관되어 있다고 합니다. 병서도 틀림없이 그 안에 있겠지요. 그것 역시 임안에 있습니다."

여기까지 말을 마친 완안홍열은 좌중을 둘러보았다. 모두 그가 책이 숨겨진 곳을 이야기해주길 기다리고 있었다.

그런데 완안홍열은 갑자기 말머리를 돌렸다.

"저는 누군가 악비의 의관과 유품을 옮겼다면 그 책도 가져가지 않았을까 걱정한 적이 있습니다. 그러나 한편 곰곰이 생각해보니 반드시 그렇지도 않을 것 같더군요. 송나라 사람들은 악비를 신처럼 받드는데, 그의 유지도 모르는 채 물건을 함부로 건드리지는 않았을 거란 말이지요. 우리가 거기로 가면 반드시 물건을 손에 넣을 수 있을 것입니다. 다만 강남에는 숨은 호걸과 기재가 많아 단번에 성공하지 못하고 소문이 흘러나가면 송나라 사람이 먼저 가로챌 수도 있으니, 이것은 오히려 일을 시작하지 않음만 못한 것입니다. 이는 또한 양국의 국운이 달려 있는 일이기도 하기에 여러분께 예를 다해 말씀드리는 것입니다. 무림 최고의 고수들께서 도와주신다면 절대 경거망동하는 일은 없을 겁니다."

좌중의 고수들이 모두 고개를 끄덕거렸다.

"하지만 그의 유물을 숨긴 곳 역시 쉬운 장소가 아닙니다. 그래서 이 일은 어렵다면 한없이 어려운 일일 수도 있습니다. 하지만 만일 능력이 있다면 참으로 쉬운 일이기도 하지요. 그의 유물이 숨겨진 곳은……."

이때 갑자기 문이 벌컥 열리더니 한 사람이 구르듯 뛰어드는데, 얼굴이 푸르죽죽하게 온통 부어올라 있었다.

"사부님……."

양자옹에게 뛰어든 자를 자세히 보니 약을 가지러 보낸 시동이었다.

곽정은 집사와 시동을 따라 약을 가지러 갔다. 왼손으로는 여전히 집사를 부축하고 있었다. 집사가 몸을 가누지 못해 넘어지지 않도록 붙잡아준 것이긴 하지만, 사실은 시동에게 신호를 보내지 못하게 하기 위해서였다. 세 사람은 회랑을 지나고 건물을 통과해 양자옹이 묵는 숙소까지 갔다. 시동이 문을 열고 들어가 촛불을 밝혔다.

곽정이 방에 들어서자 각종 약재의 향이 코를 찔렀다. 탁자며 침상, 방바닥에 온통 약재가 널려 있고 크고 작은 병과 관, 항아리, 사발에까지 약재가 가득 담겨 있었다. 손님으로 와 있는 중에도 이런 도구들을 챙겨둔 것을 보면 양자옹이 환약을 만드는 데 취미가 있는 듯했다.

이 시동도 약들을 잘 알고 있는 모양이었다. 필요한 네 가지 약재를 골라내 흰 종이에 각각 나누어 싸서 집사에게 건네주었다. 곽정은 약재를 받아 들고 방을 나섰다. 약재를 손에 넣었으니 집사를 감시할 필요가 없었던 것이다. 그러나 이 집사가 뜻밖에 교활한 놈이어서 방을 나올 때 일부러 뒤처져 있다가 곽정과 시동이 나가자 곧바로 안에서 문을 닫아 빗장을 지르고는 소리를 질러댔다.

"도둑이야, 도둑이야!"

곽정이 당황해 문을 밀어보았으나 어찌나 튼튼한지 꿈쩍도 하지 않았다. 시동은 나이는 어렸지만 눈치가 빨라 집사의 고함 소리를 듣더니 무언가 잘못되었다는 것을 알았다.

그는 곽정이 문을 미느라 정신없는 틈을 타 곽정 손에 들린 약재 네 꾸러미를 가로채서는 옆에 있는 연못에 던져버렸다. 곽정은 그대로 쌍장에 힘을 모아 내력內力을 뿜었으나 시동은 얄밉게도 재빠르게 모두 피해버렸다. 곽정은 화가 머리끝까지 뻗쳐 두 손바닥을 문에 대고 내력을 뿜어냈다.

콰지직, 소리와 함께 문의 빗장이 무너져 내렸다. 방으로 뛰어들어 그대로 집사의 아래턱을 가격하자 턱뼈가 으스러지며 그제야 고함 소리가 멈추었다. 다행히 양자옹은 조용한 것을 좋아하는 성품이라 그 거처도 다른 숙소에서 멀리 떨어진 곳이었다. 집사가 외친 고함 소리를 들은 이가 없는 듯했다.

다시 방을 나와보니 시동은 이미 멀찍이 달아나고 있었다. 곽정은 황급히 경신의 기를 집중, 순식간에 시동을 따라잡아 목덜미를 잡기 위해 팔을 뻗었다. 시동은 뒷덜미에 바람 소리를 느끼고는 몸을 살짝 낮추어 피하는데, 그 몸놀림이 상당히 빨랐다.

곽정은 이 아이가 소리라도 지른다면 약재를 얻지 못하는 것은 말할 것도 없고, 황용과 자신의 목숨까지 위험에 처한다는 사실을 알고 있었다. 생각이 여기에 미치자 곽정은 더욱 사정 볼 것 없이 손을 놀렸다. 걸고, 잡고, 움켜쥐고, 때리는 분근착골수의 매서운 공격이 이어졌다.

시동은 양자옹을 따라다니며 굽실거리는 사람들만 본 터라 이런 강적은 처음이었다. 상황이 이쯤 되자 당황한 나머지 곽정의 주먹을 피하지 못하고 그만 얼굴을 얻어맞았다.

곽정이 기세를 타고 시동의 천령개天靈蓋에 일장을 내리치자 그만 혼절하고 말았다. 곽정은 발을 들어 아이를 길옆 풀숲에 차 넣고 방으로 돌아왔다. 불을 밝히고 보니 집사는 바닥에 쓰러져 인사불성이 되어 있었다.

곽정은 자신의 불찰을 탓했다.

'아까 그 녀석이 약을 챙길 때 잘 봐뒀어야 했는데……. 이제 어떻게 약을 찾을 것인가?'

살펴보니 용기 위에 적힌 것은 꾸불꾸불한 부호뿐 글자라고는 하나도 없는지라 어떻게 알아볼 재간이 없었다.

'가만, 녀석이 여기 서서 약을 챙겼으니까 이 부근에 있는 약재를 모조리 가져가면 되겠지. 돌아가 왕 도장님께 고르시라고 하면 되지 않을까?'

얼른 백지 한 뭉치를 집어 들고 모든 약재를 한 꾸러미씩 싸기 시작했다. 집사의 고함 소리를 누가 들었을까 봐 마음이 조급한 탓에 손놀림이 오히려 둔해졌다. 가까스로 약을 다 싸서 품 안에 챙겨 넣고 홀가분한 마음으로 몸을 돌리는데 그 결에 그만 팔꿈치로 대나무 광주리를 쓰러뜨리고 말았다. 대나무 광주리가 모로 쓰러지며 뚜껑이 열렸다.

쉬이익! 그 광주리에서 온몸이 핏빛처럼 붉은 큰 뱀이 미끄러져 나오더니 곽정의 얼굴을 향해 달려들었다. 화들짝 놀란 곽정이 뒤로 물러나며 보니 뱀의 몸통 굵기가 사발만 했다. 꼬리 쪽은 아직 광주리 안에 있어 정확히 길이가 얼마나 되는지도 알 수 없었다. 신기하게도 몸 전체가 주홍색인 그 뱀은 대가리를 자유자재로 늘였다 줄였다 하고 두 갈래로 갈라진 혀를 날름거리며 곽정을 향해 움직였다.

날씨가 추운 몽고에서 작은 뱀만 보아온 곽정으로선 이렇게 큰 몸집의 기괴한 뱀을 보고 기겁하지 않을 수 없었다. 너무 놀라 뒤로 물러서다 등이 탁자 모서리에 부딪치는 통에 이번에는 촛대가 떨어지며 방 안이 칠흑 같은 어둠으로 변했다.

약재를 손에 넣은 곽정은 급히 나가려 했다. 그때 무언가가 자신의 발을 친친 감아 돌았다. 아무리 몸부림쳐봐도 발이 빠지지 않자 손을 대보았다. 뱀이었다. 허리를 더듬어보니 테무친이 하사한 금도가 만져졌다. 갑자기 지독한 약 냄새가 코를 찌르는 듯싶더니 설핏 비린내도 섞여 났다. 곽정의 얼굴에 소름이 끼치면서 무언가 섬뜩한 기운이 느껴지는데, 뱀이 그 혀로 곽정의 뺨을 핥고 있었다. 이런 절체절명의 순간에 처한 곽정은 칼을 뽑을 경황이 없었다.

곽정은 왼팔을 들어 뱀의 목을 틀어쥐었다. 뱀도 여간 힘이 세지 않아 몸통을 점점 조여오며 아가리를 벌리고 곽정에게 덤벼들었다. 곽정은 팔에 힘을 주며 버텨 보았지만 잠시 후 다리 부분이 마비되면서 가슴이 너무 심하게 조여 숨 쉬는 것조차 힘들었다. 내공을 다해 밖으로 힘을 분출해보았지만 뱀의 몸통은 한 번 들썩하고는 다시 조여오기 시작했다.

왼팔도 점차 힘이 빠졌다. 더군다나 뱀의 아가리에서 뿜어 나오는 역한 냄새 때문에 구역질이 나기 시작했다. 이렇게 버티다 보니 정신이 혼미해지면서 더 이상 저항할 여력이 없어졌다. 왼팔에 힘이 빠져 맥이 풀리자 뱀은 기다렸다는 듯 한껏 아가리를 벌리고 덤벼들었다.

한편, 곽정에게 얻어맞고 쓰러져 있던 시동은 서서히 깨어나기 시작했다. 곽정과 다투던 일이 떠오르자 냉큼 몸을 일으켰다. 돌아보니 사부의 방은 칠흑 같은 어둠에 휩싸여 인기척이 없었다.

시동은 곽정이 이미 약을 훔쳐 달아났을 것이라 생각하고 향설청을 향해 곧장 내달려 숨을 헐떡이며 양자옹에게 사실을 고했다.

황용은 창틈으로 시동이 하는 말을 듣고 깜짝 놀라 안낙평사雁落平

沙를 써 기러기가 모래 위에 앉듯 가볍게 땅에 내려섰다. 그러나 방 안에 있던 그 많은 고수들이 그냥 넘어갈 리가 없었다. 이제까지는 완안홍열의 이야기를 듣느라 밖에 신경 쓸 겨를이 없었으나, 시동의 이야기를 들으면서 모두가 신경을 곤두세우고 있던 터였다. 황용이 가볍게 내려오기는 했으나 팽련호 등은 즉각 알아챘다. 양자옹이 화살처럼 몸을 날려 뛰어나와서는 황용의 앞을 막아섰다.

"누구냐?"

황용은 그의 몸놀림을 보고 무공이 자신을 훨씬 뛰어넘는다는 것을 감지했다. 방 안의 다른 고수들은 그렇다 쳐도 이 노인 하나가 이미 자신보다 대단했던 것이다. 황용은 그저 방긋 웃으며 둘러댈 수밖에 없었다.

"여기 매화가 참 예쁘게 피었네요. 한 가지만 꺾어주실 수 있을까요?"

양자옹은 염탐자가 예쁜 소녀일 거라고는 생각지 못한 데다 옥구슬이 구르는 듯한 웃음소리까지 듣자, 순간 어리둥절해졌다. 왕부의 사람이거나 어쩌면 왕야의 딸일 수도 있겠다는 생각에 순순히 매화꽃 한 가지를 꺾어주었다.

"어르신, 감사합니다."

안에 있던 사람들도 모두 입구에 서서 둘을 바라보고 있었다. 황용이 돌아서 가려고 하자 팽련호가 완안홍열에게 물었다.

"왕야, 저 아가씨는 왕부에 있는 사람입니까?"

완안홍열이 고개를 저었다.

"아닙니다."

팽련호는 즉시 몸을 날려 황용을 가로막았다.

"잠깐, 나도 매화를 한 가지 꺾어주리다."

동시에 오른손으로는 교구연환巧扣連環으로 황용의 손목을 잡아 다섯 손가락을 펼쳐 뒤집으며 목을 잡으려고 했다. 황용은 무예를 모르는 척하며 이 자리를 어물어물 넘기려 했는데, 팽련호가 무공이 심오할 뿐 아니라 순발력까지 비상하니 방어하지 않을 수 없었다.

황용은 조금 놀랐다. 피하기도 여의치 않은 상황에서 오른손을 떨치며 엄지와 식지를 접어 남은 세 손가락을 펼쳤다. 손의 모습이 마치 난꽃처럼 펼쳐지며 미묘한 자세가 이루어졌다.

팽련호는 어깨와 팔뚝이 교차하는 곡지혈이 저려오는 것을 느끼며 팔을 거두어들였다. 움직임이 워낙 빨라 혈도를 찔리지는 않았지만, 황용의 기예에 몹시 놀라고 있었다. 동작이 빠르기만 한 것이 아니라 혈을 짚어내는 것도 귀신같은 솜씨였다. 게다가 새끼손가락으로 혈을 짚는 기술은 견문이 넓은 그도 접해본 적이 없었다.

황용의 난화불혈수蘭花拂穴手는 빠르고 정확하며, 또 절묘하고 담백한 움직임이 장점이었다. 다른 것은 그렇다 치더라도 담백하게 움직인다는 것은 생소한 것이었다. 이는 움직임이 우아하고 평온하며, 아무일도 없는 듯 가볍고 깔끔하게 마무리되어야 제대로 이루어지는 것이었다. 움직임이 지나치게 긴박하고 흉폭하면 격이 떨어져 난화蘭花라는 우아한 이름에 걸맞지 않았다. 이 네 가지 중 담백함이 가장 어려운 요건이었다.

황용의 솜씨에 찬탄하지 않는 이가 없었다. 팽련호가 웃으며 물었다.

"아가씨, 성이 무엇이오? 또 사부는 뉘시오?"

"이 매화 가지가 정말 곱지요? 꽃병에 꽂아두고 싶어서요."

동문서답이었다. 보고 있던 사람들도 황용의 정체를 몰라 미심쩍은 표정이었다. 후통해가 나서서 외쳤다.

"대형께서 물으시는 말을 못 들은 거냐?"

황용이 계속 딴청을 피웠다.

"뭘 물으셨는데요?"

팽련호는 그녀의 입 주변이며, 웃는 얼굴에서 갑자기 낮에 황용이 후통해를 놀리던 모습이 떠올랐다.

'아하! 그 거지 녀석이 원래는 너였구나.'

그러고는 웃으며 후통해에게 물었다.

"이 아가씨가 누군지 모르겠나?"

후통해는 영문을 모른 채 황용을 다시 아래위로 훑어보았다.

"낮에 종일 숨바꼭질을 하고도 잊었단 말인가?"

후통해는 황용을 한동안 바라보더니 그제야 생각난 듯 외쳤다.

"너! 이 거지 새끼!"

후통해는 황용을 쫓을 때에도 쉴 새 없이 거지 새끼라고 욕을 해대더니 이제 여자로 차림이 바뀌었는데도 여전히 같은 욕지거리를 하며 달려들었다. 황용은 후통해의 맹렬한 기세를 옆으로 살짝 피했다. 귀문용왕 사통천이 번개처럼 움직여 황용의 오른팔을 잡아챘다.

"어딜 가려고?"

황용은 왼손을 들어 두 손가락으로 사통천의 눈을 노렸지만 사통천은 오른손을 뻗어 황용의 왼손마저 잡아버렸다. 황용이 애를 써도 몸을 뺄 수가 없었다.

"창피하지도 않아요?"

"뭐가 창피해?"

"어른이 아이를 괴롭히잖아요! 게다가 나는 여자라고요."

사통천은 잠시 할 말을 잃었다. 그러고 보니 그는 이미 이름을 날리는 고수요, 상대는 한낱 어린아이니 일리 있는 말이었다. 결국 황용의 팔을 놓아주며 말했다.

"방에 들어가 이야기하자."

황용도 이제 포기하고 따라 들어갈 수밖에 없었다. 후통해가 외쳤다.

"이 녀석, 혼구멍을 내준 다음에 이야기합시다."

"우선 이 아이의 사부가 누구이고, 누가 여기로 보냈는지 물어보세요."

팽련호는 황용의 무공과 차림새를 눈여겨보았다. 분명 뭔가 내막이 있을 터. 먼저 그런 것들을 분명히 해두어야 했다. 그러나 후통해는 팽련호의 말에도 아랑곳하지 않고 황용에게 덤벼들었다. 황용은 살짝 피하며 물었다.

"정말 날 때리려고요?"

"도망치지 마라."

그는 정말 황용이 도망쳐 잡지 못하게 될까 걱정이었다.

"정말 겨루어보겠다면, 좋아요."

황용은 탁자 위에 술이 가득 든 사발을 집어 들어 머리 위에 올려놓고 양손에도 각각 하나씩 들었다.

"나처럼 할 수 있어요?"

후통해는 점점 약이 올랐다.

"무슨 짓거리냐?"

황용은 사람들을 둘러보더니 미소를 지었다.

진충보국의 상징

"나는 여기 계신 이마에 뿔 난 나리께 원한이 없으니, 혹여 내 실수로 다치시기라도 하면 여러분께 너무나 죄송한 일이지요."

후통해는 얼굴이 벌게져 한 걸음 다가왔다.

"네가 나를 다치게 한다? 네까짓 것이? 그리고 내 이마에 난 것은 혹이지, 뿔이 아니야! 잘 봐둬라. 헛소리하지 말고."

황용은 아랑곳하지 않고 떠들어댔다.

"저와 이분이 각자 세 사발씩 들고 무예를 겨루겠습니다. 술을 먼저 흘리는 사람이 지는 것이지요. 어떻습니까?"

황용은 이미 양자옹과 팽련호, 사통천의 무예를 직접 보았다. 모두가 엄청난 무공의 소유자로 자신보다 까마득하게 앞서 있는 사람들이었다. 또한 이 삼두교 후통해 역시 놀림을 당하기는 했지만 그저 경신법과 화를 돋우는 방법으로 잠시 이겨낼 수 있었을 뿐, 정말 무공을 겨룬다면 만만한 상대가 아니었다.

'이렇게 시간을 끌다 모두가 방심하는 틈에 도망치는 수밖에……'

후통해가 외쳤다.

"누가 너와 장난하겠다더냐!"

주먹을 내지르는데, 마치 바람이 불어오는 듯 기세가 매서웠다. 황용은 몸을 살짝 피하며 웃었다.

"좋아요. 나는 술 사발 세 개를 올려놓았고, 그쪽은 빈손이니 한 번 해보죠, 뭐."

후통해는 나이가 황용의 배는 넘었다. 강호에서의 명성은 사형 사통천보다 못하지만 그래도 고수 축에 끼는 인물이었다. 여러 사람 앞에서 계속 어린아이의 놀림을 받고 있자니 정말 약이 올라 미칠 지경이었다. 후통해는 다른 것은 생각할 겨를도 없이 한 사발은 머리 위에 올려놓고 두 손에 한 사발씩 들더니 곧장 황용을 걷어찼다.

"아하! 그러셔야 영웅호걸이시죠."

황용은 경신법으로 후통해의 공격을 피하며 온 방 안을 헤집고 다녔다. 후통해의 공격은 번번이 실패했다. 주위 사람들은 재미있다는 듯 웃으며 두 사람의 싸움을 지켜보았다.

황용은 상체는 조금도 움직이지 않은 채 옷자락을 땅에 끌며 다녔지만 몸놀림은 마치 잔잔한 수면처럼, 혹은 발아래 바퀴라도 단 것처럼 자유로웠다. 후통해는 성큼성큼 황용을 쫓았다. 걸을 때마다 쿵쿵, 마룻바닥이 울리며 그의 무공의 무게를 말해주는 듯했다. 황용은 몸을 뒤로 뺐다, 앞으로 나섰다 재빠르게 공격을 시도하며 팔꿈치로 후통해의 술 사발을 떨어뜨리려고 했지만 그는 몸을 돌리며 모두 피해갔다. 이 장면을 보고 있던 양자옹은 속으로 생각했다.

'계집애가 이 정도의 무공을 쌓는다는 게 분명 쉬운 일은 아니야. 그러나 싸움이 길어지면 결국 후통해의 적수는 못 될 거야. 누가 이기고 지든 내 알 바 아니지.'

그는 자기 방에 있는 진귀한 약품들이 걱정되어 약을 훔치러 온 자를 잡으러 갔다.

'놈이 원하는 것은 혈갈, 전칠, 웅담, 몰약 이 네 가지인 걸로 보아 왕처일이 사람을 보낸 게 분명해. 사실 그 약들이 무슨 귀한 것도 아니니 다 훔쳐 간다 해도 별 상관은 없지만, 다른 물건에까지 손을 대면 큰일이지.'

# 밝혀지는 태생의 비밀

곽정은 뱀 때문에 점차 정신이 혼미해졌다. 문득 코를 찌르는 강한 약 냄새가 났다. 뱀의 머리가 바로 눈앞에 있었다. 물리면 큰일이었다. 곽정은 얼른 고개를 숙여 눈, 코, 입을 모두 뱀의 몸 위에 묻었다. 이빨을 빼곤 몸을 전혀 움직일 수 없었기 때문에 다급한 나머지 왼손을 겨우 움직여 뱀 머리를 잡고 목을 물어뜯었다. 뱀은 고통스러운지 온몸을 비틀며 더욱 죄어왔다.

연이어 몇 차례 물어뜯다 보니 뱀의 피가 입안으로 흘러 들어왔다. 진한 약 냄새가 났다. 맵고 쓴 내가 나서 견딜 수가 없었다. 뱀의 핏속에 독이 있지 않을까 걱정스러웠지만, 입을 벌려 뱉을 수가 없었다. 한 번 입을 벌리면 다시는 뱀을 물 수 없을지도 모른다는 생각이 든 것이다.

피를 많이 흘리면 죄는 강도가 약해질 것이라는 생각에 온 힘을 다해 피를 빨았다. 한참을 빨았더니 배가 너무 불렀다. 이쯤 되자 과연 뱀의 힘이 점점 약해져 몇 차례 부르르 떨더니 결국 곽정을 풀어주고는 땅에 쓰러져 다시는 움직이지 않았다.

곽정은 얼른 도망가고 싶었지만 지칠 대로 지친 데다 두 다리에 힘이 빠져 움직일 수가 없었다. 시간이 조금 흐르자 온몸이 달아올라 마치 뜨거운 불 곁에 있는 것만 같았다. 순간 조금 두려운 생각이 들었다. 잠시 후 손발은 마음대로 움직일 수 있었지만 온몸의 열기는 가시지 않았다. 손등을 얼굴에 대자 불에 덴 듯 뜨거웠다. 품에 손을 넣어 약재가 무사한지 확인했다.

'약재를 얻었으니 왕 도장은 구할 수 있겠지……. 완안강에게 잡혀 있는 목역 부녀도 어떻게든 구해야겠다.'

문을 나서 방향을 살핀 곽정은 목역 부녀가 갇혀 있는 철창을 향해 갔다. 철창 밖에 도착하니, 여러 병사가 순찰을 돌며 철저히 지키고 있었다. 곽정은 잠시 기다렸지만 아무래도 지난번처럼 몰래 들어가기는 힘들 것 같아 방 뒤쪽으로 가서 순찰을 도는 병사가 지나가기를 기다려 지붕으로 뛰어올라갔다가 뜰로 가볍게 뛰어내렸다. 더듬더듬 철창 옆으로 다가가 귀를 기울이니 철창 근처에는 뜻밖에도 문을 지키는 병사가 없는 듯했다. 곽정은 조용한 목소리로 물었다.

"어르신, 제가 구하러 왔습니다."

"뉘시오?"

"곽정입니다."

목역은 깜짝 놀랐다. 낮에 곽정의 이름을 들은 듯도 싶었지만, 당시 주변이 워낙 시끄러웠고 부상까지 입은 터에 여러 일이 겹쳐 그다지 주의해서 듣지 않았다. 그런데 한밤중에 난데없이 곽정의 이름을 들으니 놀라움에 목소리까지 떨렸다.

"뭐라고? 곽정? 자네…… 자네가…… 곽가라고?"

"예, 제가 바로 낮에 소왕야와 싸운 사람입니다."

"자네 부친 이름이 무언가?"

"선친의 존함은 소 자, 천 자입니다."

곽정은 이제 부친의 이름도 모르는 어린아이가 아니었다. 주총이 그에게 글을 가르친 뒤로는 부친의 이름을 외우고 있었다.

목역은 뜨거운 눈물을 흘렸다.

"세상에, 세상에 이럴 수가……."

그는 철창살을 통해 손을 내밀어 곽정의 손목을 꼭 잡았다. 목역의 두 손은 부들부들 떨렸고, 곽정의 손 위로 뜨거운 눈물방울이 떨어졌다. 곽정은 내심 목역 부녀를 구하러 오길 잘했다 싶었다.

'내가 구하러 오니 이토록 기뻐하시는구나.'

"여기 단도가 있습니다. 이것으로 족쇄를 끊으면 나오실 수 있을 겁니다. 낮에 소왕야가 한 말은 모두 거짓이니, 두 분은 절대 믿지 마십시오."

목역은 그 말에는 대꾸하지 않고 다시 물었다.

"자네 모친께선 이씨가 아니신가? 지금 살아 계신가, 아니면 돌아가셨나?"

곽정은 깜짝 놀랐다.

"아니, 어떻게 저희 모친을 아십니까? 모친께서는 지금 몽고에 계십니다."

목역은 감정에 북받쳐 곽정의 손을 놓지 않았다.

"족쇄를 끊게 손을 좀 놓아주십시오."

목역은 마치 손을 놓으면 귀한 보물을 잃게 되기라도 하는 듯 여전히 곽정의 손을 꼭 쥔 채 놓지 않았다.

"자네가, 자네가 이렇게 컸단 말인가? 어허! 나는 눈만 감으면 자네의 부친이 생각나곤 하네."

"저희 선친을 아십니까?"

"자네 부친과 나는 의형제일세. 친형제보다 더 가까웠지."

목역은 목이 메어 말을 잇지 못했다. 이 말을 듣자 곽정 역시 눈가가 젖어왔다. 이 목역이 바로 양철심이었던 것이다.

그는 당시 관군과 싸우던 중 등에 창을 맞아 심각한 부상을 입고 말 등에 엎드려 한참을 도망가다 결국 말에서 떨어져 풀숲에서 기절하고 말았다.

다음 날 아침 깨어나 겨우 부근의 농가로 기어 들어간 그는 한 달 정도 요양을 하고 나서야 간신히 자리에서 일어날 수 있었다. 그 동네는 하당촌이라는 마을이었는데, 우가촌에서 약 15리 정도 떨어진 곳이었다. 다행히 그 집 사람들이 성심성의껏 돌봐준 덕분에 빨리 회복할 수 있었다.

그는 아내가 무척 염려되었지만 관군이 우가촌으로 병사를 보내 지키고 있을까 두려워 수일이 지난 후에야 밤을 틈타 집으로 돌아갔다. 집에 도착했지만 대문은 굳게 잠겨 있었다.

조심스럽게 들어가보니 사건이 있기 전날 저녁 아내가 그를 위해 만들다 만 새 옷이 여전히 침대 위에 놓여 있고, 벽에 걸려 있던 두 개의 창 중 하나는 어디론가 사라지고 없었다. 홀로 남은 창 하나가 주인의 신세를 말해주기라도 하듯 외로이 벽에 걸려 있었다. 온 집에 먼지만 가득 쌓여 있을 뿐, 달라진 것은 하나도 없었다. 아내가 돌아오지 않은 것이 분명했다. 옆의 곽 형 집도 마찬가지였다.

훌륭한 절기를 지닌 기인 곡삼에게 혹시 도움을 얻을 수 있을까 싶어 술집으로 가봤지만 그곳도 역시 문이 잠긴 채 주인을 기다리고 있었다. 한 농가의 문을 두드려 소식을 물으니, 관군이 지나간 뒤로 곽씨 집과 양씨 집 모두에 아무도 들르지 않았다고 했다. 홍매촌 악씨 집에도 가보았으나 뜻밖에도 10여 일 전에 세상을 떴다고 했다. 양철심은 울고 싶었지만 눈물조차 나오지 않았다. 어쩔 수 없이 비통한 마음을 안고 하당촌의 농가로 돌아왔다.

그런데 엎친 데 덮친 격으로 하당촌에 역병이 돌아 농가의 일곱 식구는 세상에 태어난 지 얼마 안 된 갓난아기만 남긴 채 모두 죽고 말았다. 양철심은 차마 그 불쌍한 아기를 모른 척할 수 없어 의붓딸로 삼았다. 그리고 아기를 데리고 사방팔방으로 돌아다니며 곽소천의 아내와 자기 아내의 행방을 찾아 헤맸다. 그러나 한 사람은 몽고 사막에, 다른 한 사람은 북방에 있었으니 양철심이 그들을 찾지 못한 것은 당연했다.

그는 양철심이라는 이름을 계속 사용할 수 없어 목역으로 이름을 바꾸고는 10여 년 동안 강호를 떠돌아다녔다. 의붓딸 목염자도 꽃같이 예쁘고 출중하게 자랐다. 양철심은 십중팔구 난리 중에 아내가 죽었으리라 짐작하고, 다만 하늘이 보우하사 의형 곽소천의 후사가 살아 있기만을 바랐다. 그래서 의붓딸과 함께 비무초친이라는 깃발을 세우고, 한 쌍의 병철단극鑌鐵短戟을 깃발 옆에 꽂아둔 채 곽정과 만날 수 있기만을 손꼽아 기다린 것이다.

그러나 약 6개월이 지나자 양철심도 점차 포기하게 되었고, 다만 성실하고 무예를 갖춘 좋은 젊은이를 사위로 맞을 수만 있다면 더 이상 바랄 것이 없겠다고 생각했다. 그런데 뜻밖에도 완안강이 나타나 난처한 지경에 빠지게 된 것이다. 한데 지금 자신을 구하러 온 소년이 바로 꿈에도 그리던 의형의 아들이라니, 감동과 흥분이 밀려들 수밖에 없었다.

두 사람의 이야기를 듣고 있던 목염자는 우선 이곳을 빠져나간 후에 천천히 회포를 풀자고 말하려다 그만뒀다. 지금 이곳을 벗어나면 다시는 완안강을 보지 못할 것이라는 생각이 문득 든 것이다.

마침 곽정이 우선 그들을 구해내는 일이 급하다는 것을 깨닫고 천천히 손을 뻗어 금도를 들어 족쇄를 내리쳤다. 그런데 그때 문밖에서 갑자기 한 줄기 빛이 새어 들어오면서 발소리가 들렸다. 그는 급히 문 뒤로 숨었다.

감옥 문이 열리고 몇 사람이 들어왔다. 곽정이 문틈으로 보니, 맨 앞에 선 자가 등을 들었는데 차림새를 보아 친병대장 같았다. 그런데 뒤따라 들어온 사람은 뜻밖에도 완안강의 모친 조왕 왕비였다.

"이 두 분이 왕자가 오늘 가두어둔 분이냐?"

"그렇습니다."

"당장 풀어주어라."

친병대장은 약간 망설이며 대답하지 못했다.

"왕자가 묻거든, 내가 풀어주었다고 해라. 빨리 풀어주래도!"

친병대장은 감히 명을 거역하지 못하고 두 사람을 풀어주었다. 왕비는 은자 두 냥을 꺼내 양철심에게 건네주며 부드러운 목소리로 말

밝혀지는 태생의 비밀

했다.

"어서들 가세요!"

양철심은 은자를 받지 않고 왕비를 뚫어지게 바라보았다. 왕비는 그가 화가 났기 때문이라고 생각하니 미안한 마음이 들었다.

"미안합니다. 두 분께 실례를 했군요. 제 아들이 부족한 탓이니 마음에 두지 마십시오."

양철심은 여전히 아무 말도 하지 않고 한참을 바라보다 왕비가 건네주는 은자를 받아 품에 넣고 딸의 손을 잡고 성큼성큼 걸어 나갔다. 친병대장이 뒤에 대고 욕을 했다.

"건방진 놈 같으니, 왕비님께서 목숨을 살려주셨는데 인사도 없이 가다니!"

그러나 양철심은 그저 못 들은 척할 뿐이었다. 곽정은 사람들이 모두 나가고 왕비가 멀어지는 소리를 확인하고서야 그곳을 빠져나왔다. 나오자마자 사방을 둘러보았지만 양철심 부녀의 행방을 찾을 수가 없었다. 이미 왕부를 빠져나갔을 것이 틀림없다고 생각하고 황용을 찾아 향설청으로 갔다. 그녀에게 더 이상 엿듣지 말고 어서 빨리 왕처일에게 약을 가져다주자고 할 참이었다. 조금 가다 보니 저만치 길모퉁이에 두 개의 붉은 등과 함께 누군가가 빠른 걸음으로 다가오는 것이 보였다. 곽정은 서둘러 길가 둔치 밑에 몸을 숨겼다.

"거기 누구냐?"

상대는 이미 인적이 있음을 눈치챘는지 고함을 치며 몸을 날려 곽정을 잡으려 했다. 곽정은 손을 뻗어 물리쳤다. 불빛에 보니 소왕야 완안강이었다. 친병대장이 왕비의 명에 따라 양철심 부녀를 풀어준 뒤

즉시 완안강에게 그 소식을 알린 것이다.

'어머니는 항상 마음이 너무 약해서 탈이야. 이 상황에서 두 사람을 풀어주다니……. 만약 사부님 귀에 들어가 두 사람을 나와 대질시킨다면 더 이상 잡아뗄 수도 없고 큰일인걸!'

그렇게 생각하며 다시 두 사람을 잡으려고 쫓아 나오던 중 곽정과 마주친 것이다.


황용이 패하리라 생각한 양자옹이 막 몸을 돌려 나가려는 순간, 갑자기 전세가 바뀌기 시작했다. 황용이 두 손을 휘두르며 머리를 위로 쳐들자, 세 개의 술 사발이 동시에 허공으로 떠올랐다.

황용은 팔보간섬八步赶蟾 초식으로 쌍장을 들어 후통해의 가슴을 내리쳤다. 후통해는 손에 술 사발을 들고 있어 왼쪽으로 피할 수밖에 없었다. 황용이 오른손의 기세를 몰아 내리치니 후통해는 할 수 없이 팔을 들어 막아야만 했다.

팍! 두 사람의 팔목이 맞부딪치자 후통해가 손에 들고 있던 사발 속의 술이 사방으로 튀었다. 머리 위의 사발은 쩽, 소리와 함께 땅에 떨어져 산산조각이 나고 말았다. 황용은 급히 뒤로 물러나 양손으로 허공에서 떨어지는 두 개의 사발을 받아냈다. 다른 하나는 사뿐히 그녀의 머리에 내려앉았다. 세 개의 사발에서 한 방울의 술도 흘러나오지 않았다. 지켜보던 사람들은 모두 황용의 교묘하고 민첩한 몸놀림에 속으로 감탄하지 않을 수 없었다. 그중 구양극이 큰 소리로 갈채를 보냈다.

"훌륭한걸!"

그러자 사통천이 노한 눈으로 그를 노려보았다. 구양극은 전혀 개의치 않고 더 큰 소리로 외쳤다.

"훌륭해, 훌륭해."

후통해는 얼굴을 붉히며 다시 겨루자고 소리쳤다. 황용이 웃으며
말했다.

"부끄럽지도 않으세요?"

사통천은 사제가 패하는 것을 보고 매우 불쾌해했다.

"계집아이가 지략은 뛰어나군. 대체 네 사부가 누구냐?"

"내일 말씀드리죠. 오늘은 이만 물러가겠습니다."

막 나가려는데, 사통천이 어느새 문 앞에 서서 길을 막았다. 무릎을
구부리거나 발을 움직이지도 않았는데 벌써 황용의 앞을 가로막은 것
이다. 황용은 조금 전 그에게 손목을 붙잡혀 꼼짝도 할 수 없었기에 그
의 무공 실력을 잘 알고 있었다. 게다가 그의 이형환위술移形換位術이
뛰어난 것을 보고 속으로 무척 놀랐으나, 겉으로는 태연한 척 눈살을
찌푸렸다.

"왜 나를 막는 거죠?"

"누구의 제자이며, 왕부에는 뭐 하러 온 거냐?"

황용이 눈을 치켜뜨며 말했다.

"말하기 싫다면요?"

"귀문용왕 사통천의 물음에 대답하지 않으면 안 되지!"

사통천 바로 뒤에 문이 있었지만 그가 가로막고 있으니 나갈 수가
없었다. 황용은 양자옹이 막 나가려는 것을 보고 그를 향해 소리쳤다.

"어르신, 저 사람이 집에 못 가게 막고 있어요. 저 좀 도와주세요."

그러자 양자옹이 대답했다.

"묻는 말에 대답을 잘하면 가게 해줄 거다."

"말할 수 없어요. 비켜주지 않으면 무력을 쓰는 수밖에 없어요."

사통천이 차갑게 말했다.

"능력 있으면 한번 해보시지."

"그렇지만 당신은 나를 때리면 안 돼요."

"너 같은 계집아이 하나 막는 데 무력을 쓸 필요가 있겠니?"

"좋아요. 남아일언중천금인 거 아시죠? 약속 지켜야 해요. 사 용왕, 저게 뭐죠?"

황용은 손을 들어 왼쪽을 가리켰다. 사통천은 그녀가 가리키는 쪽을 바라보았다. 황용은 그 틈을 타 민첩하게 그의 곁을 스쳐 빠져나갔다.

그러나 뜻밖에도 사통천의 이형환위술은 매우 뛰어났다. 황용이 막 빠져나가려는 순간, 사통천의 오른손 두 손가락은 이미 황용의 두 눈을 향하고 있었다. 만약 황용이 계속 뛰어들면 두 눈이 찔리게 될 판국이었다.

비록 황용의 몸놀림이 아주 빨라 멈추기가 쉽지 않았지만, 다행히 앞으로 쏠리는 힘을 순간적으로 거둘 수 있었다. 황용은 전후좌우로 신법을 바꾸며 세 차례나 시도해보았지만 모두 사통천에 의해 저지당하고 말았다.

황용이 마지막 시도를 할 때 사통천이 갑자기 그 반들거리는 대머리를 살짝 낮추어 황용의 코를 들이받을 기세를 취했다. 만약 계속 돌진하면 대머리에 코를 받힐 상황이었다. 황용이 날카로운 비명을 질렀다.

"악!"

"사 용왕이 누구신데 네가 이길 수 있겠느냐? 그만 항복하거라."

양자옹은 황용에게 항복하라는 말을 남기고 빠른 걸음으로 자기의 방을 향해 뛰어갔다. 막 문에 들어서는 순간, 진한 피비린내가 나는 게 무언가 불길한 예감이 들었다. 등을 켜보니 붉은 뱀은 피를 모두 빼앗겨 홀쭉해진 채로 죽어 있었다.

그리고 온 방에 약통과 약병들이 어지럽게 널려 엉망이 되어 있었다. 20여 년간의 노력이 하루아침에 헛수고가 되어버린 것이다. 양자옹은 죽은 뱀을 끌어안고 눈물을 흘리고야 말았다.

이 삼선노괴는 원래 장백산의 삼객參客이었다. 그러다가 중상을 입은 선배를 살해하고는 그의 품에서 무공 비급과 10여 장의 약방藥方을 찾아냈다. 그 뒤로 그는 약방에 쓰여 있는 대로 연구와 훈련을 거듭해 상당한 무공을 쌓고 약리藥理에 정통하게 되었다. 그중 하나가 바로 약으로 키운 뱀의 피를 마시는 비결이었다. 이 방법으로 정기를 보양하려 한 것이다.

그는 천신만고 끝에 약방에 적힌 약재를 모으고, 깊은 숲속에서 큰 독사를 한 마리 잡아 각종 진귀한 약물을 먹여 길러왔다. 그 뱀은 원래 색깔이 검은색이었지만 12년 동안 단사丹砂, 인삼, 녹용 등의 약을 먹여서인지 온몸이 붉게 변했다. 그런 이유로 요동에서 연경으로 올 때도 그 귀찮은 큰 뱀을 데려온 것이다. 12년을 공들인 끝에 이제 며칠만 더 지나면 그 피를 마실 예정이었다. 피를 빨아들인 다음 수련하면 크게 정기를 보양하고, 공력을 증강하며, 장수할 수 있었다. 그런데 이 지경이 되었으니 원통할 수밖에 없었다.

정신을 차리고 보니 목 쪽의 피가 아직 완전히 마르지 않은 것을 확인했다. 범인이 아직 멀리 가지 못했으리라 생각한 그는 순식간에 집을 나서 큰 나무로 올라갔다. 사방을 둘러보니 저 멀리에서 곽정이 누군가와 치열하게 싸우고 있는 모습이 눈에 들어왔다. 화가 날 대로 난 양자옹은 순식간에 그곳으로 뛰어갔다. 곽정과 싸우고 있는 사람은 바로 완안강이었다. 양자옹이 다가가니 곽정의 옷에서 뱀의 피비린내가 물씬 풍겼다.

곽정의 무공은 원래 완안강만 못했다. 그래서 처음에는 여러 차례 당했지만, 몇 차례 치고받다 보니 웬일인지 배 속에서 점점 이상한 열기가 느껴졌다. 마치 불덩어리가 타오르는 것처럼, 혹은 체내에서 물이 끓는 것처럼 온몸이 뜨겁고 목이 말라 견딜 수가 없었다. 게다가 피부가 찢어질 것 같고 곳곳이 간지럽기까지 했다.

'정말 죽게 되는구나. 독사의 독이 온몸에 퍼지고 있는 모양이야.'

곽정이 당황하는 틈을 타 완안강은 두 차례 연속해 주먹으로 곽정을 강타했다. 그러나 체내의 열기로 인한 고통이 워낙 큰지라 곽정은 아픔조차 느낄 수 없었다.

양자옹은 매우 화가 났다.

"도둑놈 같으니라고! 누가 네놈더러 내 귀한 뱀을 훔쳐오라더냐?"

그는 약재로 키운 뱀의 피를 이용한 보양법이 매우 희귀하고 드문 비법이기 때문에 곽정처럼 나이 어린 젊은이가 알 리 없다고 생각했다. 그래서 분명 배후에 더 실력 있는 고수가 있을 것이며, 그렇다면 십중팔구 왕처일의 사주를 받았을 거라고 생각했다.

곽정도 화가 나서 말했다.

"당신이 기르던 뱀이었군요. 그 뱀에 물려 독이 퍼져 죽게 생겼어요.

모두 당신 탓이에요."

곽정은 날 듯이 뛰어가 양자옹을 향해 주먹을 날렸다. 양자옹은 곽정의 몸에서 나는 약 냄새를 맡자 순간, 악독한 생각이 떠올랐다.

'이 녀석이 내 뱀의 독을 다 마셨으니 이 녀석을 죽여 그 피를 마시면 혹 효력이 있을지도 모르지.'

생각이 여기까지 미치자 너무나 기뻐 즉시 곽정을 공격하기 시작했다. 몇 초식을 겨루지 않아 그는 이미 곽정의 팔을 잡고 발을 걸었다. 곽정의 왼손 맥을 잡아 비틀어 넘어뜨린 뒤 그 피를 빨기 위해 입을 벌려 목을 물어뜯으려 했다.

황용이 아무리 민첩하게 달려들어도 사통천은 전혀 힘들이지 않고 그녀를 막아냈다. 사실 그에게 황용을 잡는 것은 식은 죽 먹기였으나 마침 완안홍열이 옆에서 보고 있기 때문에 이 기회에 자신의 무공을 자랑하고 싶었다. 마음이 다급해진 황용은 문득 멈춰 서서 문을 가리키며 말했다.

"저 문을 나가기만 하면 더 이상 괴롭히지 않겠다고 약속할 수 있어요?"

"네가 나갈 수만 있다면 내가 진 셈 치지."

황용이 탄식하며 말했다.

"아이, 안타깝게도 아버지는 내게 문을 들어가는 기술만 가르쳐주고 나가는 기술을 가르쳐주지 않았지 뭐예요."

사통천이 이상한 듯 물었다.

"문을 들어가고 나가는 기술이라니?"

"당신의 이형환위술도 대단하지만 우리 아버지한테 비하면 아직 멀었어요. 떨어져도 아주 많이 떨어지죠."

사통천은 화가 나서 소리쳤다.

"어린것이 무슨 소리를 하는 거냐? 너희 아버지가 대체 누군데?"

"우리 아버지가 누군지 알면 아마 놀라 자빠질걸요. 그러니 아버지 이름은 관두고, 당시 아버지가 문을 들어가는 기술을 가르쳐주실 때 아버지가 문 앞을 지키고 내가 밖에서 안으로 들어가는 연습을 했는데, 아무리 해도 아버지의 방어를 뚫을 수가 없었어요. 그렇지만 당신 정도라면 문제없어요."

"밖에서 안으로 들어오는 거나, 안에서 밖으로 나가는 거나 뭐가 다르다는 거야? 좋다! 그럼 들어오는 걸로 해보지."

사통천은 비웃듯이 말하며 몸을 비켜섰다. 그녀가 말한 밖에서 안으로 들어오는 기술이 대체 얼마나 대단한지 보려는 것이었다. 황용은 몸을 날려 문을 빠져나간 뒤 큰 소리로 웃었다.

"당신, 나한테 속았어요. 일단 내가 이 문을 나가기만 하면 당신이 지는 것이라고 약속했으니 더 이상 나를 괴롭히지 말아요. 보세요, 난 이미 이 문을 나왔잖아요? 사 용왕이야 당대 고수니, 자기가 한 말에 책임을 져야죠. 그럼 나중에 또 봐요."

황용이 교활한 수법을 쓰기는 했지만, 사통천은 어린 후배에게 한 약속을 어길 수 없어 얼굴을 붉힌 채 머리만 긁적일 뿐 별 도리가 없었다. 그러나 팽련호가 황용을 이대로 보내줄 리 없었다. 그는 두 손을 휘둘러 두 개의 표창을 날렸다. 표창이 황용의 머리 위를 스쳐 지나갔다. 황용은 두 개의 표창이 머리 위를 스쳐 지나가는 것을 보고 이상한 생각이 들었다.

'어찌 이리 겨냥이 정확하지 못할까?'

그런데 갑자기 휙, 하는 소리와 함께 등 뒤에서 바람을 가르는 소리가 나면서 두 개의 표창이 좌우 양쪽에서 황용의 뒤통수를 향해 날아왔다.

알고 보니 팽련호가 암기를 날려보낼 때 방향을 정확히 계산해 복도의 대리석 기둥에 한 번 부딪친 다음 황용의 뒤통수를 공격하도록 겨냥한 것이다. 표창은 정확히 황용의 급소를 향하고 있었다. 막아낼 방법이 없던 황용은 앞으로 몸을 날렸다. 막 내려서자마자 뒤에서 또 표창이 날아왔다. 팽련호가 연속해서 날린 열 개의 암기가 끊임없이 기둥에 부딪치더니 황용을 향해 날아왔다. 황용은 피하기도 어렵고 손으로 받아낼 수도 없어 계속해서 앞쪽을 향해 몸을 날렸다. 결국 그녀는 대청 안으로 되돌아오게 되었다.

팽련호가 표창을 날린 것은 황용을 되돌아오게 하기 위해서일 뿐 해칠 생각은 없었기에 심하게 공격하지는 않았다. 사람들의 갈채 속에 팽련호가 문을 가로막고 서서 웃으며 말했다.

"웬일로 다시 되돌아오셨나?"

황용은 입을 삐죽거리며 말했다.

"대단한 암기술이긴 하지만 어린 여자를 괴롭히다니, 부끄럽지 않아요?"

"널 괴롭히다니? 다치게 하지도 않았잖아?"

"그럼 가게 해주세요."

"그러니 먼저 말을 하라니까. 너의 사부가 대체 누구냐?"

황용은 웃으며 대답했다.

"엄마 배 속에서부터 배우고 나왔어요."

"네가 말을 안 하면 모를 것 같으냐?"

팽련호는 손을 들어 황용의 어깨를 향해 내리쳤다. 황용은 어차피 감당할 수 없으리란 걸 알기에 차라리 될 대로 되라는 심정으로 피하지도 않고 대항하지도 않은 채 그냥 그대로 서 있었다. 손등이 막 황용의 어깨를 내리치려는 순간, 팽련호는 그녀가 전혀 피하지 않는 모습을 보고 역시나 손을 거두며 소리쳤다.

"빨리 공격해! 열 초식 내에 네 무공의 내력을 밝혀내겠다."

그는 지금까지 각 방파幇派의 무공을 수도 없이 봐왔다. 비록 황용의 신법이 기이하다고는 하지만, 일단 한번 겨뤄보기만 하면 열 초식 내에 그녀의 문파를 알아낼 수 있을 듯했다.

"만약 열 초식 내에 알아내지 못하면 어떻게 할 건데요?"

"그럼 그때 놓아주지. 자!"

팽련호는 왼손을 비스듬히 내리치고 오른손을 앞으로 내뻗는 동시에 오른발을 내뻗었다. 이 삼철연환三徹連環 초식은 비록 한 초식이지만 실은 세 가지 초식을 포함하고 있었다.

황용은 몸을 홱 돌려 피한 다음, 오른손 엄지손가락으로 새끼손가락을 누른 후 식지, 중지, 약지 세 손가락으로 번개같이 내리 찔렀다. 갈퀴 모양의 이 초식은 야차탐해夜叉探海였다.

후통해가 소리쳤다.

"야차탐해! 대사형, 이…… 이건 우리 문파의 무공입니다."

"말도 안 되는 소리!"

사통천은 황용이 사제와 싸우는 동안 이미 초식을 몇 가지 보고 익혔을 것이라 짐작했다. 팽련호도 웃음을 참지 못하며 주먹을 날쌔게 내질렀다. 황용은 무릎도 굽히지 않고 발도 움직이지 않은 채 몸을 굽혀 좌측으로 빠지며 주먹을 피했다.

후통해가 또 소리쳤다.

"이형환위! 사형, 사형이 가르쳐주셨나요?"

사통해가 고함을 질렀다.

"조용히 못 해! 바보 같으니!"

그러나 속으로는 역시 황용의 총명함에 감탄했다. 황용이 구사한 이형환위술이 비록 완전히 틀리기는 했지만, 언뜻 보기에는 자신의 이형환위술과 상당히 비슷했다. 게다가 팽련호의 공격을 피한 것 자체도 이미 대단한 것이었다.

황용은 또다시 오른손바닥을 횡으로 내리치는 심청강의 단혼도법斷魂刀法과 양팔을 뻗어 치는 마청웅의 탈백편법奪魄鞭法 초식을 사용해 공격했다. 후통해는 이를 보며 놀라지 않을 수 없었다.

"대사형, 이 아이는 정말 우리 문파의⋯⋯."

그러나 곧 대사형의 얼굴빛을 보고 입을 다물었다. 팽련호는 점차 화가 나기 시작했다.

'봐주니까 점점 교활하게 나오는군. 아무래도 본때를 보여주어야 더 이상 우리 문파의 초식으로 장난을 치지 않겠지.'

무공을 하는 사람들은 본 문파의 무공을 익힌 후 여러 문파의 각종 무공을 두루 섭렵하는 경우가 많지만, 대부분 생사의 위기에 몰리면 자기도 모르게 가장 익숙한 자기 문파의 무공을 사용하게 마련이다.

팽련호가 처음 사용한 네 가지 초식은 단지 황용을 시험해보기 위해서였지만, 다섯 번째 공격을 할 때는 전혀 봐주지 않았다.

획, 하는 소리와 함께 쌍장이 바람을 가르며 황용의 얼굴을 향해 공격해갔다. 옆에서 지켜보던 사람들은 그가 이런 살수를 쓰는 것을 보고 모두 황용을 걱정했다. 비록 황용의 내력을 모르기는 하나 아무런 원한도 없기 때문에 나이도 어리고, 얼굴도 예쁜 데다 행동거지도 귀엽고 장난스러운 황용이 팽련호의 손에 다치는 것을 보고 싶지 않았던 것이다. 오직 후통해만이 이 얄미운 계집아이를 처치해버렸으면 하고 바랄 뿐이었다.

그러나 황용은 완안강의 전진파 장법과 곽정의 남산장법南山掌法으로 이를 막아냈다. 이 두 초식은 모두 낮에 두 사람에게서 보고 익힌 것이었다. 황용은 이어서 삼철연환 초식을 사용했다. 우습게도 이는 팽련호 자신이 맨 처음 사용한 초식이었다. 그러나 황용이 비록 팽련호의 초식을 쓰긴 했지만 즉석에서 본 것을 바로 사용한 것이기 때문에 허점이 많아 위험하기 짝이 없었다.

사실 정식으로 겨룬다면 황용은 팽련호의 적수가 아니었다. 그러나 팽련호는 정말 황용을 해칠 마음이 없었기 때문에 계속 봐주고 있었다. 백타산 주군 구양극이 웃으며 말했다.

"어린애가 참 영리하군. 팽 채주의 권법을 쓰다니……. 이런! 안 되지, 안 돼. 왼쪽으로!"

팽련호는 허장虛掌과 실장實掌을 함께 사용한 여덟 번째 공격에서 왼손을 허虛로 흔들며 오른쪽 주먹을 뻗었다. 황용은 왼손이 허 같지만 실이고, 오른손이 실 같지만 허일 것이라고 예측하고 막 오른쪽으로 피하려는 순간, 구양극의 말을 듣고 몸을 돌려 가볍게 왼쪽으로 피했다. 팽련호는 구양극이 옆에서 황용을 도와주는 것을 듣고 은근히 부아가 끓어올랐다.

'내가 너 같은 계집애 하나 못 죽일까 봐?'

팽련호의 별명은 원래 천수인도로 천성적으로 잔인한 사람이었다. 처음에는 나이도 어린 계집아이를 죽이는 것이 자기 신분에 걸맞지 않는다는 생각에 봐주려 했으나, 여덟 번째 공격에서도 아무런 단서를 찾아내지 못하자 화가 치밀었다. 그래서 아홉 번째 추창망월推窗望月 초식으로 모든 힘을 다 실어 공격했다. 왼손바닥은 음陰, 오른손바닥은 양陽, 즉 일유일강一柔一剛을 동시에 사용해 밀어붙인 것이다.

황용은 상황이 위험함을 깨닫고 막 뒤로 피하려 했으나 미처 피하지 못했다. 팽련호의 장력이 얼굴을 향해 맹렬하게 밀려왔다. 황용은 급히 고개를 숙이고 양팔을 안으로 굽혀 팔꿈치를 앞으로 향하게 한 뒤 마치 화살처럼 팽련호의 가슴을 찔렀다.

팽련호는 아홉 번째 초식이 상당히 날카로운 공격이긴 하지만 황용이 막아낼 수 있으리라 예상하고, 곧이어 열 번째 초식에 절대 막을 수 없는 공격을 할 참이었다. 그러나 뜻밖에 열 번째 초식 성락장공星落長空을 막 발하려는 순간 계속 방어만 하던 황용이 갑자기 자신의 급소를 공격한 것이다. 팽련호는 즉시 내력을 모아 억지로 성락장공 초식을 거두어들였다.

"흑풍쌍살!"

오른손으로 황용을 밀어내던 팽련호는 놀란 나머지 목소리가 떨렸다. 황용은 뒤로 예닐곱 걸음 밀려났다. 팽련호의 말에 모두들 기겁을 했다. 완안홍열을 제외하고 나머지 사람들은 모두 흑풍쌍살을 두려워했다.

팽련호가 만약 열 번째 초식에서 정말 살수를 썼다면 황용은 목숨을 부지할 수 없었을 것이다. 그러나 황용이 흑풍쌍살 문파의 무공을 사용하는 것을 발견한 순간, 평소 눈 하나 깜짝하지 않고 사람을 죽이던 팽련호가 놀라고 만 것이다. 팽련호에게 밀려 하마터면 넘어질 뻔했던 황용은 겨우 넘어지지 않고 멈춰 설 수 있었지만 온몸이 은근히 아파왔다. 양팔은 감각을 잃은 듯했다. 황용이 막 팽련호의 말에 대답하려는 순간 멀리서 적막을 깨는 고함 소리가 들려왔다.

"아악!"

바로 곽정의 소리였다. 고함 소리에 놀라움과 공포감, 분노가 섞여 있었다. 누군지 두려운 적을 맞아 싸우는 듯했다. 황용은 곽정이 걱정되어 안색이 창백해졌다.


곽정은 양자옹의 공격으로 땅에 쓰러진 뒤 손과 다리의 맥이 잡혀 움직일 수가 없었다. 양자옹은 입을 벌리고 달려들어 곽정의 목을 물려 했다.

이어타정鯉魚打挺, 곽정은 다급한 나머지 초인적 힘으로 몸부림치며 몸을 일으켰다. 양자옹은 손을 돌려 일장을 발했다. 곽정은 앞으로 몸을 날렸으나, 양자옹의 바람보다 빠른 장법을 피할 수는 없었다. 팍, 하는 소리와 함께 등에 일격을 맞았다. 양자옹의 주먹은 완안강의 주먹과 크게 달랐다. 당장 뼛속까지 고통이 전해져왔다. 곽정은 너무 두렵고 놀라 급히 앞을 향해 도망갔다.

밝혀지는 태생의 비밀

곽정은 원래 경공술이 뛰어난 데다 정원 이곳저곳에 숨을 만한 작은 동산과 나무, 꽃이 많아 쉽게 잡히지 않았다. 그러나 곽정이 한참을 도망다니다 숨을 돌리려는데 찍, 하는 소리와 함께 등의 옷이 찢어졌다. 곽정은 너무 놀라 다시 정신없이 도망쳤다. 앞쪽은 마침 왕비가 거처하는 농가였다. 곽정은 어두워서 적이 찾지 못하기를 기대하며 그곳으로 뛰어 들어갔다. 그리고 담벼락 뒤에 숨어 꼼짝도 하지 않은 채 양자옹과 완안강의 대화에 귀 기울였다. 양자옹의 분노 섞인 목소리가 점점 가까워졌다.

'담장 뒤에 숨어 있다가는 곧 들키고 말 거야. 왕비는 자애로우시니 혹시 구해줄지도 몰라.'

다급한 나머지 길게 생각할 겨를도 없이 방으로 뛰어들었다. 방 안에는 촛불이 켜져 있었지만 왕비는 그곳에 없었다. 사방을 살펴보니 동편에 장롱이 하나 있었다. 곽정은 장롱 문을 열고 안으로 들어가 몸을 숨긴 뒤 문을 닫았다. 칼을 손에 쥐고 한숨을 내쉬는데, 발소리가 들리더니 누군가 방으로 들어왔다. 곽정이 문틈으로 내다보니 들어온 사람은 바로 왕비였다. 왕비는 책상 앞에 앉아 넋이 나간 듯 촛불을 바라보고 있었다. 오래지 않아 완안강이 들어왔다.

"어머니, 나쁜 사람이 들어와서 놀라게 한 건 아니죠?"

왕비는 고개를 저었다. 완안강은 다시 밖으로 나가 양자옹과 함께 수색하기 시작했다. 왕비는 문을 닫고 막 잠자리에 들려 했다.

'왕비가 불을 끄면 창문을 통해 빠져나가야겠다. 아니야, 좀 더 기다려야지. 만약 소왕야나 그 백발노인과 마주치면 큰일이니까. 방금 그 노인이 내 목을 물어뜯으려 했는데, 이건 대체 무슨 초식일까? 사부님들에게 배운 적이 없는데⋯⋯. 다음번에 자세히 여쭤봐야지. 적이 목을 물어뜯으려고 할 때는 어떻게 막아내야 하는지⋯⋯. 시간이 이렇게 많이 지났으니 황용은 벌써 돌아갔겠지? 빨리 나가지 않으면 많이 걱정할 텐데⋯⋯.'

그때 갑자기 창밖에서 요란한 소리가 들리더니 누군가가 창으로 뛰어 들어왔다. 곽정은 깜짝 놀랐다. 왕비는 그보다 더 놀라 소리쳤다. 곽정이 보니, 다름 아닌 목역이라고 불리던 양철심이었다. 딸을 데리고 왕부에서 멀리 떠났으리라고 생각했는데 뜻밖에 아직 남아 있었던 모양이다. 왕비는 잠시 후 정신을 차리고 말했다.

"빨리 가세요. 그들이 당신을 보면 안 돼요."

"감사합니다, 왕비님! 직접 왕비님을 찾아뵙고 감사하다는 말씀을 드리지 않으면 죽어도 눈을 감지 못할 것 같아서요."

왠지 모르게 그 목소리에는 비웃음과 자조가 섞인 듯, 혹은 오기가 섞인 듯했다. 왕비는 한숨을 쉬었다.

"그러실 필요 없어요. 모두 제 아들 잘못입니다. 공연히 두 분 부녀를 고생시켰군요."

양철심은 사방을 둘러보았다. 탁자와 의자, 침대, 장롱 등 어느 것 하나 낯익지 않은 것이 없었다. 문득 마음이 아려오더니 눈시울이 붉어지며 눈물이 쏟아졌다. 소매를 들어 눈물을 닦고 벽 쪽으로 다가가 녹이 슬 대로 슨 철창을 들어 자세히 살펴보았다. 창끝에서 6촌 정도 떨어진 곳에 '철심양씨鐵心楊氏'라는 네 글자가 새겨져 있었다. 양철심은 천천히 창을 쓰다듬으며 말했다.

"오랫동안 사용하지 않아서 철창에 녹이 많이 슬었군요."

왕비가 부드러운 목소리로 말했다.

"죄송하지만 그 창을 만지지 말아주세요."

"왜죠?"

"이 창은 제게 가장 소중한 물건이랍니다."

"그래요?"

양철심은 쓸쓸한 어조로 말했다.

"철창이 원래 한 쌍이었는데 지금은 하나밖에 남지 않았군요."

왕비가 놀란 듯 물었다.

"아니, 그걸 어떻게 아셨죠?"

양철심은 대답하지 않고 철창을 원래 자리에 걸어두고 창 옆의 망가진 쟁기를 한참 바라보았다.

"쟁기가 망가졌군. 내일 동촌의 장목아에게 고쳐달라고 해야겠는걸."

왕비는 이 말을 듣더니 더욱 놀라 온몸을 부르르 떨며 양철심을 뚫어지게 바라보았다.

"지, 지금 뭐라고 하셨죠?"

양철심이 천천히 힘주어 다시 말했다.

"쟁기가 망가졌으니 내일 동촌의 장목아에게 고쳐달라고 해야겠다고 했어요."

왕비는 다리에 힘이 빠져 힘없이 의자에 주저앉으며 떨리는 목소리로 물었다.

"당신은, 당신은 누구죠? 당신이 어떻게, 어떻게 제 남편이 죽기 전날 밤에 한 마지막 말을 알고 있는 거죠?"

이 왕비가 바로 양철심의 아내 포석약이었던 것이다. 금국의 여섯째 왕자 완안홍열은 임안의 우가촌에서 구처기의 화살에 맞았지만, 다행히 포석약의 도움으로 목숨을 건진 뒤 그녀의 아름다운 외모와 자태를 줄곧 잊지 못했다. 그리하여 단천덕에게 뇌물을 보내 밤에 병사들을 데리고 우가촌을 습격하도록 은밀히 시킨 다음 의로운 사람인 척하고 난리 중에 포석약을 구해준 것이다.

포석약은 남편도 이미 죽고 의지할 곳이 없던 터라 완안홍열을 따라 북으로 갔다가 그의 갖은 노력과 구애를 이기지 못해 결국 그에게 시집을 갔다. 포석약은 왕부에서 편히 살았기 때문에 젊은 시절의 미모를 그대로 간직하고 있었지만, 양철심은 강호를 돌아다니며 온갖 풍상과 고초를 다 겪었기에 과거의 모습을 잃은 지 오래였다. 그런 남편을 포석약이 알아볼 리 없었던 것이다. 그러나 남편을 너무나 그리워했던 포석약은 난을 당하기 전날 밤 남편의 모든 일거일동을 하나도 빠짐없이 기억하고 있었다.

양철심은 아무 말도 하지 않고 탁자 곁의 서랍을 열더니 남자 옷 몇 벌을 꺼내 들었다. 오래전에 그가 입은 것들이었다. 양철심은 그중 무명 적삼 한 벌을 꺼내 들고 몸에 대보며 말했다.

"내 옷은 충분해! 몸도 약하고 배 속의 아이도 있으니 이제 쉬고 내 옷일랑은 그만 만들어요."

이 말 역시 18년 전 그날 밤, 임신한 몸으로 바느질하고 있는 포석약을 보며 양철심이 한 말이다. 그녀는 급히 양철심에게 다가가 그의 왼쪽 소매를 걷어올렸다. 왼팔에 상처가 있는 것을 확인한 그녀는 너무나 놀랍고 기쁘기 그지없었다. 18년 전에 이미 죽은 줄만 알았던 남편이 살아 돌아오다니 도무지 믿을 수가 없었다. 그녀는 양철심을 꼭 껴안은 채 울며 말했다.

"빨리, 빨리 날 데려가세요. 같이 저승으로 가요. 난 귀신도 무섭지 않아요. 나도 당신과 함께 귀신이 될래요."

양철심은 아내를 껴안고 뜨거운 눈물을 흘렸다. 시간이 한참 흐른 뒤 양철심이 입을 열었다.

"내가 귀신으로 보이오?"

"귀신이든 사람이든 다시는 당신을 놓아주지 않겠어요. 그럼 그때 죽지 않았던 거예요? 살아 있었단 말이에요? 그럼……."

양철심이 막 대답하려는 순간 창밖에서 완안강의 목소리가 들렸다.

"어머니, 또 울적해하고 계시는군요. 누구랑 말씀하시는 거예요?"

포석약이 놀라 말했다.

"아니다. 자려는 참이다."

완안강은 분명히 남자 목소리를 들은 듯해서 이상한 생각이 들어 입구 쪽으로 다가가 가볍게 문을 두드렸다.

"어머니, 드릴 말씀이 있어요."

"내일 이야기하자. 지금은 많이 피곤하구나."

완안강은 어머니가 문을 열지 않으려 하자 더욱 이상한 생각이 들었다.

"잠깐이면 돼요."

양철심은 그가 기어이 들어오려 하자 창을 통해 빠져나가려고 창문을 열었다. 그러나 창문은 이미 밖에서 잠겨 있었다. 포석약은 다급한 나머지 숨을 곳을 찾았으나 별다른 장소가 보이지 않아 동편에 있는 장롱을 가리켰다. 양철심 역시 오랜만에 만난 사랑하는 아내와 이대로 헤어지고 싶지 않아 장롱 안으로 몸을 숨겼다. 장롱 문을 열자마자 방 안에 있던 세 사람은 동시에 깜짝 놀라고 말았다. 포석약은 곽정을 보고 놀라 소리를 질렀다.

"어머나!"

완안강은 어머니의 비명 소리를 듣자 더욱 근심이 되었다. 누군가 어머니를 해치려 한다는 생각에 어깨로 문을 들이받기 시작했다.

곽정이 양철심의 손을 잡아 장롱 속으로 끌어당기고 장롱 문을 닫았다. 자물쇠가 부러지고 문이 부서지면서 완안강이 뛰어 들어왔다. 그는 어머니의 안색이 창백하고 눈물 자국이 있긴 한데 방에 아무도 없는 것을 보고는 이상히 여겨 물었다.

"어머니, 무슨 일이세요?"

포석약은 정신을 가다듬고 대답했다.

"아무 일도 없단다. 마음이 편치 않구나."

완안강은 어머니에게 다가가 품에 안기며 말했다.

"어머니, 앞으로는 말썽 피우지 않을 테니 상심하지 마세요. 제가 잘못했어요."

"그만 가거라. 자야겠구나."

완안강은 어머니의 몸이 부들부들 떨리는 것을 보고 근심이 되어 물었다.

"어머니, 누군가 이 방에 들어오지 않았나요?"

"누구?"

포석약은 움찔했다.

"왕부에 이상한 놈들이 들어왔어요."

"그래? 넌 그런 일에 끼어들지 말고 어서 들어가서 자거라."

"친병들이 너무 무능한걸요. 어머니, 어머니도 쉬세요."

막 나가려던 완안강은 장롱 문틈으로 남자의 옷자락이 비어져 나와 있는 것을 보았다. 부쩍 의심이 들었지만 내색을 하지 않고 탁자에 앉아 차를 따라 천천히 마시며 생각했다.

'장롱 안에 누군가 숨어 있는데 어머님이 아시는지 모르시는지 모르겠군.'

그리고는 차를 몇 모금 마신 다음 일어나 방 안을 천천히 걸으며 말했다.

"어머니, 오늘 저 창 잘 썼지요?"

"다음부터는 아버지 힘을 믿고 남을 괴롭히는 짓을 해서는 안 된다."

"아버지 힘이라뇨? 난 그 녀석과 제 실력으로 정정당당하게 겨뤘어요."

완안강은 벽에 걸린 철창을 들고서 한두 차례 창법 자세를 취하다가 기봉등교起鳳騰蛟 초식을 발하며 장롱을 향해 찔렀다. 만약 그대로 장롱 문을 뚫으면 장롱 안의 두 사람은 전혀 상황을 모르기 때문에 그대로 찔려 죽을 지경이었다. 포석약은 너무 놀라 그만 기절하고 말았다.

완안강은 즉시 창을 거두며 생각했다.

'어머니도 장롱 안에 사람이 있다는 걸 아시는구나.'

창을 곁에 세워두고 어머니를 부축하며 장롱 안의 동정을 살폈다. 잠시 후 포석약이 깨어났다. 그녀는 장롱 문이 뚫리지 않고 멀쩡한 것을 보고 크게 안심했으나, 오늘 밤 여러 차례 깜짝 놀란 나머지 온몸에 힘이 빠져 움직일 수가 없었다.

완안강이 노한 목소리로 물었다.

"어머니, 제가 어머니 친아들이 맞나요?"

"당연하지. 그걸 왜 묻느냐?"

"그런데 왜 제게 숨기는 게 그렇게 많으세요?"

포석약은 온갖 상념이 떠올랐다.

'이제 모든 것을 말해야 할 때가 되었나 보다. 두 부자를 만나게 해 주어야겠구나. 난 이미 정조를 잃었으니 다시는 남편과 맺어질 수 없겠지?'

생각이 이에 미치자 눈물이 비 오듯 흘러내렸다. 완안강은 어머니의 기색이 예사롭지 않음을 보고 놀랍고 근심스러웠다.

"앉아서 내가 하는 말을 잘 듣거라."

완안강은 어머니의 말대로 의자에 앉았다. 손에는 여전히 철창을 들고 경계의 눈초리로 장롱을 바라보았다.

"창 위에 새겨진 네 글자가 보이느냐?"

"어릴 때 물어보았지만 그때 어머니가 양철심이 누군지 가르쳐 주지 않으셨잖아요?"

"이제 알려주마."

장롱 안에 숨어 있던 양철심은 모자의 대화를 듣고 있다 깜짝 놀랐다.

'포석약이 지금은 왕비인데 나 같은 놈에게 다시 오려 하겠는가? 지금 내 이야기를 하는 건 아들을 시켜 나를 없애려는 것일까?'

"이 철창은 원래 내가 강남 대송 경사 임안부 우가촌에 사람을 보내

옮겨온 것이다. 여기 있는 쟁기, 탁자, 의자, 장롱, 침대 모두 우가촌에서 옮겨온 것이지."

"그러지 않아도 항상 이상하게 생각했어요. 어머니는 왜 이 낡아빠진 방에서 지내며 제가 가져다드리는 가구들은 전혀 사용하지 않으시는 거죠?"

"이곳이 낡아빠진 방처럼 보이느냐? 그렇지만 내게는 화려한 왕부보다 훨씬 좋구나! 아들아, 네가 복이 없어 너의 친아버지와 이 낡은 집에서 함께 살지 못하는구나."

양철심은 이 말을 듣고 마치 무언가에 얻어맞은 듯 깜짝 놀랐다. 이윽고 그의 눈에서 뜨거운 눈물이 흘렀다. 완안강이 웃으며 말했다.

"무슨 말씀이세요? 아버지가 어떻게 여기서 사시겠어요?"

"불쌍한 사람⋯⋯. 18년 동안 강호를 떠돌아다니며 갖은 고생을 했을 텐데, 하루 반나절이라도 이 방에서 편안히 쉬면 좋으련만⋯⋯."

포석약은 긴 한숨을 내쉬었다. 완안강이 눈을 크게 뜨고 떨리는 목소리로 물었다.

"어머니, 대체 무슨 말씀을 하시는 거예요?"

"너의 친아버지가 누구인지 아느냐?"

"저의 아버지는 금국의 조왕 아니십니까? 그건 왜 물으시는 거예요?"

포석약은 천천히 일어나 철창을 들고 눈물을 비 오듯 쏟으며 말했다.

"아들아, 네가 아무것도 모르는 게 네 탓은 아니지. 이것은, 이것은 바로 네 친아버지가 사용하시던 철창이란다. 이것이 바로 네 친아버지의 이름이다."

포석약은 철창에 새겨진 이름을 가리키며 말했다. 완안강은 온몸을 부들부들 떨었다.

"어머니, 머리가 많이 아프신가 본데 의사를 불러야겠어요."

"머리가 아프다니? 넌 네가 대금국 여진족인 줄 알았더냐? 너는 한족이다, 한족! 넌 완안강이 아니라 양씨란다. 네 본명은 양강이야."

완안강은 놀라는 한편 믿을 수가 없었다. 뭐라 말할 수 없는 분노가 치밀어 올랐다.

"아버지를 모시러 가겠어요."

완안강이 몸을 돌려 나가려 했다.

"네 아버지는 바로 여기에 계신다!"

그녀는 장롱 쪽으로 성큼성큼 다가가 문을 열고 양철심의 손을 잡아끌었다.

# 내가 이겼어요

완안강은 갑자기 양철심과 마주치자 깜짝 놀랐으나, 이내 누구인지 알아보고 소리를 질렀다.

"아니, 당신은?"

그는 곧 철창을 들어 행보등호行步蹬虎, 조천일주향朝天一炷香 초식으로 양철심의 목을 겨누었다. 이때 포석약이 떨리는 목소리로 말했다.

"너의 친아버님이시다! 넌, 넌 못 믿겠다는 거냐?"

그러곤 머리를 벽에 들이받고 바닥에 쓰러졌다. 완안강이 깜짝 놀라 창을 거두고 어머니를 바라보니 머리에서 피를 흘린 채 바닥에 쓰러져 있었다. 숨을 가쁘게 내쉬는 것이 생명이 위태로운 듯했다. 갑자기 당한 변고에 어찌할 바를 모르고 있을 때, 양철심이 몸을 굽혀 아내를 안고는 문을 나가 밖으로 내달렸다.

"어머니를 내려놔!"

완안강은 바람과 같이 빠른 고안출군孤雁出群 창법을 써서 그의 등을 찔렀다.

휙! 양철심은 등 뒤에서 바람을 가르는 창 소리를 듣고 왼손을 뒤로 돌려 창끝을 잡았다. 양가창은 원래 천하무적의 창법으로, 특히 회마창법回馬槍法은 대대로 전해져 내려오는 절기絶技였다.

양철심이 왼손을 뒤로 돌려 창끝을 잡을 때 사용한 것도 회마창법의 세 번째 초식이었다. 원래는 왼손을 돌려 잡은 다음 적이 빼앗기를 기다리지 않고 오른손으로 창을 잡아 얼굴을 공격해야 하는데, 지금 오른손에 포석약을 안고 있기 때문에 뒤의 초식을 잇지 못하고 몸을 돌려 소리를 질렀다.

"이 창법은 우리 양가 집안에서 대대로 남자에게만 전해 내려오는 창법이다. 너희 사부는 가르쳐준 적이 없을 것이다."

구처기는 무공이 높기는 하지만 창법에는 그다지 정통하지 못했다. 대송 연간 양가창법이 강호에 전해지기는 했으나 십중팔구 정통은 아이였기에 구처기가 알고 있는 것이라고는 당시 우가촌 눈 벌판에서 양철심과 창을 겨룬 게 전부였다. 양가 집안에 대대로 전해져오는 절기에 대해서는 알 턱이 없었다.

완안강은 역시나 이 창법을 전혀 모르고 있었다. 팔 힘으로 서로 버티다 보니 이미 녹슨 지 오래된 창이 결국 절반으로 끊기고 말았다. 곽정이 앞으로 나서며 말했다.

"친아버지를 보고 절도 안 하느냐?"

완안강이 망설이는 사이에 양철심은 이미 아내를 안고 집 밖으로 나갔다. 목염자가 밖에서 이들을 맞아 부녀가 함께 담을 넘었다. 곽정도 서둘러 집을 빠져나가 막 담을 넘으려는 순간이었다. 어둠을 가르는 장력이 머리를 공격해왔다. 급히 고개를 숙이니 장력이 횡, 하며 코끝을 스치고 지나갔다. 얼굴이 마치 칼에 베인 듯 아파왔다. 장풍의 위력이 대단할 뿐 아니라 얼마나 소리 없이 공격해왔는지 전혀 눈치채지 못했다.

"나쁜 놈! 오래 기다렸다. 어서 목을 내밀어라. 네놈의 피를 모조리 빨아주겠다."

곽정을 공격한 사람은 바로 양자옹이었다.

한편 황용은 팽련호가 자기에게 흑풍쌍살 문파라고 말하는 것을 듣고 웃으면서 몸을 돌려 걸어 나갔다.

"당신이 졌어요."

팽련호는 몸을 날려 문 입구를 가로막았다.

"네가 흑풍쌍살 문파라면 널 건드리지 않겠다. 그러나 네 사부가 왜 널 여기에 보냈는지는 알아야겠구나."

황용은 여전히 싱글싱글 웃으며 말했다.

"열 초식 안에 내 문파를 알아맞히지 못하면 가게 해주겠다고 약속했죠? 사내대장부가 약속을 지켜야죠."

팽련호가 화를 냈다.

"네가 마지막에 쓴 영오보靈鰲步는 흑풍쌍살이 전수해준 것이 아니더냐?"

"난 흑풍쌍살이 누군지 본 적도 없어요. 게다가 누군지는 모르지만 겨우 이 정도 무공을 가지고 내 사부가 될 수는 없죠."

"잡아떼도 소용없다."

"흑풍쌍살에 대해 들어본 적은 있어요. 나쁜 짓을 서슴지 않아 무림에서 비열한 무리로 소문나 있지요. 팽 채주께선 어찌 나를 그들과 연관 지을 수 있지요?"

모두들 처음에는 황용이 거짓말을 하고 있다고 생각했다. 하지만 그녀가 이렇게까지 말하자 황용이 절대 흑풍쌍살의 문파일 리가 없다는 확신이 들었다. 왜냐하면 아무리 심한 거짓말쟁이라도 모든 사람이 보는 앞에서 자기 사부를 이렇게 모욕할 수는 없기 때문이다.

팽련호가 옆으로 비켜서며 말했다.

"좋다, 네가 이긴 셈 치지. 대단하구나. 네 이름이 무언지나 들어볼 수 있겠니?"

"과분하신 말씀입니다. 저는 용이라고 합니다."

"성은 무엇이냐?"

"성은 말씀드릴 수 없습니다. 어쨌든 팽씨도 사씨도 아닙니다."

그 자리에 있던 사람들 중 영지상인과 구양극을 제외하면 이미 모두 황용에게 패했다. 그러나 영지상인은 중상을 입어 움직일 수 없었고, 결국 구양극이 나서야만 그녀를 저지할 수 있었다. 그래서 모두 구양극을 주목했다.

구양극이 천천히 나서며 미소를 지었다.

"소인이 부족하나마 몇 초식 겨뤄보지요."

황용은 흰옷을 입은 그를 바라보며 말했다.

"흰 낙타를 탄 아름다운 여자들이 모두 당신 집안사람들인가요?"

"그 애들을 보았느냐? 그 애들을 모두 합쳐놓아도 네 아름다움의 절반에도 못 미치지."

구양극이 웃으며 말했다. 자신의 미모를 칭찬하는 소리를 듣자 황용은 얼굴을 약간 붉혔다.

"다른 분들과는 달리 예의가 있으시군요."

무공이 뛰어난 구양극은 숙부의 세력을 믿고 강호를 누비고 다녔다. 천성이 여자를 좋아하는지라 여러 해 동안 각 문파에 사람을 보내어 미녀들을 모아 첩으로 삼고, 한가할 때면 아내들에게 무술을 가르쳤다. 그 때문에 그녀들은 구양극의 아내인 동시에 제자이기도 했다.

이번에 조왕의 초청을 받아 연경으로 오면서 스물네 명의 아내를 데려왔는데, 모두에게 하얀 옷에 남장을 하고 하얀 낙타를 타도록 명했다. 사람 수가 많고 모두 무공을 할 줄 알기 때문에 몇 패로 나누어 길을 나섰다. 그중 여덟 명이 도중에 강남육괴 및 곽정과 마주친 것이다.

구양극은 자기 첩들이 천하절색으로 대금, 대송 양국 황제의 후궁보다 더 아름답다고 자부했으나 조왕부에서 황용을 보는 순간 그들은 미인 축에도 못 든다는 생각이 들었다. 황용의 아름다운 미모와 자태에 그만 반하고 말았던 것이다.

구양극은 황용이 다른 사람들과 싸우는 모습을 주의 깊게 바라보며 마음이 두근거렸다. 게다가 지금 그녀의 부드럽고 온유한 목소리를 듣자 더욱 마음이 녹아내리며 말조차 할 수가 없었다.

황용이 말했다.

"난 가겠어요. 만약 저들이 또 막으면 당신이 날 도와주세요."

"도와줄 수는 있지만, 그럼 날 사부로 삼고 평생 함께해야 한다."

"사부로 모신다고 해도 평생을 함께할 필요는 없지요."

"내 제자들은 다른 사람과 달라. 모두 여자이고 내가 한 번 부르면 모두 내 곁으로 오지."

황용은 고개를 젓고는 웃으며 말했다.

"내 눈으로 보지 않으면 못 믿겠는데요."

구양극이 휘파람을 한 번 불자 얼마 지나지 않아 20여 명의 흰옷을 입은 여자가 들어왔다. 키가 큰 여자, 작은 여자, 뚱뚱한 여자, 날씬한 여자 등 다양했지만 옷차림새는 모두 똑같았다. 모두들 교태를 부리며 구양극의 뒤에 섰다. 구양극이 향설청에서 연회를 즐기는 동안 그녀들은 밖에서 기다리고 있었던 것이다.

팽련호는 그녀들의 눈부신 모습을 보며 구양극이 그렇게 부러울 수가 없었다. 황용이 구양극을 자극해 첩들을 불러오게 한 것은 사실 사람들로 소란한 틈을 타서 빠져나가려는 생각에서였다.

그러나 뜻밖에도 구양극은 그녀의 생각을 꿰뚫어보고 첩들이 모두 들어오자 입구를 막아선 채 부채를 천천히 흔들며 황용을 바라보았다. 풍류가 넘치고 득의양양한 태도였다. 스물네 명의 아내는 모두 황용을 뚫어지게 바라보았다. 그중 일부는 자기 용모가 부끄럽고 또 일부는 질투가 나 견딜 수 없었다. 만약 저 아름다운 아가씨가 남편이자 사부인 구양극의 마음에 들면 구양극은 당연히 제자로 삼으려 할 것이고, 그렇게 되면 자신들은 더 이상 그의 총애를 받지 못할 것이었다.

스물네 명의 아내가 구양극의 뒤에 마치 병풍처럼 둘러서자 황용은 빠져나가기가 더 어려워졌다. 그녀는 자신의 계획이 수포로 돌아간 것을 알고 다시 꾀를 냈다.

"만약 당신이 정말 능력이 있다면 다른 사람들에게 당하지 않도록 당신을 사부로 모시는 것도 좋겠지요."

"내 능력을 시험해보겠느냐?"

"네, 좋아요."

"좋아, 덤비거라. 난 공격하지 않을 테니."

"뭐라고요? 공격도 하지 않고 나를 이길 수 있다고요?"

"너한테 맞는 것도 기분 좋을 판에 내가 어찌 감히 너를 때릴 수 있겠느냐."

다른 사람들은 모두 구양극의 경박함을 비웃으면서도 하나같이 의아스러웠다.

'이 아가씨의 무공도 만만치 않은 듯한데 설사 구양극의 무공이 열 배는 뛰어나다고 해도 어찌 전혀 공격하지 않고 이길 수 있다는 말인가? 무슨 요법妖法을 쓰기라도 한단 말인가?'

황용이 대뜸 이렇게 말했다.

"당신이 공격하지 않겠다는 말을 어떻게 믿겠어요? 정말 공격하지 않겠다면 두 손을 뒤로 묶고 겨루죠."

구양극은 허리띠를 풀어 그녀에게 던지고 두 손을 뒤로 돌린 채 다가갔다. 황용은 그가 아무렇지도 않게 자신의 요구를 받아들이는 모습을 보고 겉으론 태연한 척했지만 속으로는 약간 당황스러웠다.

'상황을 봐가면서 어떻게 대처할지 결정할 수밖에 별다른 방법이 없겠군.'

황용은 허리띠를 받아 들고 두 손으로 잡아당겨보았다. 그러나 금실로 짠 허리띠는 내공을 사용해서 잡아당겨도 끊기지 않았다. 허리띠로 구양극의 두 손을 꼭 묶고 나서 웃으며 물었다.

"어떻게 승패를 가리지요?"

구양극은 왼발에 중심을 두고 오른발을 3척 정도 내밀어 둥글게 원을 그렸다. 그의 발끝을 따라 벽돌 바닥에 직경 여섯 자의 원이 가지런히 그려졌다. 자국을 내는 것 자체가 쉽지 않은 일인데, 벽돌 바닥에 선명한 원이 그려지는 것으로 보아 그의 발을 통해 뿜어 나오는 내공이 얼마나 대단한지 알 수 있었다. 사통천과 팽련호 등도 내심 감탄했다.

"원 밖으로 밀려나는 사람이 지는 걸로 하자."

"만약 둘 다 나가게 되면 어쩌죠?"

"내가 진 것으로 하지."

"만약 당신이 지면 다시는 날 가로막지 않는 거죠?"

"당연하지. 그러나 만약 네가 원 밖으로 밀려나면 얌전히 나를 따라가는 거다. 여기 있는 선배님들이 모두 증인이시다."

"좋아요."

황용이 원 안으로 걸어 들어갔다. 왼손은 회풍불류回風佛柳를 사용해 가볍게, 오른손은 성하재천星河在天을 써 무겁게 강약의 초식으로 동시에 공격했다.

구양극은 몸을 약간 옆으로 비켰으나 공격을 피하지 못하고 어깨와 등에 맞았다. 자신의 장력이 구양극의 몸에 부딪치는 순간 황용은 상황이 별로 좋지 않은 것을 깨달았다. 구양극의 내공이 대단하기 때문에 만약 공격에 응하지 않고 그대로 받아낸다면 황용이 사용한 만큼의 장력이 구양극의 몸에 반사되어 되돌아올 것이었다. 구양극은 손발 하나 까딱하지 않았지만 황용은 몸이 비틀거리며 하마터면 원 밖으로 밀려날 뻔했다. 그런데 황용은 뜻밖에 태연한 얼굴로 말했다.

"난 갈래요. 하지만 당신한테 밀려서 나가는 건 아니에요. 당신은 원 밖으로 나와 날 쫓아올 수 없을 거예요. 만약 두 사람이 다 원 밖으로 나올 경우 당신이 지는 거라고 방금 말하셨죠?"

구양극은 순간 할 말을 잃었고, 황용은 태연히 원 밖으로 걸어 나갔다. 황용은 시간을 오래 끌면 또다시 불리한 상황이 생길까 봐 발걸음을 재촉했다. 그녀의 머리에 꽂은 금환金環과 흰 적삼이 바람에 표연히 나부꼈다. 구양극은 속았다고 생각했지만 이미 약속한 바가 있어 황용을 쫓아갈 수 없었다. 사통천과 팽련호 등은 구양극이 황용의 기지에 당하는 모습을 보며 배를 잡고 웃어댔다.

황용이 막 나가려는데 머리 위를 가르는 바람 소리가 들리며 몸 앞에 큰 물건이 떨어졌다. 그녀는 그 물건에 깔릴까 봐 옆으로 피했다. 떨어진 물건이 무엇인가 보니, 태사의에 앉아 있던 영지상인이었다. 그는 붉은 도포를 입고 의자에 앉아 있었는데, 앉아 있는 키가 황용의 서 있는 키보다 더 컸다. 그런 그가 의자와 함께 뛰어올라 황용의 앞을 가로막은 것이다. 마치 의자가 몸에 붙어 있는 것만 같았다.

황용이 막 입을 열려는데 영지상인이 승복 밑에서 한 쌍의 동발銅鈸을 꺼내 맞부딪쳤다.

쨍! 귀를 찢는 듯한 엄청난 소리에 깜짝 놀라 눈앞이 어찔한데 동발 한 쌍이 하나는 위쪽으로, 하나는 아래쪽으로 황용을 향해 날아왔다. 동발의 가장자리는 매우 예리한 듯 섬광이 번뜩였다. 만약 그 동발에 맞는다면 몸이 세 동강이 날지도 몰랐다. 깜짝 놀라 피하려 했지만 이미 늦어 다급한 나머지 허공으로 뛰어올라 몸을 오그렸다. 위쪽으로 날아오던 동발과 아래쪽으로 날아오던 동발 사이를 통과한 것이다. 참으로 위험한 순간이었다. 겨우 동발을 피하기는 했지만 앞으로 뛰어오르면 영지상인 앞에 떨어질 게 뻔했다.

영지상인은 큰 손바닥을 들어 올려 대수인 초식으로 그녀를 향해 내리쳤다. 황용은 멈춰 서려 했으나 앞으로 쏠리는 기세를 거두지 못하고 적의 품으로 쓰러질 판이었다. 모두들 놀라 소리를 질렀다.

"앗!"

이대로 가면 어리고 아름다운 아가씨가 영지상인의 손에 온몸의 뼈와 오장육부가 으스러질 판국이었다. 그때 구양극이 크게 소리쳤다.

"죽이지 마시오!"

그런데 어찌 된 일인지 황용의 등을 공격하던 영지상인이 갑자기 손을 거두며 큰 비명을 질렀다. 이 틈에 황용은 이미 문밖으로 빠져나갔다.

"하하하하!"

황용은 전혀 부상을 입지 않은 듯 통쾌한 웃음을 날리며 멀어져갔다. 엄청난 기세로 황용을 공격하던 영지상인이 막 황용의 몸에 닿으려는 순간 손을 멈춰 장력을 거두어들인 것이다. 영지상인은 계속해서 분노 섞인 비명을 질러댔다.

"어이구, 아야!"

오른손바닥에서 붉은 피가 뚝뚝 떨어졌다. 손바닥을 들어보니 열 개의 작은 구멍이 나 있었다.

"연위갑軟猬甲! 연위갑!"

놀라움과 분노, 고통이 섞인 목소리였다. 팽련호가 놀라 말했다.

내가 이겼어요

"그 계집아이가 연위갑을 입고 있었단 말이오? 그건 동해 도화도의 보물 아니오?"

사천통이 이상하다는 듯 말했다.

"그 어린 나이에 어찌 연위갑을 얻었단 말이오?"

구양극은 황용이 걱정되어 문밖으로 나갔으나 사방이 캄캄해 어디로 갔는지 알 수가 없었다. 그는 휘파람을 불어 아내들을 모은 다음 황용을 찾아 나섰다.

'도망간 걸 보니 부상을 입진 않은 모양이군. 어떻게 해서든 잡아서 손에 넣어야지.'

후통해가 물었다.

"사형, 연위갑이 뭐죠?"

팽련호가 먼저 대답했다.

"고슴도치를 본 적이 있나?"

"당연히 본 적이 있죠."

"계집이 겉옷 안에 갑옷을 입고 있었던 걸세. 그 갑옷은 창을 막을 수 있을 뿐만 아니라 고슴도치 가시 같은 것이 잔뜩 박혀 있어서 주먹이나 발로 차면 크게 다치게 되는 것일세!"

후통해가 혀를 날름대며 말했다.

"한 번도 때리지 못한 게 천만다행이었군요."

사통천이 말했다.

"내가 가서 붙잡아 오겠어요."

"사형, 그 애의 몸에 손대면 안 됩니다."

"당연하지. 머리채를 잡아끌고 오면 되는 걸세."

"맞아요. 왜 그 생각을 못 했지? 사형은 역시 영리하시군요."

두 사람과 팽련호는 함께 황용을 쫓아갔다. 이때 조왕 완안홍열은 왕비가 납치되었다는 아들의 보고를 받고 놀라움과 분노로 어쩔 줄 몰랐다. 두 부자는 각기 자신의 병사를 이끌고 뒤를 쫓았다. 동시에 탕조덕은 시위대를 이끌고 자객을 잡기 위해 곳곳을 수색하고 다녔다. 왕부의 안팎이 온통 난리법석이었다.

한편 곽정은 또다시 자신의 피를 빨겠다고 덤비는 양자옹 때문에 곤혹을 치르고 있었다. 그러나 순순히 당할 수만은 없었다. 몸을 돌려 방향을 분간할 새도 없이 가장 어두운 쪽을 향해 미친 듯이 달렸다.

양자옹은 그의 피를 빨겠다는 일념에 전력을 다해 뒤를 쫓았다. 다행히 곽정의 경공술이 상당한 수준이고 어두운 밤이었기에 망정이지, 그렇지 않았다면 벌써 붙잡혔을 것이다. 한참 도망가다 보니 사방에 불빛이라곤 전혀 보이지 않아 어디인지 도통 알 수가 없었다. 문득 주변을 보니 가시와 날카로운 바위들로 가득했다.

왕부에 어찌 이런 가시와 바위들이 있는지 생각해볼 겨를조차 없었다. 아랫배가 가시에 찔려 상당히 아팠지만 자신의 피를 빨겠다고 덤비는 양자옹을 생각하면 이 정도쯤은 아무것도 아니었다. 설령 칼산이라 할지라도 주저 없이 뛰어들 판이었다.

그때 문득 발아래가 허전하다 싶더니 몸이 4~5장 밑으로 쑥 빠졌다. 깊은 동굴에 빠진 것이다. 곽정은 떨어지는 도중 다치지 않도록 기를 모았다. 그러나 뜻밖에 무언가 둥그런 사물 위로 떨어지는 바람에 중심을 잡지 못하고 벌렁 넘어지고 말았다. 손을 뻗어 만져보니 그 둥

내가 이겼어요

근 것들은 모두 사람의 해골이었다. 이곳은 바로 조왕부에서 사람을 죽인 다음 시체를 버리는 동굴이었다.

양자옹이 동굴 입구에서 외치는 소리가 들렸다.

"이놈, 빨리 올라오너라!"

올라가면 죽을 게 뻔한데 곽정이 자진해서 올라갈 리가 없었다.

손을 뻗어 더듬어보니 뒤쪽에는 아무것도 없는 듯했다. 곽정은 양자옹이 뒤따라 내려올 것을 대비해 뒤로 몇 걸음 물러섰다. 곧이어 양자옹은 곽정이 절대 올라오지 않을 것이라고 생각하고 따라서 뛰어내렸다.

"지옥까지라도 널 쫓아가 반드시 붙잡고 말 테다."

곽정은 크게 놀라 뒤로 더 물러나려 했으나 더 이상 피할 곳이 없었다. 몸을 돌려 두 손으로 벽을 더듬으며 한 걸음 한 걸음 가다 보니 지하도가 나타났다. 양자옹도 통로가 있음을 발견하고 뒤를 쫓았다. 한 치 앞을 볼 수 없는 칠흑 같은 어둠 속이지만 빠른 속도로 곽정의 뒤를 쫓았다. 혹시 어둠을 이용해 곽정이 급습할 우려도 있었지만, 그는 걱정이 되기는커녕 도리어 그것을 바랐다.

'독 안에 든 쥐로구나. 더 이상 도망갈 곳이 없으니 이놈을 잡아 피를 모조리 빨아먹어야지.'

곽정은 애가 탔다.

'이 통로가 언젠가 끝이 날 텐데, 그럼 난 죽은 목숨이로구나.'

양자옹은 두 팔을 벌려 통로의 양 벽을 더듬으며 서두르지 않고 천천히 앞으로 나아갔다. 곽정이 좀 더 도망가다 보니 앞쪽이 훤해지면서 토실土室로 이어졌다. 양자옹이 금세 뒤따라와 웃으며 말했다.

"이놈, 더 이상 어디로 도망가려느냐?"

그때 갑자기 왼쪽 구석에서 냉랭한 목소리가 들려왔다.

"누가 떠들어대는 거야?"

둘 모두 이런 깊은 동굴에 사람이 있으리라고는 생각지도 못했다. 그런데 갑자기 사람 소리가 들려오자 깜짝 놀랐다. 소리가 크지는 않았지만 전혀 예상치 못했기에 그야말로 천둥벼락 소리처럼 크게 들렸다.

곽정은 심장이 쿵쾅쿵쾅 뛰었고, 양자옹도 모골이 송연해지는 듯했다. 음산한 목소리가 또 들려왔다.

"살기 싫은 모양이군. 내 동굴에 들어온 이상 살아서 나갈 수는 없다."

여자 목소리인 듯한데 무슨 큰 병이라도 앓고 있는 것처럼 숨소리가 무척 거칠고 힘들게 느껴졌다. 일단 귀신은 아닌 듯하니 다소 안심이 되었다. 곽정은 그녀의 말을 듣고 급히 대답했다.

"적의 추적을 피하다 실수로 떨어졌습니다."

곽정의 말소리를 듣고 위치를 확실히 알게 된 양자옹은 몇 걸음 앞으로 나아가 손을 확 뻗어 그를 잡았다. 그러나 바람을 가르는 소리를 듣고 곽정이 급히 피하는 바람에 그만 놓치고 말았다. 양자옹은 연달아 금나법擒拿法을 쓰며 곽정을 잡으려 했다. 칠흑 같은 어둠 속에 하나는 이리저리 잡으러 다니고, 하나는 정신없이 도망 다녔다. 갑자기 찌직, 하는 소리와 함께 곽정의 왼팔 소매가 찢겨 나갔다. 여자가 노한 목소리로 물었다.

"누가 감히 여기서 사람을 잡으며 소란을 피우는 거야?"

양자옹이 욕을 퍼부었다.

"귀신인 척한다고 두려워할 줄 아느냐?"

그녀는 숨을 가쁘게 내쉬며 말했다.

"애송이, 이쪽으로 도망쳐."

곽정은 위기의 순간에 더 이상 생각할 겨를도 없이 여자 쪽으로 뛰어갔다. 갑자기 다섯 개의 차디찬 손가락이 그의 손목을 꼭 움켜쥐었다. 손목의 힘이 여간 센 게 아니었다. 여자가 한 번 잡아당기자 그 힘에 이끌려 건초 더미 위로 쓰러지고 말았다. 그녀는 숨을 몰아쉬며 양자옹에게 말했다.

"금나법이 대단하시군. 산해관에서 오셨나?"

양자옹은 깜짝 놀랐다.

'나는 어두워서 전혀 보이지도 않는데, 저쪽은 내 무공의 내력까지 파악하다니……. 어둠 속에서도 볼 수 있는 힘이라도 가졌단 말인가? 정말 기괴한 여인이로군.'

쉽게 보아서는 안 되겠다는 생각에 목소리를 가다듬고 말했다.

"나는 관동삼객關東參客 양씨요. 이놈이 내 보물을 훔쳐 달아났기에 꼭 잡아야만 하니 간섭하지 마시오."

"아, 삼선 양자옹이시로군. 잘 몰라서 실수로 내 동굴에 뛰어들었다 해도 용서해줄 수 없거늘, 한 파의 종사로서 어찌 무림의 규칙도 모르는고?"

양자옹은 이상한 생각이 들어 물었다.

"댁은 뉘시오?"

"나는, 나는……."

곽정은 자기의 손목을 쥐고 있는 여인의 손이 격렬하게 떨리는 것을 느꼈다. 그녀는 천천히 곽정의 손을 놓으며 억지로 신음 소리를 삼켰다. 매우 고통스러운 듯했다.

곽정이 물었다.

"무슨 병이 있으십니까?"

스스로 무공에 자신이 있던 양자옹은 신음 소리를 듣고, 설사 그녀의 무공이 대단하다고 해도 병이 이리 깊으니 걱정할 게 없다는 생각이 들었다. 그래서 어깨에 기를 모아 두 손을 뻗어 곽정의 가슴을 내리쳤다. 두 손이 막 곽정의 몸에 닿으려는 순간, 갑자기 손목에 강한 힘이 느껴지면서 손이 왼쪽으로 밀려났다. 양자옹은 깜짝 놀라 왼손을 돌려 반대로 곽정의 팔을 잡았다.

"꺼져버려!"

여자가 큰 소리로 외치며 양자옹의 등을 향해 일장을 발했다. 퍽, 하는 소리와 함께 양자옹은 그녀의 일장에 맞아 몇 걸음 뒤로 밀려났다. 다행히 양자옹은 내공이 대단했기 때문에 상처를 입지는 않았다. 양자옹은 욕을 해댔다.

"더러운 년, 덤벼라!"

그러나 여자는 숨을 몰아쉴 뿐 전혀 움직이지 않았다. 양자옹은 그녀가 정말 움직이지 못한다고 생각하니 더욱 용기를 냈다. 천천히 다가가 막 앞으로 뛰어 공격하려는 찰나 발꿈치에 무언가 감기는 듯했다. 연편軟鞭이었다. 소리도 없이 번개같이 다가왔기에 깜짝 놀랄 수밖에 없었다. 그러나 임기응변에 빠른 양자옹은 순간적으로 연편에 몸이 감긴 채 오른발로 그녀를 걸어차며 뛰어올라 머리로 동굴 벽을 받았다.

양자옹의 다리 기술은 무림에서 최고라 해도 과언이 아니었다. 약 20년 동안 그는 최고수 자리를 지켜왔다. 그의 발에 차이면 그 자리에서 목숨을 잃기 일쑤였다. 그러나 뜻밖에도 발이 상대방에게 닿기 직전 그는 충양혈沖陽穴이 마비되는 느낌을 받았다.

양자옹은 순식간에 발을 거두어들였다. 충양혈은 족부足跗에서 5촌 정도 떨어진 곳에 있다. 만약 혈도를 제대로 잡히면 즉시 다리가 마비된다. 다행히 양자옹이 빨리 발을 거두어들여 혈도를 제대로 잡히지 않았기 때문에 완전히 마비되지는 않았다. 하지만 워낙 급히 발을 움츠리다 보니 무릎에 심한 통증을 느꼈다.

'이렇게 어두운 곳에서 정확히 혈도를 잡다니…… 혹시 요괴인 것은 아닐까?'

양자옹은 그런 생각이 들자 두려운 마음에 두 바퀴 굴러 그 자리를 피했다. 그러면서 손을 뒤로 휘둘러 여자의 손을 내리쳤다. 양자옹은 그녀의 무공이 상당히 대단하다는 걸 알았기 때문에 있는 힘을 다해 손을 휘둘렀다.

'숨소리로 보아 몸이 극도로 좋지 못한 듯하니 결코 내 공격을 받아내지는 못할 거야.'

그러나 순식간에 여자의 손이 뻗어오더니 그의 어깨를 내리쳤다. 양자옹은 왼손을 뻗어 막았다. 그런데 양자옹의 손과 맞부딪친 여자의 손이 얼음장같이 차디찬 게 살아 있는 사람의 것이 아닌 듯했다. 너무 놀라 더 이상 싸울 생각이 사라진 양자옹은 몇 바퀴를 굴러 겨우 동굴을 빠져나와 안도의 한숨을 몰아쉬었다.

'수십 년을 살면서 이런 일은 처음이로군. 도대체 사람일까, 귀신일

까? 왕야는 알겠지?'

그는 급히 향설청으로 발걸음을 옮기며 내내 생각에 잠겼다.

'그놈이 사람인지 귀신인지 모를 요괴한테 잡혔으니 결국 피를 모두 빨리고 말 테지. 어쩌다 그런 놈들을 만나서 두 차례나 죽을 뻔하다니……. 음으로 양을 보하고 뱀을 길러 정기를 보하는 것이 정말 천륜에 어긋나는 일이라는 말인가? 그래서 하늘이 내 공든 탑을 무너뜨리려는 걸까?'

곽정은 그가 멀어지는 소리를 듣자 너무 기뻐 무릎을 꿇고 절을 했다.

"생명을 구해주셔서 정말 감사합니다."

여자는 이제 막 양자옹과 몇 차례 겨루고 나니 이미 지칠 대로 지쳐 호흡이 심히 곤란해 보였다. 한참 동안 기침을 하다가 쉬어빠진 목소리로 물었다.

"그자가 왜 너를 죽이려는 거냐?"

"왕 도장이 부상을 입어 치료할 약이 필요해 제가 왕부로 숨어들어……."

대답을 하던 중 문득 여기도 조왕부 내부인데 그렇다면 이 여자도 완안홍열의 일당이 아닐까 하는 생각이 들어 말을 멈췄다.

"음, 양자옹의 약을 훔쳤군. 양자옹은 약에 대한 조예가 상당히 깊다는데, 네가 훔친 약도 틀림없이 효험이 뛰어난 명약이겠구나?"

"내상을 치료하는 약을 조금 훔쳤더니 저렇게 화를 내며 저를 죽이려 드는군요. 그런데 선배님께서도 어디 아프십니까? 제게 전칠, 혈갈, 웅담, 몰약 등 여러 가지 약이 많습니다. 왕 도장님도 이렇게 많이는 필요 없고요. 만약 선배님이 필요하시면……."

뜻밖에 그 여자가 버럭 화를 내며 말했다.

"아프긴 어디가 아파? 누가 너더러 내게 아부하라더냐?"

곽정은 무안한 나머지 급히 말끝을 흐리며 "예에" 하고 대답했다. 그러나 시간이 지났는데도 그녀가 심하게 기침을 하자 다시 걱정이 되었다.

"선배님이 걷기 불편하시면 제가 업고 이곳을 빠져나갈까요?"

그러자 그녀는 더욱 화를 내며 말했다.

"내가 늙은이야? 네가 뭘 안다고?"

곽정은 두려워 감히 대답을 못 하고 난감하기만 했다. 그녀를 버려 두고 가자니 어쩐지 마음에 걸렸다. 하는 수 없이 또 물었다.

"뭐 필요하신 게 있으면 제가 가서 구해오겠습니다."

"시원찮아 보이지만 마음씨 하나는 비단 같군."

그녀는 왼손을 뻗어 곽정의 어깨를 잡고 안쪽으로 잡아끌었다. 어깨에 심한 통증을 느끼는 순간 몸은 이미 그녀 앞에 와 있었다. 목에 차가운 냉기가 느껴지는가 싶더니 어느새 그녀의 오른팔이 그의 목에 감겼다.

"날 업고 가."

'원래 그럴 생각이었는데…….'

곽정은 속으로 생각하며 그녀를 업은 채 몸을 굽혀 천천히 통로를 걸어 나갔다. 그녀는 곽정에게 업힌 채 냉정한 목소리로 말했다.

"네 아부를 받아준 것이 아니라, 내가 너한테 날 업으라고 명령을 한 거야."

여자는 자존심이 세고 거만해 후배의 도움을 받고 싶지 않았던 것이다. 동굴 입구에 도착해 둘러보니 온 하늘에 별이 가득 떠 있었다. 곽정은 자기도 모르게 한숨을 내쉬었다.

'그야말로 구사일생이로군. 이 동굴에 누군가 있어 내 생명을 구해줄 줄이야…… 황용에게 이야기해도 믿지 않을 거야.'

그는 마옥과 함께 있을 때 산전수전 다 겪고 온갖 곳을 다닌 터라 비록 그 동굴이 우물처럼 깊었지만 별로 힘들이지 않고 기어오를 수 있었다. 동굴을 빠져나오자, 여자가 갑자기 차가운 목소리로 물었다.

"누구에게 경공술을 배웠지? 어서 대답해!"

여자가 팔에 힘을 주어 곽정의 목을 죄었다. 깜짝 놀란 곽정은 내공을 발하여 저항했다. 그녀는 그의 무공을 시험해보고자 더욱 힘을 주어 죄었다가 시간이 한참 지난 후에야 서서히 풀어주었다.

"흠, 뜻밖인걸. 네 주제에 현문 정종의 내공을 발하다니…… 네가 말한, 부상을 입었다는 왕 도장의 이름이 뭐지?"

'어차피 내 생명을 구해주었으니 그냥 물어도 대답해줄 것인데 왜 무력을 쓰는 거지?'

"왕 도장의 이름은 왕처일입니다. 사람들이 흔히 옥양자라고 부르지요."

이 말을 듣자 그녀는 놀란 듯 몸을 떨더니 가쁜 숨을 몰아쉬며 물었다.

"전진파의 제자냐? 그것…… 그것참, 잘됐군."

목소리에 기쁜 기색을 감추지 못했다.

"왕처일과는 어떤 관계냐? 너는 왜 그를 사부나 사숙, 사백이라고 부르지 않고 도장이라고 부르지?"

"저는 전진파의 제자가 아닙니다. 그러나 단양자 마옥 도장께서 제게 호흡법을 전수해주셨습니다."

"흠, 전진파의 내공을 익혔다니…… 제법이군. 그렇다면 네 사부는 누구냐?"

"총 일곱 분의 사부님이 계십니다. 사람들은 제 사부님들을 강남칠협이라 부르지요. 대사부님은 비천편복이시고, 성은 가씨입니다."

여자는 또 한차례 심한 기침을 하더니 말했다. 목소리가 처량하고 음산했다.

"가진악!"

"맞습니다."

"너는 몽고에서 왔느냐?"

곽정은 이상한 생각이 들었다.

'내가 몽고에서 온 걸 어떻게 알았지?'

그녀가 천천히 입을 열었다.

"네 이름이 양강이지?"

목소리가 더욱 음산했다.

"아닙니다. 저는 곽씨입니다."

그녀는 한참 동안 아무 말도 하지 않다가 입을 열었다.

"거기 앉아라."

곽정은 시키는 대로 땅에 앉았다. 그녀는 품에서 무언가를 꺼내더니 땅바닥에 놓았다. 겉에 싸여 있는 천도 아니고 종이도 아닌 것을 벗기자 눈부시게 빛나는 섬광이 예리한 비수가 드러났다. 굉장히 눈에 익은 비수였다. 집어 들고 보니 칼날이 번뜩일 정도로 예리했고, 손잡이에 '양강'이라는 두 글자가 새겨져 있었다. 바로 곽정이 동시 진현풍을 찔러 죽일 때 쓴 그 칼이었다.

곽소천과 양철심이 구처기로부터 두 자루 칼을 선물 받은 후 서로의 아이가 둘 다 남자면 의형제, 둘 다 여자면 의자매를 맺어주고 만약 각기 아들과 딸이라면 부부의 연을 맺어주기로 약속하고 그 증표로 서로 교환한 바로 그 칼이었다.

그래서 '양강'이라고 새겨진 비수를 곽정이 가지고 있었던 것이다. 그때는 어려서 '양강'이라는 글자를 몰랐다. 하지만 비수의 형태는 어려서부터 많이 보았던 것이라 아주 익숙했다.

'양강? 양강?'

사실 조금 전 왕비로부터 양강이라는 이름을 들었지만 갑자기 생각이 나질 않았다. 한참 생각에 잠겨 있는데, 여자가 비수를 빼앗으며 소리를 쳤다.

"너, 이 칼을 기억하겠지?"

만약 곽정이 조금만 더 청각이 예민했더라면 그녀의 비장한 고함소리를 듣고 무언가 눈치를 챘을지도 모른다. 그러나 곽정은 그저 그녀가 자신의 생명을 구해주었기 때문에 당연히 좋은 사람일 것이라고만 믿고 전혀 의심하지 않았다. 그리하여 그만 사실대로 대답하고 말았다.

"그래요, 어릴 때 이 칼로 아주 나쁜 사람을 한 명 죽인 적이 있어요. 그런데 칼로 찌르자마자 그 나쁜 사람은 어디론가 사라져버렸고, 그때 이 칼도 함께……."

갑자기 목이 죄어와 숨을 쉴 수가 없었다. 팔을 돌려 뒤로 밀쳐냈지

내가 이겼어요

만 즉시 손목을 붙잡히고 말았다. 그녀는 오른손에 힘을 빼고 미끄러지듯이 곽정의 옆에 앉아 소리를 쳤다.

"내가 누군지 똑똑히 보아라!"

# 나도 한때는 아름다웠다

곽정은 목이 죄어 눈앞이 캄캄해졌다가 다시 정신을 차리고 그녀를 자세히 보았다. 잠시 후 머리를 풀어 헤치고 백지장처럼 핏기 없는 얼굴의 그녀가 바로 동시 진현풍의 아내임을 알고 혼비백산했다. 왼손을 내밀고 발버둥 쳐봤으나 그녀의 손가락은 이미 곽정의 살을 파고들었다. 곽정은 머리가 극도로 혼란스러웠다.

'어떻게 이 여자가? 이 여자가 내 생명을 구했단 말인가? 말도 안 돼. 그렇지만 분명히 매초풍인걸.'

매초풍은 땅에 앉아 오른손으로 곽정의 목을 죄고 왼손으로 그의 손목을 잡았다. 10년 넘게 찾아다녀도 종적이 없던 원수가 제 발로 걸어 들어오다니 남편의 혼이 지하에 살아 있어 원수를 데려다준 게 아닌가 하는 생각이 들었다. 그러나 동시에 온갖 옛날 일이 하나하나 떠올라 슬픔에 젖어들었다.

"난 원래 아무것도 모르는 천진난만한 소녀였지. 부모님의 사랑을 한 몸에 받고 자랐어. 그땐 이름이 매약화梅若華였어. 불행히도 부모님이 연이어 세상을 떠나신 후 나쁜 사람들에게 많은 고초를 당했는데…… 사부이신 황약사께서 나를 구해 도화도로 데려가 무공을 가르치고, 이름도 매초풍으로 바꿔주셨어. 사부님의 제자들은 모두 풍風자 돌림이었거든. 진현풍이라는 사형이 있었는데, 눈썹도 진하고 눈도 컸지. 붉고 잘 익은 복숭아를 내게 따주기도 하고, 무공도 가르쳐주면서 나를 극진히 대했어. 때론 내가 열심히 하지 않는다고 심하게 야단치기도 했지만 모두 나를 위해서라는 걸 난 알고 있었어. 사형이 제2대 제자였고, 난 제3대 제자였지. 우린 함께 무술 연습을 하며 자랐는데, 그러면서 은연중에 사형의 마음속엔 내가 있었고, 내 마음속에도 사형이 자리 잡았지. 그러던 어느 봄날 저녁, 복사꽃이 만발하게 핀 날 복숭아나무 밑에서 사형이 갑자기 나를 꼭 껴안았어."

매초풍의 얼굴에 순간 홍조가 감돌았다. 숨이 가빠지긴 했지만 간간이 내뱉는 탄식 소리는 조금 온화해져 있었다. 매초풍과 진현풍은 사부 몰래 부부의 연을 맺고 그로 인해 받게 될 벌이 두려워 은밀히 섬을 빠져나왔는데, 나올 때 사부의 〈구음진경〉 하권을 훔쳐 깊은 산속에서 열심히 무공을 익혔다. 그러나 한 반년이 지나자 나머지 상권이 없으면 책 중의 많은 부분을 이해할 수 없다는 사실을 깨달았다.

"남편은 그때 이렇게 말했지. '〈구음진경〉을 하권밖에 훔치지 못했는데 나머지 상권에 무공의 기초와 내공을 수련하는 비결이 적혀 있소. 상권이 없으면 더 이상 무공을 익힐 수가 없으니 어쩌면 좋겠소?' 나는 달리 무슨 수가 없으니 포기하자고 했지만, 남편은 오히려 도화도로 되돌아가자더군. 우리 둘 모두의 무공을 합해도 사부님의 손가락 하나 건드리지 못할 것을 뻔히 아는데 어찌 감히 도화도로 돌아갈 수 있겠어? 하지만 남편은 책 속에 쓰인 많은 오묘한 무공의 비결을 보고 결코 나머지 절반을 포기하지 못하겠던지 기어코 가야겠다는 거야. 우리 부부가 천하무적이 되든지, 내가 과부가 되든지 둘 중 하나라며 선택을 하라고 했지. 어떻게 과부가 될 수 있겠어? 하는 수 없이 나도 남편을 따라 목숨 걸고 다시 도화도로 되돌아갔지.

수소문을 해보니 우리가 도망간 걸 알게 된 사부님은 크게 노하셔서 제자들의 다리 근육을 모두 끊어 섬에서 내쫓아버리고, 두 부부와 시중드는 사람 몇만 남아 있다고 하더군. 우리는 두려웠지만 조심스럽게 섬에 올랐지. 바로 그때 사부님의 적이 섬을 찾아왔어. 사부님과 그는 〈구음진경〉에 대한 일로 한참을 다투더니 곧 무공을 사용하기 시작하더군. 그 사람은 전진교 사람이었는데, 겉보기엔 어수룩해 보여도 무공은 뛰어났어. 얼마나 뛰어난지 나로선 상상도 못 할 정도였는데, 사부님은 역시 그자보다 더 뛰어나더군. 우린 보기만 해도 너무나 두려워 벌벌 떨었어. 내가 절대 불가능하니 빨리 도망가자고 했지만 남편은 들으려 하지 않았어. 사부님은 적을 제압한 다음 그자에게 절대 섬을 떠나 도망가지 않겠다는 독한 맹세를 시켰지.

내가 섬에서 자랄 때 사모님이 나를 자상하게 돌봐주셨기 때문에 얼굴이라도 뵙고 싶어서 창밖으로 몰래 들여다봤더니 뜻밖에 사모님의 빈소가 차려져 있더군. 알고 보니 사모님은 이미 돌아가셨던 거야. 정말 너무 슬퍼 견딜 수가 없었어. 사부님과 사모님 모두 나에게 친부모님처럼 잘해주셨는데, 이제 사모님이 돌아가시고 안 계시면 사부님 혼자 얼마나 외로우실까……. 죄송한 마음에 그만 울음이 터져 나왔지. 그런데 문득 사모님의 빈소 옆에서 한 여자아이가 의자에 앉아 나를 보고 웃는 거야. 사모님하고 꼭 닮은 아이였어. 사모님은 혹시 저 아이를 낳다가 돌아가신 게 아닐까 하는 생각을 하고 있는데, 그만 사부님이 우릴 발견하고 말았어. 빈소 옆에서 날듯이 다가오시더군. 아, 난 손발이 녹아내릴 듯 놀랍고 무서워서 움직일 수가 없었어. 그런데 그때 그 조그만 아이가 해당화같이 활짝 웃으며 안아달라는 듯 양팔을 벌리고 사부님을 가로막는 거야. 그 아이가 우릴 살린 셈이지. 사부님은 아이가 다칠세라 손을 뻗어 안아주었어.

그 틈에 남편은 나를 잡아끌고 정신없이 배가 있는 곳으로 도망쳐 섬을 빠져나왔어. 심장이 쿵쾅쿵쾅 뛰는 게 몸 밖으로 튀어나오기라도 할 것 같았지. 남편도 사부님과 그자가 겨루는 모습을 보고 나서는 포기를 하더군. 사부님의 발끝도 따라가지 못할 뿐만 아니라 전진교의 고수도 우리와 비교가 안 된다며 포기하기에 내가 후회하느냐고 물었지. 그냥 사부님 곁에 있었다면 언젠가는 사부님처럼 될 수도 있었을 텐데……. 그러나 남편은 내가 후회하지 않는 한 자신도 후회하지 않노라고 대답하더군.

하는 수 없이 남편은 자신이 생각한 방식대로 무공을 익혔고, 내게도 그렇게 가르쳐주었어. 비록 원래 방식과는 많이 달랐을 테지만 어쨌든 우리는 상당한 무공을 익히게 되었어. 우린 무공을 익힌 뒤 강호를 돌아다니다 어느새 흑풍쌍살이라는 별명을 얻었지.

비천신룡 가벽사를 남편이 죽였는지 내가 죽였는지 기억은 잘 나지 않아. 누가 죽였든 마찬가지겠지만……. 그러던 어느 날, 우리가 빈 절에서 최심장을 익히고 있는데, 갑자기 사방팔방에서 수십 명의 사람이 우릴 포위해왔어. 바로 사제 육승풍陸乘風이 우리 때문에 사부님한테 쫓겨난 게 억울해 우릴 잡아 사부님께 바치려고 놈들을 이끌고 온 거야. 다시 사부님의 제자로 들어갈 생각이었겠지만, 우리가 순순히 잡힐 리가 없었지.

결국 우린 예닐곱 명을 죽인 다음 겨우 포위를 뚫고 도망쳤어. 그러나 그때 나도 상당히 큰 부상을 입었지. 몇 달이 지나지 않아 우린 또 우연히 전진교 도사도 우릴 뒤쫓고 있다는 사실을 알았어. 그들 모두와 겨뤄서 이길 순 없었어. 적을 너무 많이 만들었던 거야. 우린 할 수 없이 중원을 떠나 멀리 몽고의 대초원으로 갔지.

남편은 하루 종일 누군가 〈구음진경〉을 훔쳐갈까 봐 걱정을 했어. 심지어는 내게도 보여주지 않았지. 나도 그가 어디다 숨겨놓았는지 몰랐고, 안 보면 그만이라고 생각했어. 남편은 모두 나를 위해서라고 하더군. 내 성격에 책을 보면 반드시 모조리 익히려 할 텐데 나머지 절반이 없기 때문에 제대로 익히지 못해 어쩌면 다치게 될지도 모른다는 거였어. 우린 계속 무공을 닦아 구음백골조와 최심장을 익혔지. 남편 말로는 이 두 가지는 외공이기 때문에 내공을 다칠 염려가 없다는 거였어. 그때 갑자기 깊은 밤 황량한 산속에서 강남칠괴가 우릴 에워쌌어. 내 눈! 내 눈! 눈이 너무 아프고 쓰라렸지. 난 기를 모아 독약에 저항했지만 참을 수 없을 만큼 괴로워 땅바닥을 굴렀어. 고통 때문에 거의 기절할 지경이었지. 난 죽진 않았지만 눈을 잃었고, 남편은 결국 목숨을 잃었어. 우리가 가진악의 형을 죽이고 그의 눈을 멀게 만든 것에 대한 업보였던 거야."

매초풍은 아픈 기억을 떠올리자 자기도 모르게 두 손을 꼭 쥔 채 이를 악물었다. 그녀에게 잡혀 있는 곽정의 왼쪽 손목이 끊어질 듯 아팠다.

'난 죽은 목숨이로구나. 어떤 지독한 방법으로 죽일까?'

그런 생각을 하던 곽정이 입을 열었다.

"이봐요, 나도 살 거라고 생각지 않으니 기왕 이렇게 된 거 한 가지 만 부탁합시다."

매초풍이 냉랭하게 말했다.

"부탁이라고?"

"그래요. 내가 가지고 있는 이 약들을 성 밖 안고객잔에 있는 왕 도 장께 좀 가져다주시오. 제발 부탁입니다."

매초풍은 아무 말도 하지 않고 냉정한 눈초리로 그를 바라보았다.

"들어주는 거죠? 고마워요!"

"흥, 고맙긴! 살면서 좋은 일 한 번 한 적이 없는데."

매초풍은 살면서 얼마나 많은 고초를 겪었는지, 얼마나 많은 사람 을 죽였는지 기억조차 나지 않았다. 그러나 남편이 죽던 그날 밤의 상 황은 아직도 기억이 생생했다.

"눈앞이 갑자기 캄캄해지면서 전혀 앞을 볼 수가 없었지. 남편이 말 했어. '난 이미 틀렸소. 〈구음진경〉은 가슴에…….' 이것이 남편의 마지 막 말이었어. 갑자기 비가 억수같이 쏟아지면서 강남칠괴가 나를 향해 공격해왔지. 등에 일장을 맞았는데, 그들의 내공이 얼마나 강하던지 뼛속까지 아파왔어. 나는 남편의 시체를 안고 산 밑으로 도망갔어. 이 상하게도 쫓아오지 않더군. 아마도 비가 그렇게 퍼붓고 사방이 어두워 그들도 나를 볼 수 없었던 거지.

난 빗속을 뚫고 미친 듯이 달렸어. 처음엔 남편의 몸에 아직 온기가 남아 있었는데 점점 싸늘하게 식어가더군. 나도 점점 추워졌어. 온몸이 부들부들 떨렸지. '당신 정말 죽은 거예요? 그렇게 무공을 익혀놓고 이렇게 허무하게 죽는 거예요? 누가 당신을 죽였죠?' 난 그렇게 울부짖으며 남편의 배에 박힌 비수를 뽑았어. 피가 뿜어져 나왔지. 나도 남편을 따라 죽기로 결심했어. 내가 옆에 없으면 남편이 저승에서 얼마나 허전하겠어? 난 칼끝을 혀 밑에 갖다 대었어. 혀 밑이 내 급소, 즉 연문이거든. 그때 문득 칼에 새겨진 글씨가 만져졌어. 자세히 더듬어보니 양강이라고 새겨져 있더군. 아, 양강이라는 자가 죽였다고 확신했지. 이 원수를 어찌 갚지 않을 수 있겠어? 죽더라도 우선 양강이란 자를 죽이고 나서 죽어야지. 그래서 남편의 품속을 더듬어 〈구음진경〉을 찾았지. 그런데 온몸을 뒤져도 책은 없었어. 난 머리끝부터 발끝까지 다시 샅샅이 뒤지기 시작했어. 그런데 그의 가슴을 더듬을 때 문득 피부가 좀 이상하다는 걸 느꼈지."

회상이 이에 미치자, 목에서 고통 어린 웃음소리가 새어나왔다. 마치 비가 퍼붓던 그날, 황량한 그 숲속으로 되돌아가 있는 듯했다. 그녀는 다시 입을 열었다.

"자세히 만져보니 가슴 피부에 깨알 같은 글씨와 그림이 새겨져 있었어. 그렇게 걱정하더니 결국 책 내용을 바늘로 가슴에 새겨놓고 책을 없앴던 거야. 사부님같이 대단한 분도 책을 빼앗겼잖아? 가슴에 새겨두면 그가 살아 있는 한 책도 그의 것이 되는 셈이지. 난 칼로 남편의 가슴 부분의 가죽을 벗겨냈어. '잘 보관할게요. 이것이 있는 한 난 당신과 함께 있는 거예요.' 그런 생각을 하고 나니 이제 슬프지 않았어. 그런데 갑자기 누가 하하, 웃더군. 웃음소리가 너무 음산하고 공포스러웠어. 알고 보니 내가 웃고 있더군. 난 손으로 땅을 파고 남편을 거기 묻었어. 남편이 내게 구음백골조를 가르쳐줬는데 결국 그걸로 남편을 장사 치른 셈이지.

난 강남칠괴에게 잡힐까 두려워 동굴을 찾아 숨었어. 그때 이를 악물고 다짐했지. '지금은 내가 적수가 아니지만 무공을 다 익힌 다음 두고 보라지, 그놈들의 머리를 하나하나 뭉개버릴 테니! 나머지 절반에 있는 내공을 익히지 않고 그 책을 함부로 익히면 다친다고? 흥! 다치면 다치라지, 죽음도 두렵지 않은데 다치는 것쯤이야.' 만약 남편이 그 책을 가슴에 새겨놓지 않았다면 장님이 된 내가 어떻게 볼 수 있었겠어? 몇 년 동안 남편이 절대 내 앞에서 웃옷을 벗지 않았는데, 그게 다 이것 때문이었던 거야……"

그녀는 얼굴을 붉히며 긴 한숨을 내쉬었다.

"다 끝난 일이야. 이틀이 지나자 배가 너무 고팠어. 그때 문득 말을 탄 사람 여럿이 동굴 근처를 지나가는 소리가 들렸어. 금나라의 여진족 말을 쓰더군. 난 그들에게 먹을 것을 좀 달라고 구걸했어. 그랬더니 무리를 이끌던 왕야가 나를 보고 불쌍한 생각이 들었던지 나를 거두어 왕부로 데려왔어. 나중에야 그 사람이 대금국의 여섯째 왕자 조왕야인 걸 알았지. 난 후원에서 청소하는 일을 맡았어. 낮엔 청소를 하고 밤엔 몰래 무공을 익혔지. 그렇게 몇 년이 지났지만 모두들 날 불쌍한 장님으로만 볼 뿐 나의 실체를 전혀 눈치채지 못했어.

어느 날 밤, 장난이 심한 소왕야가 한밤중에 후원으로 새알을 찾으러 왔어. 아무 소리도 내지 않고 조용히 왔기 때문에 나는 그를 못 봤는데, 그는 나를 봤던 거지. 내가 무공을 익히고 있는 모습을 본 소왕야는 자기에게도 가르쳐달라고 졸라대기 시작했어. 난 그저 장난삼아 세 초식 정도를 가르쳐줬는데, 배우자마자 금세 익히더라고. 참 영리했지. 재미가 나서 이것저것 가르쳐주기 시작했어. 나중엔 구음백골조며 최심장이며 모든 무공을 다 전수해줬지. 난 그에게 아무에게도 이 사실을 절대 말하지 말라고 단단히 맹세시켰어. 만약 한마디라도 새어나가면 당장 머리를 찍어버리겠다고 위협했지. 소왕야는 원래 다른 무공을 익히고 있었기 때문에 기초가 탄탄했어. 소왕야가 그러더군. 자기에게 또 다른 남자 사부가 있는데, 사람도 별로고 자기를 좋아하지도 않는다고. 게다가 그의 무공이 나에 비하면 형편없어서 배워도 별 소용이 없다는 거야. 흥! 그 말을 들으니 기분이 나쁘진 않더군. 사실 그 남자 사부도 무공이 상당한 사람이었을 거야. 어쨌든 아무에게도 말하지 않도록 단단히 다짐을 받았지.

또 몇 년이 지났어. 왕야가 몽고로 간다더군. 소왕야가 아버지에게 남편 묘에 가서 제사를 지낼 수 있도록 나도 데려가달라고 부탁했어. 왕야는 워낙 총애하는 아들의 부탁인지라 당연히 승낙했지. 아, 남편을 묻은 자리를 어떻게 찾겠어? 게다가 남편의 살과 피부가 내 곁에 이렇게 남아 있는데 가서 제사는 지내 뭐 하겠어? 그저 강남칠괴를 찾아 복수하려고 따라간 거지. 그런데 재수도 없지. 전진교의 일곱 제자도 모두 몽고에 있었던 거야. 난 눈도 보이지 않는데 어떻게 그들 일곱의 적수가 되겠어? 그 단양자 마옥은 내공이 얼마나 대단한지 전혀 힘들이지 않고 가만가만 얘기해도 말소리가 저 멀리까지 들리잖아. 그래도 몽고에 간 게 아주 헛일은 아니었어. 마옥이 내가 묻는 말에 엉겁결에 대답을 했거든. 그 말이 내공의 진결眞訣을 익히는 데 큰 힘이 되었지. 왕부로 돌아온 난 지하에 굴을 파고 열심히 수련했어. 이틀 동안 난 그야말로 열심히 그가 알려준 내공 진결에 따라 수련을 했지. 그런데 그만 몸속의 강한 기가 순식간에 단전으로 모이더니 다시는 올라오지 않더군. 내공을 익히려면 정말로 누군가의 지도가 필요했던 거야. 그때부터 하반신을 쓸 수가 없게 되었어. 난 소왕야에게 나를 찾아오지 못하도록 명령했어. 내가 내공을 익히다 실수로 주화입마가 되었다는 걸 소왕야는 알 턱이 없었지. 만약 네놈이 동굴로 뛰어들지 않았더라면 난 아마 굶어 죽었을 거야. 남편의 혼이 널 꾀어 이리 데리고 온 거야. 나는 살아나고 복수까지 할 수 있도록 널 보내준 거지. 하하…… 하하! 흥! 하하하하……!"

매초풍은 미친 듯이 웃으며 몸을 흔들어댔다. 그러고는 갑자기 오른손에 힘을 주더니 곽정의 목을 죄기 시작했다. 곽정은 손으로 그녀의 손목을 잡고 밖을 향해 밀어냈다. 마옥의 현문 정종 내공을 직접 전수받았기 때문에 곽정의 내공도 만만치 않았다.

매초풍은 목을 죄기는커녕 오른손이 곽정의 힘에 밀려나자 속으로 깜짝 놀랐다.

'내공이 상당하군!'

연속해서 세 번을 죄어봤지만 모두 곽정의 장력에 밀려났다. 매초풍은 긴 광음을 내지르며 손을 들어 곽정의 정수리를 내리쳤다. 이것은 그녀의 최심장 중 절초絶招였다.

곽정은 무공이 그녀보다 훨씬 못한 데다 왼손이 잡혀 있는 상태여서 반격을 할 수가 없었다. 하는 수 없이 오른손을 들어 죽을힘을 다해 매초풍의 공격을 받아냈다. 매초풍은 곽정의 손과 부딪치자 팔에 상당한 충격을 느껴 얼른 공격의 기세를 거두어들였다.

'내공 수련법을 몰라 혼자 수련하다 반신불수가 됐는데……. 방금 이놈이 마옥에게서 전진파의 내공을 배웠다고 했지. 이놈을 위협해서 무공의 비결을 배운 다음 죽여도 늦지 않겠지. 복수에 정신이 팔려 중요한 걸 놓칠 뻔했군. 이놈을 아직 죽이지 않아서 다행이야.'

매초풍은 또다시 손을 돌려 곽정의 목을 조였다.

"내 남편을 죽였으니, 죽을 각오는 되어 있겠지? 그러나 만약 내 말을 들으면 고통 없이 죽여주겠다. 그러지 않으면 천천히, 고통스럽게 죽게 될 거다. 너의 손가락 하나하나를 물어뜯어서 하나씩 하나씩 먹어주겠다."

그녀는 내공을 수련하다 반신불수가 된 이래 지금까지 며칠 동안 아무것도 먹지 못했다. 그렇기 때문에 곽정의 손가락을 먹는다는 것이 꼭 위협만은 아니었다. 곽정은 온몸에 소름이 끼쳤다. 그녀의 날카로운 이빨을 보며 감히 아무 말도 할 수 없었다.

"마옥이 네놈에게 타좌打坐를 할 때 어떻게 하라고 가르치더냐?"

곽정은 곧 그녀의 의도를 알아차렸다.

'나의 내공을 배우려는 것이로군. 이후에 틀림없이 사부님들을 해치려 할 텐데, 죽으면 죽었지 어찌 이 악독한 여자에게 내공을 가르쳐줄 수 있단 말인가?'

곽정은 눈을 꼭 감은 채 아무 말도 하지 않았다. 매초풍은 곽정의 손목을 쥔 왼손에 더욱 힘을 주었다. 손목이 뼛속까지 아파왔다. 그러나 곽정은 이미 굳은 결심을 했기 때문에 결코 굴하지 않았다.

"내게서 내공을 배울 생각이라면 포기하는 게 좋을 것이오."

매초풍은 그의 강경한 모습을 보고는 손을 놓고 달래듯 말했다.

"네가 내 부탁을 들어준다면 왕처일에게 약을 가져다주어 그의 생명을 구하겠다."

'아, 어쩌지? 약을 꼭 갖다드려야 하는데……. 이 여자는 하반신을 쓸 수 없으니 설마 사부님들이 이 여자에게 당하지는 않겠지?'

곽정은 마지못해 승낙하기로 마음먹었다.

"좋아요. 내가 시키는 대로 굳게 맹세한다면, 마 도장이 내게 가르쳐준 내공의 비법을 알려주겠어요."

매초풍은 뛸 듯이 기뻐했다.

"만약 네가 전진교의 내공을 내게 가르쳐줬는데, 나 매초풍이 왕처일에게 약을 가져다주지 않는다면 그날로 내 몸은 영원히 마비될 것이다."

그런데 매초풍의 말이 끝나자마자 갑자기 왼쪽 조금 떨어진 곳에서 누군가가 악을 쓰며 욕하는 소리가 들렸다.

"쥐새끼 같은 놈! 빨리 나오지 못할까!"

곽정이 들으니 목소리의 주인공은 바로 후통해였다. 또 다른 한 사람이 대답했다.

"이 계집년이 틀림없이 근처에 있을 겁니다. 멀리 도망가지 못했을 테니 안심하세요."

곽정은 깜짝 놀랐다.

'황용이 아직 가지 않았구나. 저들에게 들킨 모양인데?'

곽정은 문득 좋은 생각이 떠올라 매초풍에게 말했다.

"부탁이 하나 더 있는데, 들어주지 않으면 날 아무리 괴롭힌다고 해도 절대로 내공의 비결을 알려주지 않겠어요."

"부탁은 또 무슨 부탁? 시끄러워!"

"친구가 하나 있는데 어린 여자아이예요. 왕부의 고수들이 그 애를 쫓고 있는 모양이니, 당신이 구해주세요."

매초풍은 흥, 하고 코웃음을 쳤다.

"내가 그 애가 어디 있는 줄 알고 구해준단 말이냐? 쓸데없는 소리 집어치우고 어서 빨리 내공의 비결을 말해라!"

매초풍이 팔에 힘을 주자 곽정은 목이 쥐어 숨조차 쉴 수 없었지만 결코 조금도 굴하지 않았다.

"당신이…… 그녀를…… 구해줘야…… 나도……."

매초풍은 하는 수 없이 승낙했다.

"좋다. 강호를 누비던 이 매초풍이 너 따위 녀석에게 쩔쩔매다니……. 그 애가 네 애인이라도 되느냐? 주제에 의리는 있구나. 그러나 명심해라. 그 여자애는 살려주겠지만 네놈은 살려줄 수 없다."

곽정은 크게 기뻐 목소리를 높여 황용을 불렀다.

"용아! 이리 와, 용아!"

곽정이 부르자마자 바로 옆 장미꽃 덤불 사이에서 황용이 뛰어나왔다.

"나 아까부터 여기 있었어요."

"황용! 빨리 와. 이 사람이 널 구해주기로 했으니 아무도 널 괴롭히지 못할 거야."

황용은 장미꽃 덤불 속에서 곽정과 매초풍의 대화를 상당 부분 엿들었다. 그녀는 곽정이 목숨을 돌보지 않고, 자기를 걱정해주자 고마운 마음에 두 눈에서 뜨거운 눈물이 흘러내렸다.

황용이 매초풍을 향해 소리를 질렀다.

"매약화! 빨리 손을 놓아요."

매약화는 매초풍이 황약사를 사부로 모시기 전에 사용하던 이름이기 때문에 강호에서는 아는 사람이 없었다. 매초풍조차도 지난 수십 년 동안 매약화라는 이름을 들어본 적이 없었다. 그런데 갑자기 누군가 자기의 본명을 부르자 깜짝 놀랐다.

매초풍은 떨리는 목소리로 물었다.

"넌 누구냐?"

"복사꽃 그림자 사이로 신검이 춤을 추고, 옥퉁소 소리에 푸른 물결 일렁인다桃花影落飛神劍 碧海潮生按玉簫. 난 황용이에요."

매초풍은 더욱 놀라움을 감추지 못했다.

"너는…… 너는……."

"제가 뭐요? 동해 도화도의 탄지봉, 청음동, 녹죽림, 시검정을 아직 기억하고 있나요?"

모두 매초풍이 무예를 익히던 곳들이었다. 수십 년 만에 이런 이름을 들으니 그야말로 무수한 상념이 떠올랐다. 매초풍은 떨리는 목소리로 물었다.

"도화도의 황…… 황 사부님이 너와 어떻게 되시느냐?"

"흥! 아직 우리 아버지를 잊지는 않았군요. 아버지도 당신을 잊지 않고 있어요. 곧 당신을 보러 이리로 오실 거예요."

매초풍은 이 말을 듣자 당장 도망이라도 가고 싶었지만 마비된 하반신을 움직일 수가 없었다. 너무 놀랍고 두려운 나머지 덜덜 떨며 어찌해야 할 바를 몰랐다.

"빨리 그를 놓아주세요!"

그때 문득 떠오르는 생각이 있었다.

'사부님은 결코 도화도를 떠나지 않겠다고 굳게 맹세하셨는데, 어떻게 이곳에 오실 수가 있지? 나와 남편이 〈구음진경〉을 훔쳤을 때도 사부님께서는 이 맹세 때문에 화만 내실 뿐 우릴 쫓아오지 못하셨는데…… 속지 않도록 조심해야지.'

황용은 매초풍이 망설이는 모습을 보자 왼발에 힘을 주어 몸을 위로 솟구쳤다. 그러곤 공중에서 두 바퀴를 돌고 떨어져 내리며 매초풍의 머리를 내려쳤다. 이것은 바로 낙영신검장落英神劍掌 중 강성비화江城飛花라는 초식이었다.

"아버지가 당신에게 가르쳐주셨던 이 초식을 아직 기억하고 있겠죠?"

매초풍은 그녀가 공중에서 바람을 가르며 몸을 돌리는 소리를 듣고 더 이상 의심의 여지가 없음을 알았다. 매초풍은 손을 들어 가볍게 황용의 공격을 물리쳤다.

"사매! 우리, 말로 하자. 사부님은 어디 계시지?"

황용은 땅으로 내려앉으며 손으로 곽정을 잡아 자기 쪽으로 끌어당겼다. 이 황용이 바로 도화도 도주 황약사의 외동딸이었던 것이다. 그녀의 어머니는 출산이 곧 다가오는 시기에 적들이 섬으로 쳐들어오는 바람에 결국 그녀를 낳다 난산으로 숨졌다. 황약사가 모든 제자를 내쫓았기 때문에 섬에는 황약사와 딸 두 사람, 그리고 시중드는 하인들뿐이었다.

황약사는 동사東邪라는 별명이 있을 정도로 행동이나 성격이 괴팍

하고, 세상의 모든 예의범절 등을 하찮게 여기는 사람이었지만, 자기 딸만큼은 목숨보다도 더 사랑해 뭐든지 해달라는 대로 다 해주며 애지중지 키웠다. 그러다 보니 황용은 무엇이든 하고 싶은 대로 해야 직성이 풀리는 고집 센 성격으로 자랐다. 그녀는 상당히 영리했지만 무공에는 별 관심이 없었고, 황약사가 정통한 음양오행陰陽五行이니, 산경술수算經術數 등을 배우려 들었다. 황약사는 비록 한 파의 종주宗主로서 무공이 신출귀몰한 경지에 이르렀지만, 나이 어린 황용은 그저 도화도 무공의 문턱이나 겨우 넘은 정도였다.

어느 날, 황용은 섬의 이곳저곳을 돌아다니다가 우연히 황약사가 적들을 가두어놓은 동굴을 발견했다. 심심하던 차에 안에 갇혀 있는 사람과 대화를 나누었는데, 어찌나 이야기를 재미있게 하던지 그 뒤로 종종 그 사람을 찾아가곤 했다.

그러던 어느 날, 황약사에게 들켜 크게 야단을 맞았다. 평소 야단을 맞은 적이 거의 없던 황용은 아버지에게 서운하고 화가 난 나머지 혼자 배를 타고 도화도를 떠나버렸다. 섬을 떠난 황용은 가난한 소년의 복장을 하고 이곳저곳을 돌아다녔다. 아버지에 대한 일종의 반항 심리가 생겼던 것이다.

'어차피 아버지가 더 이상 날 사랑하지 않는다면 이 세상에서 제일 불쌍한 거지가 되어줄 테니 두고 보세요!'

그러다가 장가구에서 곽정을 만났다. 그녀가 처음에 곽정으로 하여금 돈을 함부로 쓰도록 한 것도 사실 아버지에 대한 원망을 곽정에게 풀려는 의도에서였다. 그런데 뜻밖에 곽정은 전혀 개의치 않고 성심성의껏 자기를 대해주었다. 그리고 마치 오랜 친구처럼 마음이 잘 맞았고, 황용을 위해 선뜻 옷과 말을 내주며 따뜻한 관심을 보였다. 외롭고 적막하던 차에 이런 호의를 받자 자연히 고마운 마음이 들었고, 그때부터 둘은 친구가 된 것이다.

황용은 전에 아버지에게 진현풍과 매초풍에 대한 이야기를 자세히 들은 적이 있기 때문에 매초풍의 어릴 때 이름을 알고 있었다. '복사꽃 그림자 사이로 신검이 춤을 추고, 옥통소 소리에 푸른 물결 일렁인다'는 도화도 시검정 양편에 쓰여 있는 대련對聯인데, 여기에는 황약사의 심오한 무공 비결이 숨어 있어 도화도의 제자라면 모르는 사람이 없었다. 황용은 무공으로는 매초풍을 이길 수 없다는 사실을 잘 아는 터라 황약사가 곧 이리 온다고 거짓말을 한 것이다. 과연 매초풍은 그 말을 듣자마자 깜짝 놀라 곽정을 풀어주었다.

'사부님이 이곳에 오시면 날 어떻게 벌하실까?'

매초풍은 황약사의 단호하고 신랄한 성격을 떠올리자 마치 그의 엄한 얼굴이 바로 앞에 있기라도 한 듯 온몸이 사시나무 떨 듯 떨렸다. 그녀는 땅에 엎드려 울먹였다.

"죽을죄를 지었습니다. 이미 장님에 반신불수가 된 제자를 불쌍히 여기셔서 목숨만은 살려주십시오. 정말 짐승만도 못한 짓을 했습니다. 용서해주세요."

그러다 문득 황약사가 자기에게 잘해주었던 일이 생각나 가슴 한구석에 슬픔과 비애가 밀려들며 부끄러운 마음이 들었다.

"아닙니다. 죽어 마땅합니다. 사부님 뜻대로 처벌해주십시오."

곽정은 절벽 끝에서 적들에게 둘러싸여서도 눈 하나 깜짝하지 않던 악하고 독한 매초풍의 모습만 봤는데, 황용의 아버지 이야기에 이토록 벌벌 떠는 모습이 이상하기만 했다.

황용은 속으로 웃음을 참지 못하며 곽정의 손을 잡고 담 쪽을 가리켰다. 두 사람이 막 담장을 넘어 도망가려는데, 뒤에서 누군가 크게 웃는 소리가 들렸다. 돌아보니 바로 구양극이 부채를 펴 들고 웃으며 걸어오고 있었다.

"다시는 네게 속지 않을 테다."

황용은 구양극의 무공이 얼마나 대단한지 이미 경험했다. 일단 구양극의 손에 걸린 이상 도망갈 수 없으리라는 생각이 들었다. 황용은 매초풍을 향해 말했다.

"매 사저, 아버지는 제 말이라면 뭐든지 들어주세요. 제가 대신 잘 말씀드릴게요. 언니가 공을 좀 세우신다면 아버지께서도 용서해주실 거예요."

"무슨 공을 세우라는 거야?"

"나쁜 사람들이 저를 괴롭히고 있어요. 내가 일부러 지는 척할 테니 언니가 날 도와 저들을 물리쳐주면, 아버지가 반드시 기뻐하실 거예요."

매초풍은 황용이 아버지께 잘 말씀드려준다는 말을 듣자 기운이 솟았다. 그사이 구양극이 네 명의 첩을 데리고 가까이 다가왔다. 황용은 곽정의 손을 잡고 매초풍의 뒤로 숨었다. 매초풍과 구양극이 싸우기 시작하면 그 틈에 몰래 도망갈 생각이었다.

구양극은 매초풍이 머리를 풀어 헤치고 구질구질한 차림으로 땅바닥에 앉아 있는 모습을 보고 전혀 안중에 두지 않았다. 그는 부채를 들어 그녀의 손목을 내리쳤다. 그러나 부채를 내리치는 동시에 급히 뛰어올라 피할 수밖에 없었다. 매초풍의 반격이 놀랍도록 빨랐던 것이다. 팍! 팍! 팍! 팍!

"아!"

"윽!"

"억!"

"아!"

연이은 비명 소리와 함께 구양극의 옷이 찢겨 나갔고, 부채는 두 동강이 났다. 구양극이 뒤돌아보니 네 명의 첩이 모두 땅바닥에 쓰러진 채 죽어 있었다.

가까이 가서 보니 네 명 다 정수리가 찍혀 피와 골수가 다섯 개의 구멍에서 흘러나오고 있었다. 듣도 보도 못한 신속하고 악랄한 수법이었다. 구양극은 너무 놀라고 화가 났다. 그러나 매초풍이 하반신을 못 쓴다는 사실을 발견하고 두려운 마음이 크게 가셨다. 그는 곧 집안 대대로 전해지는 신타설산장神駝雪山掌을 전개해 유유히 공격을 가했다. 그러나 매초풍의 날카로운 열 손가락이 휙 바람을 가르며 몸을 찍으려 하는 통에 아예 가까이 갈 수조차 없었다.

황용이 막 곽정의 손을 잡고 도망가려는 순간 등 뒤에서 "에잇" 하는 소리와 함께 후통해의 쌍장이 황용을 공격해왔다. 황용은 몸을 약간 옆으로 비켜 피했다. 후통해가 희색이 만면하여 황용의 어깨를 잡으려는 순간, 그녀가 연위갑을 입고 있다는 생각이 문득 떠올랐다. 후통해는 큰 소리를 지르며 쌍장을 급히 움츠려 방향을 바꿨다. 그런데 하필이면 자기 이마의 혹을 내리치고 말았다. 후통해는 어찌나 아픈지 비명을 질렀다.

"으아악……!"

이런 판국이니 초식을 바꿔 황용의 머리채를 잡을 여유가 있을 리 없었다. 그때 사통천, 양자옹, 팽련호 등이 연이어 도착했다. 양자옹은 구양극의 옷이 찢긴 채 낭패를 당한 모습을 보고 그녀가 바로 동굴에서 만난 귀신 같은 여자라는 것을 알았다. 그는 큰 소리를 지르며 그녀를 공격했다. 사통천 등도 매초풍의 악랄한 초식을 보며 크게 놀랐다.

'대체 어디서 갑자기 이렇게 무공이 뛰어난 노파가 나타났을까?'

팽련호가 그들의 싸우는 모습을 잠시 지켜보다 얼굴이 하얗게 질리며 소리쳤다.

"흑풍쌍살이다!"

황용이 민첩한 몸놀림으로 이리저리 피해 다니자, 후통해는 그녀의 머리채를 잡을 수가 없었다. 황용은 그의 손이 자꾸 자신의 머리를 노리는 것을 보고 그 의도를 금세 알아차렸다. 그녀는 몸을 낮추어 장미 덤불 뒤로 숨은 다음 얼른 뒷머리에서 아미강자를 뽑아 머리끝에 꽂았다.

"나, 여기 있지!"

황용이 장미 덤불에서 고개를 내밀자 후통해가 신이 나서 다가가 두 손으로 그녀의 머리끝을 잡았다.

"이제 잡았다, 요 녀석! 아이고, 아야! 사형, 이 계집애 머리에도 고슴도치 가시가……!"

아미강자가 그의 손바닥을 뚫고 나왔다. 그는 어찌나 아픈지 펄쩍펄쩍 뛰었다.

"당신 머리의 뿔 세 개가 내 머리의 뿔 한 개를 못 이기는군요. 또 한 판 할까요?"

"관둬. 다시는 안 할 테다."

"시끄러워!"

보다 못한 사통천이 소리치며 도와주러 나섰다. 이때 매초풍은 두 명의 고수를 상대하며 점차 힘에 부친다는 생각이 들었다. 갑자기 팔을 돌려 곽정의 등을 잡더니 급히 소리쳤다.

"내 발을 안아!"

곽정은 무슨 뜻인지 의아했지만 일단 그녀와 한편이 되어 싸우고 있는지라 시키는 대로 그녀의 두 발을 안았다. 매초풍은 왼손으로 구양극의 공격을 막으며 오른손으로는 양자옹을 향해 찍어갔다.

"나를 안고 저 양가 놈을 쫓아가!"

곽정은 그제서야 매초풍의 의도를 깨달았다.

'몸을 움직일 수 없으니 나보고 도와달라는 거로군.'

곽정은 매초풍을 어깨에 멘 채 그녀가 지시하는 대로 전후좌우로 움직이며 적들과 싸웠다. 애초에 곽정의 경공술이 뛰어나고 거기다 매초풍의 몸이 전혀 무겁지 않았기 때문에 곽정은 매초풍을 어깨에 메고서도 민첩하게 움직일 수 있었다. 매초풍은 허공에서 공격을 할 수 있게 되자 훨씬 더 날카롭고 맹렬한 기세를 올렸다.

매초풍은 내공 비결에 대한 미련을 버리지 못해 한편으로 적을 맞아 싸우면서도 곽정을 향해 물었다.

"내공을 수련하는 자세가 뭐지?"

"부처님 다리를 하고 앉아 오심五心을 하늘로 향합니다."

"오심을 하늘로 향한다는 말이 무슨 뜻인데?"

"양 손바닥, 양 발바닥, 정수리가 바로 오심입니다."

309

매초풍은 기뻐서 기운이 부쩍 솟았다. 휙, 하는 소리가 지나가자 양자웅의 어깨가 찍혀 붉은 피가 솟구쳤다. 양자웅은 급히 뛰어올라 뒤로 물러났다. 곽정이 그 뒤를 쫓는데 갑자기 사통천이 나서며 사제를 도와 황용을 잡으려 했다. 그 모습을 본 곽정이 놀라 매초풍을 어깨에 업은 채 그쪽으로 달려가며 소리쳤다.

"우선 저 두 놈부터 처리합시다!"

매초풍은 왼팔을 뻗어 후통해의 등을 잡아챘다. 후통해는 급히 몸을 움츠려 피했으나, 매초풍의 공격이 번개같이 빨라서 결국 뒷덜미를 잡히고 말았다. 매초풍은 오른손을 쫙 펴더니 후통해의 정수리를 찍어 내렸다. 후통해는 전신이 마비된 채 꼼짝도 할 수 없었다.

"살려줘, 살려줘! 내가 졌어. 항복할게!"

〈3권에서 계속〉